R.L.Stine
Fear Street · Ferien des Schreckens

Alle Taschenbücher der Reihe *Fear Street*:

Ferien des Schreckens
Stadt des Grauens
Straße der Albträume
Straße des Schreckens
Rache des Bösen
Schule der Albträume
Spiel des Schreckens
Nacht der Schreie
Opfer der Nacht
Klauen des Todes
Erbe der Hölle
Vermächtnis der Angst
Stimmen der Finsternis
Nacht der Vergeltung
Mörderische Verwechslung
Atem des Todes
Rache ist tödlich
Frosthauch des Todes
Spur des Grauens
Teuflischer Hass
Mörderische Freundschaft
Höllisches Vermächtnis
Gefährliches Vertrauen
Blutige Albträume
Finstere Rache

FEAR STREET

R.L.Stine

Ferien des Schreckens

ISBN 978-3-7855-7465-2
2. Auflage 2014
© für diese Taschenbuchausgabe 2012 Loewe Verlag GmbH, Bindlach
Erschienen unter den Originaltiteln
One Evil Summer (© 1995 Parachute Press, Inc.)
und *Sunburn* (© 1993 Parachute Press, Inc.)
Alle Rechte vorbehalten inklusive des Rechts zur vollständigen
oder teilweisen Wiedergabe in jedweder Form.
Veröffentlicht mit Genehmigung des Originalverlags, Pocket Books, New York.
Fear Street ist ein Warenzeichen von Parachute Press.
Als deutschsprachige Ausgabe erschienen in der Serie *Fear Street*
unter den Titeln *Der Ferienjob* (© 1998 Loewe Verlag GmbH, Bindlach)
und *Sonnenbrand* (© 1997 Loewe Verlag GmbH, Bindlach).
Aus dem Amerikanischen übersetzt von Sabine Tandetzke und Dagmar Weischer.
Umschlagillustration: Silvia Christoph
Printed in Germany

www.loewe-verlag.de

Der Ferienjob

Ein rabenschwarzer Sommer

1

Amanda Conklin drehte sich schlaftrunken im Bett herum. Sie öffnete langsam die Augen und streckte sich genüsslich. „Hab ich eigentlich meinen Badeanzug gestern Abend auf der Leine hängen lassen?", fragte sie sich. „Ja. Ich werde stattdessen meinen Bikini anziehen. Ich hoffe, es ist noch Zeit genug, schwimmen zu gehen, bevor der Sommerkurs anfängt."

Sie drehte sich auf die Seite, um auf die Uhr auf ihrem Nachttisch zu sehen. „Wenn ich jetzt sofort aufstehe, könnte ich es noch schaffen, kurz in den Pool zu springen", dachte sie im Halbschlaf.

Aber was war das? Amanda blinzelte verwirrt. Da war gar kein Nachttisch. Und das war auch nicht ihr Zimmer.

Sie ließ ihre Augen durch den Raum wandern. Als sie den grauen Zementfußboden erblickte, fiel ihr schlagartig wieder ein, wo sie sich befand.

Und alles, was geschehen war.

Sie schnappte sich das raue Laken, zog es über den Kopf und rollte sich Schutz suchend zusammen, versuchte, die Realität auszusperren.

Ein scharfer, antiseptischer Geruch drang unter die Decke. Amanda hatte das Gefühl, als ob sich dieser Geruch für immer in ihrer Nase festgesetzt hätte.

Das metallische Quietschen von Bettgestellen verriet Amanda, dass die anderen Mädchen im Raum begannen aufzustehen.

„Einen wunderschönen guten Morgen, liebe Klapsmühlenkumpel", dachte sie und stieß ein bitteres Lachen aus.

Klack, klack, klack.

Amanda hörte Schritte auf dem harten Fußboden näher kommen. Sie hatte schnell gelernt, dass die Wärterinnen an diesem Geräusch zu erkennen waren. Alle anderen schlurften in weichen grünen Hausschuhen durch die Gegend, denn in der Abteilung für „psychisch kranke Straffällige" waren keine kantigen oder scharfen Gegenstände erlaubt, nicht einmal ein Schuh.

Natürlich wusste Amanda, dass sie die strengen, unfreundlichen Frauen mit den energischen Stimmen nicht „Wärterinnen" nennen sollte. Sie war aufgefordert worden, sie mit ihren Namen anzusprechen. Ms Macbain. Mrs Garcia. Aber im Stillen nannte sie sie trotzdem Wärterinnen.

„Steh auf, Conklin! Na, wird's bald!", bellte Mrs Garcia, eine unglaublich fette Frau mit kurzen braunen Haaren und wachsamen, stechenden Knopfaugen.

Amanda wusste, dass sie keine andere Wahl hatte, als unter ihrer Decke hervorzukommen. Die Regeln in der Jugendstrafanstalt von Maplewood waren streng.

Ein verblichenes graues Handtuch hing über dem Metallrahmen von Amandas Bett. Sie griff danach, während sie in die grünen Schlappen schlüpfte. Nachdem sie sich den Schlaf aus den Augen gerieben hatte, verschränkte sie die Arme über dem vorgeschriebenen grünen taschenlosen Nachthemd.

„In einer Reihe aufstellen!", kommandierte Mrs Garcia. Die Mädchen versammelten sich an der Tür. Amanda folgte ihnen durch den eiskalten, senfgelb gestrichenen Flur zu den Waschräumen. Dabei warf sie einen Blick durch die vergitterten Fenster nach draußen. „Die reinste Sintflut", dachte sie. Es sah aus, als ob jemand ganze Eimer voll Wasser gegen die Scheibe schleuderte. Ein plötz-

licher Donnerschlag ließ Amanda erschrocken zusammen-
zucken.

„Wie gern wäre ich jetzt draußen in diesem Unwetter",
dachte sie unglücklich. „In der Freiheit. Es würde mir
überhaupt nichts ausmachen, bis auf die Haut durchnässt
zu werden und zu frieren. *Alles* wäre besser, als hier eingesperrt zu sein."

Die Gruppe blieb vor der Tür zum Waschraum stehen.
Es durften jeweils nur vier Personen gleichzeitig hinein.
Als Amanda an der Reihe war, betrat sie mit drei anderen
düster dreinblickenden Mädchen den grell erleuchteten
Raum. Sie waren ebenfalls „psychisch kranke Straffäl-
lige".

„Wahrscheinlich sehe ich genauso übel aus wie sie",
dachte Amanda. Sie betrachtete die anderen aus dem Augenwinkel. „Alle Psychohäftlinge haben irgendwie ein
ganz bestimmtes Aussehen."

Seufzend spritzte sie sich Wasser ins Gesicht und starrte
sich im Spiegel an.

„Du hast wirklich schon mal besser ausgesehen", sagte
sie im Stillen zu ihrem Spiegelbild. Die reinste Katastro-
phe! Dunkle Ringe lagen unter ihren großen braunen Augen. Ihre Sonnenbräune war zu einem kränklichen Gelb
verblasst, das sie an die unangenehme Farbe erinnerte, mit
der die Wände des Flurs gestrichen waren.

„Und was ist bloß mit meiner Dauerwelle passiert?",
fragte sie sich und zog an einer herunterhängenden Haarsträhne. Ihr Haar schien in nur drei Tagen völlig erschlafft
zu sein.

So lange war sie jetzt hier. Aber es hätten genauso gut
drei Jahre sein können.

Amanda seufzte tief auf. „Versuch, dich damit abzufinden", sagte sie zu sich. „Wahrscheinlich wirst du hier noch eine ganze Zeit verbringen müssen."

Sie hatte zufällig gehört, wie der Rechtsanwalt ihren Eltern mitteilte, dass sie ihre Tochter nicht mit nach Hause nehmen konnten. Seine Worte fielen ihr jetzt wieder ein. „Mord ist eine sehr schwerwiegende Straftat", hatte er ernst gesagt.

„Ach wirklich?", murmelte Amanda leise und lachte bitter auf, während sie ihr kastanienbraunes Haar bürstete.

Das Mädchen am Waschbecken neben ihr blickte erstaunt herüber und warf ihr einen scharfen Blick zu.

Amanda errötete und drehte sich weg. „Na prima, jetzt rede ich schon mit mir selbst", dachte sie. „Offenbar bin ich wirklich nicht ganz dicht. Vielleicht gehöre ich ja tatsächlich hierher."

„Jetzt beeilt euch mal ein bisschen da drinnen!", rief Ms Macbain mit schriller Stimme durch die Tür. Sie war eine große Frau mit ständig verschmiertem Make-up und einer kalkigen Gesichtsfarbe. „Conklin, du hast gleich nach dem Frühstück eine Verabredung mit Dr. Miller. Sieh zu, dass du fertig wirst!"

Amanda zuckte zusammen. Bloß nicht schon wieder eine Sitzung mit Dr. Miller! Gestern hatte er ihr so viele Fragen gestellt, dass sie glaubte, ihr Kopf würde platzen. Was war passiert? Was hatte sie dabei gedacht? Was hatte sie gefühlt?

Amanda verspürte nicht die geringste Lust, noch einmal mit ihm zu reden. Was sollten diese ganzen Gespräche, wenn man doch alles mit einem Wort sagen konnte, einem furchtbaren Wort …

Chrissy!

2

„Mach's gut, Fear Street! Seahaven, wir kommen!", rief Amanda, als ihr Vater den Wagen rückwärts aus der Auffahrt fuhr. Sie sah durch das Heckfenster, wie ihr Haus kleiner und kleiner wurde.

Amanda fischte ein gelbes Haargummi aus der Tasche ihrer Kakishorts und band sich ihre langen Haare zu einem Pferdeschwanz zusammen. Dann kickte sie die braunen Ledersandalen von ihren Füßen und schob die Ärmel ihres leichten gelben T-Shirts hoch. Sie lehnte sich in den Sitz zurück und lächelte ihren beiden Geschwistern zu, die neben ihr saßen. Ihr Bruder Kyle war acht Jahre alt, ihre kleine Schwester Merry erst drei.

Schon nach kurzer Zeit fühlte sich der Sitz heiß und klebrig an. „Könntet ihr vielleicht mal die Klimaanlage anmachen?", bat Amanda ihre Eltern.

„Die läuft doch schon die ganze Zeit!", rief Mr Conklin nach hinten.

„Aber man merkt überhaupt nichts davon", jammerte Kyle.

„Mir ist kalt!", schaltete sich Merry ein. Sie liebte es, immer anderer Meinung zu sein als ihre Geschwister.

Amanda war glücklich, dass sie nicht den ganzen Sommer in Shadyside herumhängen musste. Sie und ihre Familie wollten die Ferien in der kleinen Küstenstadt Seahaven verbringen. Ihre Eltern hatten ein Haus gemietet, das ganz in der Nähe des Ozeans lag. Sie wollten den Urlaub nutzen, um dort zu arbeiten.

Ihr Vater war Rechtsanwalt in einem Pflichtverteidigerbüro und vertrat Leute, die zu arm waren, um sich einen

Anwalt leisten zu können. Er hatte darum gebeten, während des Sommers keine Prozesse führen zu müssen, damit er endlich einmal dazu kam, die Aktenberge durchzuackern, die sich auf seinem Schreibtisch angesammelt hatten.

Mrs Conklin war Journalistin. Der Auftrag, an dem sie gerade arbeitete, war ein Zeitungsartikel mit dem Thema „Die neuen Belastungen der Teenager von heute". Es ging darin um den Stress, dem Jugendliche in der modernen Welt ausgesetzt waren. Sie wollte diesen Artikel in Seahaven zu Ende schreiben.

Als sich der Wagen in den Verkehr auf dem Highway eingefädelt hatte, drehte sich Mrs Conklin um. „Amanda?", sagte sie nachdenklich. „Was stresst dich eigentlich am meisten?"

„Nicht schon wieder", stöhnte Amanda innerlich auf. „Lass mich doch mit deinen Fragen in Ruhe! Ich halt's bald echt nicht mehr aus."

„Also?", drängelte Mrs Conklin, während sie ihr dunkles, stumpf geschnittenes Haar ungeduldig unter ihr ledernes Stirnband stopfte. „Ich weiß, dass du 'ne Menge Stress in deinem Leben hast. Aber was belastet dich am meisten?" Manchmal fühlte Amanda sich wirklich wie ein Versuchskaninchen ihrer Mutter, wenn sie für Artikel recherchierte.

„Neben diesen beiden zu sitzen", witzelte Amanda und nickte zu Kyle und Merry hinüber. Merry war gerade dabei, genüsslich die Marmelade von ihrem Sandwich auf Kyles T-Shirt zu verteilen.

„Hey, hör auf!", protestierte Kyle lauthals.

Aber Merry kicherte nur. Ihre braunen Löckchen wippten vor Vergnügen auf und ab, als sie Kyle nun das ganze

Brot auf seine hellblonden Haare klatschte. „Ich bürsss-te dein Haar", lispelte sie begeistert.

„Ich hab gesagt, hör auf!", brüllte Kyle wütend.

„Weißt du jetzt, was ich meine?", sagte Amanda grinsend zu ihrer Mutter.

„Du musst dich gerade beschweren", knurrte Kyle. „Schließlich bin ich derjenige, der zwischen euch eingequetscht ist und alles abkriegt."

Mrs Conklin beugte sich nach hinten und schob sanft Merrys Hand weg. Dann versuchte sie, die Marmelade von Kyles T-Shirt zu wischen.

Merry krabbelte inzwischen auf den Rücksitz, griff in den offenen Kofferraum des großen Kombis und zog das Tuch vom Käfig mit den Kanarienvögeln, der dort abgestellt war. Amanda hatte sie Salz und Pfeffer getauft. Einer hatte nämlich einen weißen Fleck auf seinem gelben Schwanz, und die Flügelspitzen des anderen waren schwarz gefleckt.

Sobald das Tuch verschwunden war, trällerten die Vögel fröhlich vor sich hin. Amandas orangefarbener Tigerkater, Mr Jinx, der in seinem Transportkorb auf dem Boden zwischen Amanda und Kyle eingeklemmt war, begann kläglich zu miauen.

„Komm her zu mir, Jinxie", sagte Amanda zärtlich, als sie den schweren Kater vorsichtig aus dem Korb hob und auf ihren Schoß setzte. Mr Jinx leckte ihr mit seiner rauen Zunge die Hand und rollte sich zu einem zufriedenen Ball zusammen.

„Jetzt aber mal im Ernst, Amanda. Was findest du in deinem Leben am stressigsten?", fragte Mrs Conklin noch einmal.

„Oh, wie ich diese Fragen hasse!" Amanda knirschte im

Stillen mit den Zähnen. Aber sie wusste, wie hartnäckig ihre Mutter war. Sie würde nicht aufhören, sie zu löchern, bevor sie keine zufriedenstellende Antwort bekommen hatte.

„Algebra", sagte Amanda seufzend.

Mrs Conklins Lächeln verblasste. Das begeisterte Leuchten in ihren dunklen Augen erlosch.

„Warum musste ich das jetzt bloß sagen?", fragte sich Amanda, verärgert über sich selbst. „Das hab ich ja mal wieder super hingekriegt! Ich Trottel muss sie auch noch daran erinnern, dass ich in Algebra II durchgerasselt bin."

Und dabei hatte heute ausnahmsweise mal noch niemand dieses Thema erwähnt.

„Was soll's", dachte Amanda und kraulte Mr Jinx hinter den Ohren. „Jetzt kann ich's auch nicht mehr ändern. Klar hab ich ein schlechtes Gewissen, dass Mom und Dad deswegen jemanden einstellen müssen, der auf Kyle und Merry aufpasst, während sie arbeiten. Immerhin hatte ich versprochen, das zu übernehmen. Aber wenn ich den halben Tag im Mathekurs an der Seahaven Highschool eingesperrt bin, um in den Ferien mein Algebra aufzupolieren, geht das nun mal nicht."

„Ich hoffe, dass sich jemand Vertrauenswürdiges auf meine Anzeige für einen Babysitter im *Seahaven Daily* meldet", sagte Mrs Conklin besorgt und drehte sich wieder nach vorn. „Mein Artikel muss Ende Juli fertig sein, und ich hänge jetzt schon hinterher."

Amanda seufzte und ließ sich tiefer in den Sitz sinken. „Warum konnte ich bloß meine große Klappe mal wieder nicht halten?", dachte sie frustriert.

„Wir werden bestimmt jemanden finden", sagte Mr Conklin beruhigend zu seiner Frau. Die kühle Luft aus der Klimaanlage kräuselte sein blondes Haar, das an einigen Stellen bereits dünner wurde. „Mach dir bitte keine Sorgen!"

Zwei Stunden später erspähte Amanda die Ausfahrt Seahaven. Sie verließen den Highway und fuhren die nächste halbe Stunde auf einer schmalen, kurvenreichen Straße – der Old Sea Road – dahin.

Als die kleine Küstenstadt Seahaven in Sicht kam, presste Amanda ihre Nase an die Scheibe. „Was für eine süße Stadt!", rief sie begeistert, als sie an Kunstgalerien, Restaurants mit bunten Markisen, Sportgeschäften und einem altmodischen Kaufmannsladen vorbeifuhren.

„Seht mal, dort!", rief Kyle und zeigte aufgeregt aus dem Fenster.

Amandas Blick fiel auf die lebensgroße Statue eines Braunbären, der einen Fisch in seiner Tatze hielt. Die Statue stand auf einer kleinen Grünfläche inmitten einer Verkehrsinsel.

„Ich habe gehört, dass man hier gut fischen kann", sagte Mr Conklin.

Sie fuhren um die Verkehrsinsel herum und verließen den Kreisverkehr auf der anderen Seite. Amanda fiel auf, dass das Meer inzwischen weit unter ihnen lag. „Liegt unser Haus in den Bergen?", fragte sie erstaunt.

„Eigentlich ist es eher ein Hügel", räumte ihr Vater ein. „Aber dafür gibt es nur fünf Minuten entfernt atemberaubende Klippen, von denen man einen wunderbaren Ausblick auf den Ozean hat."

Schließlich bog ihr Vater in eine Sommerhaussiedlung ein, die von dichtem Wald umgeben war. Am Rande einer schmalen Straße stand ihr Haus, ein modernes, aber trotzdem alt und gemütlich aussehendes Gebäude mit einem Spitzdach und grauen Holzschindeln.

„Sieht echt cool aus!", verkündete Amanda und stieg mit Mr Jinx auf dem Arm aus dem Wagen.

Kyle und Merry stürzten hinter ihr her und begannen sofort, auf der kleinen Rasenfläche an der Vorderseite des Hauses herumzutoben.

Mr Conklin schloss die Tür auf und Amanda folgte ihm nach drinnen. „Echt cool!", wiederholte sie staunend.

Sie war wirklich begeistert – von der hohen Decke mit den beiden Dachfenstern, die das moderne Wohnzimmer mit Licht überfluteten, und besonders von der großen Glasschiebetür, die fast die gesamte Breite der hinteren Wand einnahm. Sie mochte sogar die blau-weiß gestreiften Vorhänge zu beiden Seiten der riesigen Glastür.

Aufgeregt und glücklich öffnete Amanda die Schiebetür und trat auf die hölzerne Sonnenterrasse. Ein Stück tiefer glitzerte ein quadratischer Swimmingpool im blättergesprenkelten Sonnenlicht.

„Das ist wirklich irre!", murmelte Amanda.

Sie lauschte. Nur das sanfte, gleichmäßige Rauschen der Blätter war zu hören und das gedämpfte, ferne Krachen der Ozeanwellen jenseits des steil zum Strand abfallenden Waldes.

Über das ganze Gesicht strahlend, stürmte Amanda durch das Haus nach draußen, um ihrem Vater beim Ausladen zu helfen.

Als sie aus der Tür kam, hätten Merry und Kyle sie beinahe über den Haufen gerannt. „Hey, ihr Chaoten!", rief Amanda lachend. Die beiden waren so aufgedreht, dass sie sich überhaupt nicht darum scherten, wo sie hinliefen.

Amanda ging die mit Kies bestreute Auffahrt hinunter. „Ich kann das nehmen", bot sie an, als ihr Vater ihre geblümte Stoffreisetasche aus dem Kofferraum zog.

„Zum Haus gehört außerdem noch ein kleines Boot mit einem Außenbordmotor", sagte Mr Conklin stolz. „Wir können es ja später mal ausprobieren."

Amanda schleppte die schwere Tasche ins Haus. Ihre Mutter stand in der dreieckigen Küche, die vom Eingangsflur abging. „Es ist überhaupt nichts zu essen im Haus", seufzte sie. „Wir müssen wohl noch mal in die Stadt fahren und uns mit Vorräten eindecken."

„Isss tomm mit!", rief Merry und zog energisch an der weißen Hose ihrer Mutter.

„Okay", sagte Mrs Conklin und nahm sie auf den Arm.

„Ich komme auch mit!", rief Kyle aus dem Wohnzimmer. „Ich will diesen tollen Bären noch mal sehen."

„Ich werde mich auf keinen Fall noch einmal mit diesen beiden Chaoten auf den Rücksitz klemmen", quietschte Amanda mit gespieltem Grauen. „Da bleib ich doch lieber hier."

„Geht in Ordnung." Mrs Conklin nickte, während sie versuchte, ihren Mann, Merry und Kyle zur Tür hinauszulotsen. „Es könnte sein, dass wir vielleicht bei den Bakers reinschauen, wenn wir sowieso in der Stadt sind. Sie wohnen im Beachside Inn. Wenn irgendetwas sein sollte, ruf uns einfach dort an."

„Was sollte schon sein?", antwortete Amanda lachend und winkte ihnen hinterher.

Als sie ein lautes Zwitschern hinter sich hörte, fielen ihr plötzlich die Vögel wieder ein und sie drehte sich zum Käfig um. „Ich könnte mir vorstellen, dass ihr bestimmt gerne ein nettes, sonniges Plätzchen hättet", sagte sie zärtlich. Sie hob den Vogelkäfig hoch und stellte ihn auf ein kleines Tischchen hinter der Couch. „Euch beiden soll es hier schließlich auch gefallen, nicht wahr?"

Und wie als Antwort darauf begannen die beiden Vögel zu singen.

Mr Jinx saß vor dem Käfig und ließ sehnsüchtig seinen Schwanz hin und her wedeln. „Du benimmst dich gefälligst, Jinx", mahnte Amanda lächelnd.

Sie stürmte die Treppen zu ihrem Zimmer hinauf und fing an auszupacken. Das Radio auf volle Lautstärke gedreht, wiegte sie sich im Takt der Musik, während sie versuchte, ihre Sachen in die kleinen Schubladen zu quetschen. Plötzlich hörte sie ein Klopfen an der Eingangstür.

Wer war das denn?

Durch das Fliegengitter konnte Amanda sehen, dass ein ausgesprochen hübsches Mädchen vor der Tür stand. Sie musste ungefähr siebzehn sein. Ihre Augen waren so unglaublich blau, dass Amanda sich fragte, ob sie getönte Kontaktlinsen trug. Die Haare des Mädchens hatten die Farbe der seidigen Fasern auf der Innenseite von frischem Mais. Sie war schlank, athletisch gebaut und hatte schöne lange Beine. Ein weißes Top mit im Nacken geknoteten Trägern und weite hellblaue Hosen betonten ihre tiefe Bräune.

„Hallo", sagte das Mädchen mit einer leicht rauchigen Stimme. Genau die Art von Stimme, die Amanda schon immer gern gehabt hätte. „Ich komme wegen der Anzeige."

„We…wegen der Anzeige?", stotterte Amanda verwirrt.

„Ihr sucht doch einen Babysitter, oder etwa nicht?", fragte das Mädchen erstaunt.

„Ach so, *die* Anzeige!", rief Amanda. „Natürlich. Komm doch rein."

„Ich bin übrigens Chrissy Minor", stellte sie sich vor.

„Ich habe die Anzeige gesehen und gedacht, dass dieser Job genau das Richtige für mich wäre."

„Das passt ja prima", sagte Amanda. „Aber leider sind meine Eltern für eine Weile weggefahren."

„Oh, wie schade!" Chrissy machte ein langes Gesicht. „Ich habe nämlich noch ein anderes Vorstellungsgespräch um ein Uhr." Sie zuckte mit den Schultern. „Okay, wenn die anderen Leute mich einstellen, dann sollte es wohl mit dem Job bei euch nichts werden. Aber wenn sie mich nicht nehmen, kann ich mich ja noch mal melden."

„Warte doch!", rief Amanda. Sie wusste, dass ihre Eltern verzweifelt jemanden suchten, der sich um Kyle und Merry kümmerte. „Meine Eltern sind wahrscheinlich im Moment im Beachside Inn. Ich könnte sie anrufen und fragen, ob sie …"

Amanda verstummte irritiert. Chrissys Gesichtsausdruck hatte sich völlig verändert. Mit zusammengekniffenen Augen starrte sie an Amanda vorbei.

Chhhhhhhhhhh!

Amanda drehte sich erschrocken nach dem Geräusch um.

Mr Jinx stand mit ausgefahrenen Krallen auf der Couch und machte einen Buckel. Sein orange-weiß getigertes Fell war gesträubt und er bleckte die Zähne, als er jetzt noch einmal fauchte.

„Es tut mir schrecklich leid", entschuldigte sich Amanda. Sie nahm Mr Jinx auf den Arm und streichelte ihn. „So was hat er wirklich noch nie gemacht."

„Vielleicht sollte ich doch lieber gehen", sagte Chrissy und bewegte sich in Richtung Tür.

„Nein. Warte!", rief Amanda bittend und hielt Jinx fest auf ihrem Arm. „Bleib doch noch ein bisschen. Ich versuche, meine Eltern zu erreichen. Ich bin sicher, dass sie unbedingt mit dir sprechen wollen."

Chrissy sah auf ihre geschmackvolle goldene Uhr. „Na gut", seufzte sie. „Ich denke, ein paar Minuten kann ich wohl noch warten."

Amanda lief in die Küche und setzte den dicken Kater sanft auf den Fußboden. „Was ist denn bloß in dich gefahren?", schimpfte sie liebevoll mit Mr Jinx. „Jetzt reiß dich aber mal zusammen!"

Dann rief sie die Auskunft an und ließ sich die Nummer des Beachside Inn geben. Kurz darauf hatte sie ihre Mutter am Apparat.

„Wir machen uns sofort auf den Weg!", rief Mrs Conklin aufgeregt. „Spätestens in zehn Minuten sind wir da. Lass sie auf keinen Fall gehen!"

Amanda hängte ein. Als sie sich umdrehte, sah sie gerade noch Mr Jinx' gestreiften Schwanz, der sich durch die einen spaltbreit geöffnete Tür zwängte. „Hey, Jinx! Bleib gefälligst hier!", rief sie ihm hinterher.

Da hörte sie ihn auch schon wieder fauchen.

Es war ein schrilles, beängstigendes Geräusch, das sie noch nie von ihm gehört hatte.

Als ihr Blick auf Chrissy fiel, blieb Amanda wie erstarrt stehen.

Sie stand mit hochgezogenen Schultern da, die blauen Augen wieder zu schmalen Schlitzen zusammengekniffen. Das Weiße in ihren Augen hatte einen matten gelblichen Glanz.

„Oh!" Amanda stieß einen überraschten Schrei aus, als Chrissy ihre Zähne bleckte und Mr Jinx anfauchte.

3

Gleich darauf stieß Chrissy noch einmal dieses unheimliche, kaum noch menschliche Fauchen aus. Mr Jinx jaulte erschrocken auf und raste an ihr vorbei in die Küche. Amanda beugte sich hinunter, hob den Kater auf und streichelte ihn beruhigend. „Na, da hat dich wohl jemand mit deinen eigenen Waffen geschlagen, was?", flüsterte sie ihm zu.

Mr Jinx kuschelte seinen Kopf in ihre Armbeuge. Sein Fell war noch immer gesträubt. So hatte Amanda ihn wirklich noch nie erlebt.

„Meine Eltern werden gleich da sein!", rief sie zu Chrissy hinaus. „Setz dich doch einfach schon mal."

Amanda füllte eine Schüssel mit Wasser für Mr Jinx und kraulte ihn so lange, bis er sich beruhigt hatte. Wenige Minuten später hörte sie, wie die Eingangstür geöffnet wurde und ihre Eltern das Haus betraten und Chrissy begrüßten. Kyle stürmte wie ein Wirbelwind in die Küche, Merry, dicht auf seinen Fersen, rannte hinterher. „Ist das der neue Babysitter?", fragte er atemlos.

Amanda schaute durch die geöffnete Tür ins Wohnzimmer, wo ihre Eltern mit Chrissy sprachen. „Ich weiß es nicht", antwortete sie.

Dann warf sie noch einen Blick auf die drei und hatte das Gefühl, dass die Sache für Chrissy ganz gut aussah.

Mr Conklin saß nach vorn gelehnt und mit gefalteten Händen auf der Couch. Seine blauen Augen waren voller Sympathie auf Chrissy gerichtet, während er seine Fragen stellte.

Neben ihm saß entspannt zurückgelehnt Mrs Conklin

und nickte zustimmend zu allem, was Chrissy sagte. Soweit Amanda es von der Küche aus beurteilen konnte, waren ihre Eltern völlig von Chrissy hingerissen.

„Hey, kannst du mir nicht was zu essen machen? Ich sterbe vor Hunger", bettelte Kyle.

Amanda holte eine Dose Thunfisch aus der Einkaufstüte, die er mit hereingebracht hatte, und öffnete sie. Dann fing sie an, Sandwiches für Kyle und Merry zu machen. Nebenbei belauschte sie aber trotzdem weiter das Gespräch im Wohnzimmer.

„Das sieht ja total eklig aus!", rief Kyle empört, während er sich auf einem der hohen hölzernen Hocker am Küchentresen im Kreis drehte. „Sieh doch mal, was du da gemacht hast! Du hast den Thunfisch überall verschmiert."

„Total eklisss", echote Merry, die auf dem Hocker neben ihm herumwirbelte.

„Pscht!", machte Amanda. „Ich kann doch gar nicht verstehen, was Chrissy sagt."

„Ich lebe mit meiner Tante ein Stück außerhalb der Stadt", erklärte diese gerade den Conklins. „Aber ihre Tochter, also meine Cousine, ist jetzt vom College zurückgekommen und das Haus ist ein bisschen klein für uns drei. Wenn ich einen Job hätte, bei dem ich auch wohnen kann, würde das eine Menge Probleme lösen. Im Herbst geht Eloise dann sowieso wieder zurück aufs College."

„Hast du schon mal als Babysitter gearbeitet?", fragte Mrs Conklin.

„Oh ja. Die letzten beiden Sommer."

„Wie alt bist du eigentlich?", fragte Mr Conklin.

„Siebzehn."

„Hast du irgendwelche Zeugnisse von deinen früheren Babysitterjobs?", hörte Amanda ihre Mutter fragen.

Chrissy kramte in der großen Leinenumhängetasche herum, die sie über der Schulter trug, und zog ein maschinenbeschriebenes Stück Papier, das in einer Klarsichthülle steckte, hervor.

„Hier ist mein Lebenslauf", sagte sie. „Die Zeugnisse stecken dahinter."

„Ich werde mal eine der beiden Familien anrufen", beschloss Mrs Conklin und stand auf. „Es wird nicht lange dauern." Sie ging in die Küche und machte die Tür hinter sich zu.

„Und, werdet ihr sie einstellen?", fragte Kyle wie aus der Pistole geschossen.

„Möchtest du es denn gern?", erkundigte sich Mrs Conklin.

„Ich brauche sowieso keinen Babysitter", sagte Kyle großspurig. „Aber für Merry wäre es bestimmt ganz gut."

„Was hältst du eigentlich von ihr, Amanda?", fragte Mrs Conklin.

„Ich weiß nicht so recht", sagte Amanda zögernd. „Du hättest sehen sollen, wie Jinx sie angefaucht hat. Und erst recht, wie sie *zurückgefaucht* hat. Ihr Gesicht hat dabei ziemlich merkwürdig ausgesehen. Sie hatte richtig die Zähne gebleckt!"

„Oh, ich denke, Chrissy hat einfach Sinn für Humor", sagte Mrs Conklin lachend. „Ich finde sie jedenfalls sehr sympathisch."

„Sinn für Humor? Da bin ich mir nicht so sicher, Mom", meinte Amanda zögernd. Sie konnte diesen befremdlichen Ausdruck auf Chrissys Gesicht nicht vergessen.

„An deiner Stelle würd ich sie einstellen", mischte sich Kyle wieder ein. „Sie ist ein richtig heißer Feger."

„Kyle! Wo hast du denn bloß diesen Ausdruck her?",

rief Mrs Conklin empört, während sie die Telefonnummer von Chrissys früherem Arbeitgeber wählte.

Sogar vom anderen Ende der Küche konnte Amanda das nervtötende Piepen des Besetztzeichens hören. „Ich werde es erst mal unter der anderen Nummer probieren", sagte Mrs Conklin.

Aber dort nahm niemand den Hörer ab.

„Stell sie trotzdem ein, Mom", drängte Kyle. „Du sagst doch immer, dass du eine gute Menschenkenntnis hast."

„Da hast du recht. Normalerweise kann ich Menschen sehr gut nach dem ersten Eindruck beurteilen", stimmte Mrs Conklin zu.

„Du willst sie doch nicht etwa einstellen, ohne ihre Zeugnisse zu überprüfen?", fragte Amanda fassungslos.

„Das kann ich ja immer noch tun. Aber ich will nicht, dass sie vielleicht den anderen Job annimmt."

„Aber Mom! Das ist total verantwortungslos!", protestierte Amanda.

„Es war verantwortungslos von *dir*, durch die Algebraprüfung zu fallen", entgegnete ihre Mutter in scharfem Ton. „Wenn du bestanden hättest, müsste ich jetzt nicht diese Entscheidung treffen."

Dagegen konnte Amanda natürlich nichts sagen. Wie sollte sie ihre Mutter davon abhalten, einen Babysitter einzustellen, wenn es ihre Schuld war, dass sie überhaupt einen brauchten?

Amanda hörte Gelächter aus dem Wohnzimmer. Sie drehte sich um und sah, dass Chrissy sich auf eine sehr vertrauliche Art zu Mr Conklin hinübergebeugt hatte. „Sie hätten wirklich sehen sollen, wie Ihre Katze mich angefaucht hat", sagte sie kichernd, so als ob das Ganze ein Riesenspaß gewesen wäre.

„Ich habe heute Morgen gerade Tante Lorraines Mause-falle sauber gemacht", fuhr Chrissy fort. „Ihre Katze muss die Maus an mir gerochen haben. Tiere haben ja einen so empfindlichen Geruchssinn."

„Das stimmt." Mr Conklin nickte. „Und Mr Jinx ganz besonders. Er kann Thunfisch sogar in der Dose riechen."

Er und Chrissy prusteten wieder los.

Amanda kam sich ziemlich idiotisch vor. Wahrschein-lich hatte sie wirklich zu viel Wind um Mr Jinx' Reaktion gemacht.

Sie ging hinüber ins Wohnzimmer, hockte sich auf die Sofalehne und verschränkte die Arme vor der Brust. „Ich habe leider keinen deiner früheren Arbeitgeber erreichen können", sagte Mrs Conklin.

„Oh, das ist schade", meinte Chrissy. „Aber ich denke, sie werden bestimmt nichts Schlechtes über mich erzäh-len."

„Da bin ich mir ganz sicher", sagte Mr Conklin mit ei-nem warmen Lächeln auf den Lippen und nahm seine Brille ab.

Amanda wusste genau, was das bedeutete. Die Entschei-dung war gefallen!

„Also gut, Chrissy. Wenn du den Job möchtest, kannst du sofort bei uns anfangen", sagte Mrs Conklin freund-lich.

Chrissy strahlte die beiden an. „Das ist wunderbar! Ich bin ja so glücklich!"

„Kyle, Merry, kommt doch mal rein und begrüßt Chris-sy!", rief Mrs Conklin in Richtung Küche.

Schüchtern kamen die Kinder ins Wohnzimmer, Kyle vorneweg und hinter ihm auf Zehenspitzen Merry.

Chrissy stand auf und beugte sich zu ihnen hinunter.

„Hallo, ihr beiden", begrüßte sie sie mit ihrer leisen, volltönenden Stimme. „Ich freue mich sehr, euch kennenzulernen."

Merry klammerte sich zwar immer noch schüchtern an Kyle, aber sie lächelte Chrissy strahlend an.

„Auf mich brauchst du übrigens nicht aufzupassen", informierte Kyle sie und straffte seine schmalen Schultern.

„Nein, natürlich nicht. Aber ich könnte deine Hilfe gebrauchen", sagte Chrissy mit ernstem Gesicht.

„Na klar. Kein Problem", meinte Kyle großzügig. „Wenn du irgendwas wissen willst, frag mich einfach."

„Danke, Kyle. Das werde ich ganz bestimmt tun", versprach Chrissy.

Amanda rollte die Augen und musste sich zurückhalten, um nicht laut loszuprusten. Chrissy hatte Kyle wirklich im Sturm erobert.

„Ich freue mich sehr, dass wir den Sommer zusammen verbringen werden", wandte sich Chrissy an Amanda. „Ich bin sicher, wir werden uns gut verstehen."

„Ja, ja. Das glaube ich auch." Amanda hatte ihr eigentlich freundlich antworten wollen, aber sie konnte nicht verhindern, dass ihre Worte eher halbherzig klangen.

„Nur für alle Fälle hatte ich schon mal gepackt und meine Koffer mitgebracht", gestand Chrissy den Conklins. „Sie stehen draußen vor der Tür. Ich bin gleich zurück."

Amanda bemerkte kaum, dass Chrissy den Raum verließ. Ihre Aufmerksamkeit war völlig von dem Vogelkäfig in Anspruch genommen. Dort herrschte völlige Stille.

Salz und Pfeffer hatten aufgehört zu singen. Normalerweise trällerten sie den ganzen Tag. Wenigstens einer der beiden zwitscherte ständig munter vor sich hin.

Aber jetzt gaben sie keinen Ton von sich.

Amanda ging zum Käfig hinüber, um nachzusehen, ob die beiden vielleicht schliefen. Doch das taten sie nicht. Eng aneinandergeschmiegt kauerten sie auf der Sitzstange.

„Hey, seht euch doch mal die Vögel an!", rief Amanda.

Als keine Reaktion kam, drehte sie sich um und stellte fest, dass außer ihr niemand mehr im Raum war. Die ganze Familie war mit Chrissy nach draußen gegangen.

Amanda kniete sich vor den Vögeln nieder. „Singt doch wieder", flüsterte sie bittend und klimperte mit den Fingern gegen die Stangen des Käfigs.

Als ob er aus einer Trance erwachen würde, begann Salz zu tschilpen und dann fiel auch Pfeffer ein.

„Merkwürdig", murmelte Amanda. Dann lief sie schnell zu den anderen nach draußen.

Ein paar Minuten später marschierten sie alle die Treppen hinauf, um Chrissy ihr Zimmer zu zeigen. „Am besten, du nimmst das neben Kyle und Merry", sagte Mrs Conklin, während ihr Mann den Koffer absetzte und wieder nach unten ging. „Warum packst du nicht erst mal deine Sachen aus und ziehst dir deinen Badeanzug an? Wir treffen uns dann unten am Pool."

„Wow!", rief Chrissy begeistert. „Ein Haus mit einem Swimmingpool. Hab ich vielleicht ein Glück!"

Mrs Conklin ging mit Kyle und Merry hinaus, aber Amanda drückte sich noch ein bisschen in der Tür herum und lehnte sich gegen den Rahmen.

Sie beobachtete Chrissy dabei, wie sie ihren alten Koffer schwungvoll auf eins der beiden Betten im Zimmer warf, wo er mit einem dumpfen Krachen landete. Das Metallschloss sprang auf und ein Haufen Kleidung verteilte sich auf dem Fußboden.

Amanda bückte sich, um die Sachen aufzuheben. Als sie einen blauen Baumwollpulli hochhob, fielen einige Zeitungsausschnitte heraus und segelten zu Boden. „Was ist das denn?", fragte sie und sah Chrissy neugierig an.

Mit einem Schlag verschwand das freundliche Lächeln von Chrissys Gesicht. „Das geht dich gar nichts an!", zischte sie und sammelte blitzschnell die Schnipsel ein.

Dann wirbelte sie herum, die Zeitungsausschnitte fest gegen ihre Brust gepresst.

Amanda rappelte sich verwirrt wieder hoch. Was hatte sie denn nur zu verbergen?

In diesem Moment drehte Chrissy sich abrupt um. „Hier!", sagte sie kurz angebunden und hielt Amanda einen Zeitungsausschnitt hin.

Amanda griff danach. Das Papier war schon leicht vergilbt und das Datum auf der Kopfzeile lag zwei Jahre zurück. Die Überschrift lautete: „Lilith Minor immer noch im Koma."

Wortlos begann Amanda zu lesen.

Lilith Minor, 15, liegt seit ihrer Einlieferung ins St.-Andrews-Krankenhaus vor einer Woche immer noch im Koma. Die Ärzte der Klinik haben nur noch geringe Hoffnung auf ihre Genesung.
Der Teenager, der eine fast tödliche Dosis Kohlenmonoxid eingeatmet hatte, hat nach Meinung der Ärzte wahrscheinlich schwere Hirnschädigungen erlitten. Falls die Patientin noch einmal aus dem Koma erwachen sollte, wird sie wahrscheinlich an verschiedenen Funktionsstörungen des Gehirns leiden.

„Das ist ja furchtbar", sagte Amanda betroffen. „Ist sie eine Verwandte von dir?"

„Meine Zwillingsschwester", antwortete Chrissy mit ausdrucksloser Stimme.

„Was ist denn mit ihr passiert?", fragte Amanda.

Chrissy starrte auf den vergilbten Artikel. „Sie liegt immer noch im Koma", antwortete sie leise.

„Es tut mir so leid", flüsterte Amanda mitfühlend. Ohne Vorwarnung griff Chrissy nach Amandas Handgelenk und drückte es so fest, dass es wehtat.

„Sie braucht dir nicht leidzutun", fauchte Chrissy. „Sie ist böse!"

4

„Wenn du möchtest, kann ich dich in die Stadt mitnehmen", bot Mrs Conklin ihrer Tochter am Montagmorgen an.

Amanda war auf dem Weg zu ihrem ersten Tag des Sommerkurses an der Seahaven Highschool.

„Nein, danke. Das ist nicht nötig. Ich habe ein Fahrrad im Schuppen gefunden", sagte Amanda. Sie lief auf die Terrasse und stürmte die Holzstufen zum Schuppen hinunter, der sich neben dem Pool befand.

Sie sah Chrissy den Pfad entlangmarschieren, der durch den Wald zum Meer führte. Kyle und Merry tanzten aufgeregt um sie herum.

Chrissy sah wirklich umwerfend aus in ihrem hauchdünnen weißen Strandhemd, das die Bräune ihrer langen Beine noch betonte.

Sie winkte zu ihr herüber und Amanda winkte zurück. „Viel Glück!", rief Chrissy ihr zu.

Während des Wochenendes hatte sich die Familie völlig in Chrissy verliebt. „Das ist schon in Ordnung", dachte Amanda, während sie die Tür des Schuppens öffnete. „Sie machen zwar einen ziemlichen Wind um Chrissy, aber solange alle dabei glücklich sind, soll es mir recht sein."

Amanda griff sich das alte Fahrrad und trug es zur Vorderseite des Hauses. Während sie die schmale, kurvenreiche Straße nach Seahaven hinunterfuhr, dachte sie über Chrissy nach.

Warum hatte sie gesagt, ihre Schwester sei böse? Was hatte Lilith getan?

Die schmale Straße wurde langsam etwas breiter und schon bald rollte Amanda, die durch das Gefälle des Hügels eine ganz schöne Geschwindigkeit draufhatte, nach Seahaven hinein. Sie bremste, als sie den Kreisverkehr erreichte, und umrundete den Bären mit dem Fisch in der Tatze.

Die Seahaven Highschool lag im Zentrum der Stadt. Amanda stellte ihr Rad im Fahrradständer vor dem Gebäude ab und ging hinein. In der Eingangshalle hing eine Informationstafel, die sie zu Raum 10 verwies.

Außer ihr waren nur acht oder neun andere Schüler in der Klasse. Sie setzte sich erst mal an einen Tisch weiter hinten im Raum.

„Es ist ein traumhafter Sommertag und garantiert wäre jeder von euch lieber woanders als ausgerechnet hier", sagte die Lehrerin, Ms Taylor, lächelnd. Sie war eine junge Frau mit kurzen blonden Haaren und einem sommersprossigen Gesicht. „Aber wir sind nun mal hier, also lasst uns das Beste daraus machen!"

Ms Taylor war Amanda sofort sympathisch. Sie war eine enorme Verbesserung gegenüber Mr Runyon, der Algebra an der Shadyside Highschool unterrichtete und aussah wie eine alte Dörrpflaume.

Amanda sah sich um. Nicht weit von ihr saß ein großer Junge mit welligem braunen Haar, breiten Schultern und großen dunkelbraunen Augen. „Nicht schlecht", dachte Amanda.

Er schien gemerkt zu haben, dass sie ihn angeschaut hatte. Jedenfalls drehte er sich um und lächelte sie an.

„Wirklich nicht übel", stellte sie fest. Als Ms Taylor die Namensliste vorlas, erfuhr sie, dass sein Name Dave Malone war.

„Sucht euch einen Partner und arbeitet die ersten drei Aufgaben auf Seite 10 durch", sagte Ms Taylor.

Mit einem Lächeln, das seine strahlend weißen Zähne blitzen ließ, schaute Dave zu Amanda herüber und schob dann seinen Tisch neben ihren.

Amanda hatte echte Probleme, sich auf die Arbeit zu konzentrieren, während sie neben einem so gut aussehenden Typen saß. Aber zum Glück verstand wenigstens er die Aufgaben und konnte sie leicht lösen.

„Warum bist du eigentlich hier im Sommerkurs?", fragte Amanda. „Du kannst den ganzen Kram doch offenbar schon."

„Den x-, y-, z-Kram schon", sagte er lächelnd. „Aber das, was danach kommt, die Tangenten und Kurven und all das Zeug, da hört's dann auch bei mir auf."

„Dann bist du immer noch wesentlich besser als ich", gab Amanda zu. „Irgendwie hab ich schon bei a $gleich$ x den Anschluss verloren. Ich kann nicht mal mehr die Sachen, die wir im ersten Jahr an der Highschool durchgenommen haben."

„Es ist ja auch nicht so leicht", sagte David. „Aber pass mal auf. Stell dir einfach vor …" Er griff nach Papier und Bleistift und erklärte Amanda die Aufgabe so, dass sie es ohne Weiteres verstand.

„Ich wünschte, du wärst mein Lehrer gewesen", seufzte Amanda, nachdem sie die Aufgabe gelöst hatten. „Dann würde ich wahrscheinlich jetzt nicht hier sitzen."

„Aber dann hätten wir uns auch nicht getroffen", meinte Dave leichthin.

Amanda wurde plötzlich ganz verlegen. „Ja. Da … da hast du wohl recht", stotterte sie.

Nach dem Unterricht verließen Dave und Amanda gemeinsam den Klassenraum. „Kommst du eigentlich aus Seahaven?", fragte Amanda.

Dave nickte. „Ich hab nie woanders gelebt."

„Kennst du dann vielleicht eine Chrissy Minor?"

„Nee. Nie gehört."

„Oder eine alte Frau, die Lorraine heißt? Wahrscheinlich Lorraine Minor. Ihre Tochter, Eloise, geht aufs College."

Dave überlegte einen Moment und schüttelte dann den Kopf. „Die Namen hab ich echt noch nie gehört."

„Ich hatte vermutet, dass außerhalb der Saison wahrscheinlich nicht sehr viele Leute hier leben und du bestimmt jeden in der Umgebung kennst."

„Das dachte ich eigentlich auch", sagte Dave erstaunt. „Warum willst du das denn überhaupt wissen?"

Amanda zuckte mit den Schultern. „Ich bin nur neugierig. Meine Eltern haben einen Babysitter eingestellt – Chrissy Minor – und ich wollte etwas über sie erfahren."

„Ich kenne sie nicht, aber vielleicht sind sie ja auch erst vor Kurzem hierher gezogen."

„Könnte sein", stimmte Amanda zögernd zu.

„Ist sie nett?", fragte Dave.

Amanda wusste nicht, was sie darauf sagen sollte. „Sie ist ganz in Ordnung. Aber … also, ich weiß auch nicht. Wahrscheinlich klingt das jetzt ziemlich blöd."

„Nun leg schon los!", drängte Dave lächelnd. „Blöde Bemerkungen sind normalerweise mein Spezialgebiet."

„Na gut", sagte Amanda widerstrebend. „Ich traue ihr nicht, weil … weil meine Katze sie hasst. Das klingt doch wirklich ein bisschen daneben, oder?"

„Verdammt daneben", stimmte Dave lachend zu. „Halt! Warte! Ich mach doch nur Spaß. Ich glaube nämlich, dass Tiere sehr gut den Charakter von Menschen beurteilen können. Sie bekommen eine ganze Menge mit und müssen sich nicht höflich verhalten wie wir."

„Meinst du das ernst?", fragte Amanda misstrauisch.

„Ganz bestimmt", versicherte Dave, während sie nebeneinanderher gingen. „Ich hatte mal einen Hund. Der hat immer einen Jungen angeknurrt, den ich aus der Schule kannte. Es stellte sich heraus, dass er klaute wie ein Rabe. Nachdem er mein Lieblingsvideospiel hatte mitgehen lassen, wünschte ich, ich hätte früher auf meinen Hund gehört."

„Erzähl das doch mal meinen Eltern", seufzte Amanda. „Sie glauben, Chrissy ist die Vollkommenheit persönlich."

Inzwischen waren sie bei den Fahrradständern angekommen. Amanda schwang sich auf den Sattel und verabschiedete sich von Dave.

Auf dem Nachhauseweg gingen ihr noch einmal seine Worte über den besonderen Instinkt von Tieren durch den Kopf. Er war wirklich ein verdammt netter Typ!

Als sie etwas außer Atem von der Strampelei bergauf oben ankam, lehnte sie das Rad gegen die Vorderfront des Hauses und ging hinein. „Mom?", rief sie laut.

Keine Antwort.

„Merry? Kyle?"

Stille.

Amanda schob die große Glastür beiseite und trat auf die Sonnenterrasse.

Sie blickte hinunter auf den Swimmingpool. Vor Schreck stockte ihr der Atem.

Merry trieb in der Mitte des Pools. Ihre Augen waren geschlossen und ihr dünnes Haar schwebte wie ein Fächer um ihr Gesicht.

Gelähmt vor Entsetzen schoss Amanda ein einziger Gedanke durch den Kopf:

„Merry kann nicht schwimmen!"

5

„Merry – nein!", schrie Amanda und raste die Stufen zum Pool hinunter.

Ohne auch nur einen Moment zu zögern, sprang sie hinein und schwamm, so schnell sie konnte, auf ihre kleine Schwester zu.

Sie hatte Merry schon fast erreicht, als sie unter der Wasseroberfläche einen Schatten entdeckte, der sich bewegte.

Was war das dort unter ihr?

Mit einer großen Woge, dass das Wasser nur so aufspritzte, schwamm ihr das Ding in den Weg und kreuzte genau vor ihr auf.

„Oh!" Voller Panik schrie Amanda auf und vergaß dabei völlig, dass sie unter Wasser war. Nach Luft ringend und Wasser spuckend, erkannte sie plötzlich, dass es Chrissy war, der sie da genau ins Gesicht starrte.

„Was ist hier eigentlich los?", japste Amanda, nachdem sie aufgetaucht war.

„Wie wär's, wenn du mir das sagst?", feuerte Chrissy zurück. „Schließlich bist du diejenige, die mit allen Klamotten in den Pool gesprungen ist."

Nachdem sie sich das Wasser aus den Augen gerieben hatte, sah Amanda, dass Merry sich an Chrissys Arm festhielt. „Ich hab gesss-wimmt!", rief die Kleine stolz.

„Was?", rief Amanda, die sich immer noch nicht von dem Schock erholt hatte, ungläubig. Ihr Herz hämmerte wie verrückt. Mühsam versuchte sie, ruhiger zu atmen.

„Ich wollte ihr zeigen, wie man sich auf dem Rücken treiben lässt", erklärte Chrissy. „Ich war unter Wasser und

35

habe sie festgehalten, als du plötzlich wie eine Irre in den Pool gesprungen bist."

In diesem Moment stürmte Mrs Conklin aus dem Haus, Kyle dicht hinter ihr. „Was soll denn das Theater hier draußen?", rief sie ärgerlich.

Prüfend blickte sie erst Amanda, dann Chrissy an.

„Ach nichts, Mom", murmelte Amanda.

Mrs Conklin runzelte die Stirn, als Amanda sich aus dem Swimmingpool hievte und sie die völlig durchnässte Kleidung ihrer Tochter sah.

„Amanda, hättest du dir nicht vielleicht einen Badeanzug anziehen können?", fragte sie mit drohendem Ton.

Kyle lachte sich kaputt. Er hielt das Ganze für einen großartigen Scherz.

Amanda begleitete ihre Mutter zum Haus und hinterließ dabei eine feuchte Spur auf der Terrasse. „Du siehst echt zum Schießen aus", kicherte Kyle.

Amanda funkelte ihn wütend an. Mrs Conklin zeigte mit dem Daumen zum Pool. „Kyle, geh zu Chrissy. Ich muss mich mit deiner Schwester unterhalten."

„Amanda, jetzt erzähl mir doch bitte mal, was das sollte", sagte Mrs Conklin, als sie allein auf der Terrasse waren.

„Ich … ich dachte, Merry würde ertrinken", stotterte Amanda und versuchte, dem forschenden Blick ihrer Mutter auszuweichen. „Ich sah, wie sie dort auf dem Wasser trieb, und bin hingeschwommen, um sie zu retten. Ich konnte ja nicht wissen, dass Chrissy ihr gerade beibringen wollte, wie man sich treiben lässt."

Mrs Conklin entspannte sich, als sie diese Erklärung hörte. Zärtlich strich sie Amanda eine nasse Haarsträhne aus der Stirn. „Du musst dich ganz schön erschrocken haben", sagte sie sanft.

„Mom, ich hab ein verdammt schlechtes Gefühl wegen Chrissy", platzte Amanda plötzlich heraus.

„Machst du dir immer noch Sorgen wegen der Katze?", fragte ihre Mutter.

„Nein. Das ist es nicht allein", flüsterte Amanda. „Ist dir schon mal aufgefallen, dass die Vögel nicht singen, wenn Chrissy in der Nähe ist?"

„Amanda", sagte ihre Mutter kopfschüttelnd. „Nun sei doch bitte vernünftig. Was bedrückt dich wirklich?"

„Ich kann es dir auch nicht genau sagen, Mom. Es ist nur so ein Gefühl. Und dieser Junge, den ich heute in der Schule getroffen habe, hat noch nie von ihr gehört. Dabei kommt er hier aus dem Ort. Chrissy wohnt gar nicht in Seahaven."

„Sie hat auch gesagt, dass sie mit ihrer Tante außerhalb der Stadt lebt", erinnerte Mrs Conklin Amanda.

„Vielleicht solltest du einfach mal die Adresse überprüfen, die sie uns gegeben hat, und gucken, ob da überhaupt jemand wohnt", schlug Amanda vor.

„Ich werde Chrissy auf keinen Fall nachspionieren!", rief Mrs Conklin empört.

„Hast du denn wenigstens schon mal ihre Zeugnisse überprüft?"

„Ich hab's schon mehrmals probiert, aber die eine Nummer ist ständig besetzt und bei der anderen geht niemand ran", sagte Mrs Conklin.

„Findest du das nicht ein bisschen merkwürdig?", bohrte Amanda weiter nach.

„Ach nein. Überhaupt nicht. Wahrscheinlich hat die eine Familie Kinder in deinem Alter, die ständig das Telefon blockieren, und die andere ist wahrscheinlich im Urlaub. Ich finde das nicht im Geringsten beunruhigend. Irgendwann werde ich schon jemanden erreichen und ich bin überzeugt, dass man uns nur Gutes über Chrissy berichten wird. Ich halte sie für absolut zuverlässig."

„Wusstest du eigentlich, dass sie eine Schwester hat, die im Koma liegt?", fragte Amanda. „Sie hat mir gesagt, sie sei böse."

„Mir hat sie etwas anderes erzählt", sagte Mrs Conklin erstaunt. „Sie ist sehr besorgt um ihre Schwester. Wir sollten nett zu Chrissy sein – sie hat eine schwere Zeit hinter sich. Ihre Eltern sind bei einem Autounfall ums Leben gekommen und ihre Schwester, die einzige Familienangehörige, die sie noch hat, liegt im Koma."

„Aber warum hat sie mir dann erzählt, ihre Schwester sei böse?", hakte Amanda nach.

„Bist du dir ganz sicher, dass du dich nicht verhört hast?"

„Absolut sicher. Und außerdem war es eine ziemlich unheimliche Situation."

Mrs Conklin schüttelte entschieden den Kopf. „Ich glaube, dass deine Fantasie wieder mal mit dir durchgeht, Amanda." Sie fuhr ihrer Tochter liebevoll durch die nassen Haare und ging dann zurück ins Haus.

Amanda lehnte sich gegen das Terrassengeländer. Unten im Pool spielten Kyle, Merry und Chrissy mit einem bunten Ball, ein perfektes Bild harmloser Sommerfreuden.

Nachdenklich ging Amanda in ihr Zimmer und zog ihre nassen Sachen aus. Sogleich sprang Mr Jinx auf die Patchworkdecke auf ihrem Bett. Amanda kraulte ihn liebevoll hinter den Ohren.

„Wenn du doch bloß sprechen könntest, Jinx", seufzte sie. „Ich würde zu gern wissen, warum du Chrissy nicht ausstehen kannst. Ich muss es einfach wissen!"

Als ob er ihre Worte verstanden hätte, schob Mr Jinx seinen Kopf in Amandas Hand und rieb sich daran.

„Ich liebe dich auch, Jinxie", sagte Amanda lächelnd.

Sie zog sich Shorts und ein schwarz-rotes T-Shirt über und steuerte dann die Küche an, um sich etwas zu essen zu machen. Mr Jinx folgte ihr dicht auf den Fersen.

Auf dem Weg nach unten kam sie an dem Raum vorbei, den ihre Eltern als Arbeitszimmer benutzten. Ihr Vater saß in einem bequemen Stuhl und sortierte einen Stapel Papiere. Seine langen Beine hatte er vor sich ausgestreckt. Er war so in die Arbeit versunken, dass er nicht einmal aufblickte.

Mrs Conklin saß vor ihrem Laptop, der auf einem kleinen Schreibtisch in einer Ecke des Zimmers stand. Sie bemerkte Amanda und drehte sich kurz mit einem Lächeln um, bevor sie sich wieder in ihren Artikel vertiefte.

Als Amanda und Mr Jinx an der Eingangstür vorbeikamen, blieb die Katze schnurrend davor stehen. „Ist schon okay, ich lass dich raus", sagte Amanda. Sie öffnete die Tür und Mr Jinx schlüpfte nach draußen.

Amanda ging in die Küche und blickte aus dem Fenster, während sie eine Tüte Schokoladenplätzchen aufriss. Chrissy, Kyle und Merry hatten wohl keine Lust mehr gehabt, im Pool herumzuplanschen, und spielten jetzt vor dem Haus.

Auf dem schmalen Fleckchen Rasen links neben der Auffahrt spielten Kyle und Chrissy Federball und Merry rannte aufgeregt zwischen ihnen hin und her.

Während sie sich ein Plätzchen in den Mund schob, sah Amanda ihnen geistesabwesend zu. Sie achtete kaum auf den silbernen Wagen, der sich mit hoher Geschwindigkeit auf der Straße näherte. Aus dem Augenwinkel nahm sie wahr, dass Mr Jinx die Auffahrt hinunterlief.

Plötzlich hörte Amanda den Motor des Wagens laut aufheulen und fast gleichzeitig ertönte das durchdringende Quietschen von Bremsen.

Im nächsten Augenblick sah sie Mr Jinx über den Rasen schießen.

„Nein!", schrie Amanda entsetzt, als der Wagen auf einmal heftig ins Schleudern geriet. Der Fahrer hatte offenbar die Kontrolle über das Fahrzeug verloren.

Das Dröhnen des Motors übertönte Amandas schrille Schreie, während der Wagen genau auf die kleine Rasenfläche zuschoss. Und auf Kyle und Merry!

6

Beide Hände verzweifelt gegen das Küchenfenster gepresst, schrie Amanda immer weiter, während der Wagen
mit einem Wahnsinnstempo über den Rasen auf die Kinder
zuraste. Das Ganze geschah wie in einem bösen Traum.

Merry schrie. Kyle schlug verängstigt die Hände vors
Gesicht.

Chrissy sprang auf die beiden Kinder zu. Und dann ver-
schwanden alle drei hinter dem röhrenden Wagen.

„Merry! Kyle!", hörte Amanda die verzweifelten Schreie
ihrer Eltern.

Der Boden unter ihren Füßen schien zu schwanken, als
sie hinter ihnen zur Tür hinausstürzte.

Und dann erzitterte der Boden wirklich, als der silberne
Wagen mit einem lauten Krachen gegen den geparkten
Kombi der Conklins donnerte und dadurch endlich zum
Stehen kam.

Für einen Augenblick herrschte eine unheimliche, fast
greifbare Stille.

Dann begann Amandas Mutter wieder zu schreien. In
einem Ton völligen Entsetzens und Unglaubens wiederholte sie immer wieder: „Nein! Nein! Nein!"

„Es ist alles in Ordnung!" Chrissys schriller Ruf übertönte den schrecklichen Singsang von Mrs Conklin. „Den
Kindern ist nichts passiert!"

Amanda stand zitternd und mit offenem Mund da und
schnappte nach Luft.

Chrissy hatte die Kinder gerade noch rechtzeitig vor
dem heranrasenden Wagen weggeschubst und zu Boden
geworfen. Jetzt rappelten sich alle drei langsam wieder

41

auf. Merry klammerte sich totenblass und mit wackligen Beinen an Chrissy.

„Gott sei Dank, dass du hier warst, um die beiden zu retten", schluchzte Mrs Conklin.

Sie kniete sich hin und schloss ihre Kinder überglücklich in die Arme.

„Mommy, Mommy, Mommy!", rief Merry und schlang ihr die Ärmchen um den Hals.

Amanda drehte sich nach dem silbernen Wagen um. Ein junger Mann mit kurzen blonden Haaren stieg langsam aus. „Sind die Kinder okay?", fragte er benommen und mit zitternder Stimme.

„Wie konnte das denn nur passieren?", fuhr Amanda ihn an.

„Ich … ich weiß es selbst nicht", stotterte der Mann und zuckte hilflos mit den Schultern. „Ehrlich! Das ist ja das Merkwürdige daran." Er blickte ungläubig auf sein Auto, das mit voller Wucht in die Beifahrerseite des Kombis geknallt war.

„Mein Wagen – er hat ganz plötzlich angefangen zu beschleunigen", fuhr der Mann mit immer noch zitternder Stimme fort. „Ich konnte nicht mehr lenken. Dann habe ich die Bremse bis zum Anschlag durchgetreten, aber sie hat überhaupt nicht reagiert."

„Haben Sie etwa getrunken?", fragte Mr Conklin misstrauisch. „Wenn ja, schwöre ich …"

„Nein!", protestierte der Mann. „Nicht einen Tropfen! Ich trinke nie etwas. Ich … ich weiß wirklich nicht, was da passiert ist. Ich habe ganz bestimmt nicht Gas gegeben. Bitte glauben Sie mir doch! Ich fühle mich furchtbar …" Er verstummte und senkte den Blick.

„Wir rufen wohl besser einen Abschleppwagen", knurrte Amandas Vater, der sich schon wieder ein bisschen beruhigt hatte. „Zum Glück ist ja niemand verletzt worden."

Ihr Vater drehte sich um, um ins Haus zurückzugehen, da entdeckte Amanda einen vertrauten orange gestreiften Schwanz neben dem Vorderreifen des silbernen Wagens.

Amanda kniete sich hin und zog vorsichtig Mr Jinx' leblosen, blutenden Körper unter dem Auto hervor. „Es ist doch jemand verletzt worden", sagte sie mit erstickter Stimme.

Amanda sah auf und blickte direkt in Chrissys Gesicht. Ein gemeines Lächeln spielte um ihre Lippen.

Fassungslos starrte Amanda sie an. „Nein", dachte sie. „Das kann nicht sein! Ich muss mich einfach irren!"

Im nächsten Augenblick war das Lächeln von Chrissys Gesicht verschwunden, als hätte es jemand weggewischt.

Amanda nahm die Katze auf den Arm und stand auf. „Du bist froh, dass er tot ist", zischte sie Chrissy an.

„Amanda, bitte", sagte Mrs Conklin empört. „Wir sind alle traurig wegen Mr Jinx, aber lass es nicht an Chrissy aus!"

„Es tut mir schrecklich leid um die Katze", sagte der Mann mit schuldbewusstem Gesicht. „Aber ich habe sie wirklich nicht gesehen."

Amanda öffnete den Mund, um etwas zu sagen, aber sie brachte keinen Ton heraus. Dicke Tränen rollten ihr die Wangen hinunter.

Kyle stellte sich neben sie und streichelte Mr Jinx' leblosen Kopf. „Armer Kerl", sagte er mitfühlend.

Den Kater immer noch auf ihren Armen, ging Amanda ums Haus in Richtung Wald. Sie griff sich einen Spaten, der an der Wand des Schuppens lehnte.

„Warte auf mich!", rief Kyle, der hinter ihr herlief.

Stumm gingen sie unter den Bäumen dahin. Kurz bevor das steil abfallende Waldstück in den Strand überging, entdeckte Amanda zwei große Felsbrocken, die schräg zueinander standen. Dazwischen war eine schmale Öffnung, gerade breit genug, dass sich ein Mensch hindurchquetschen konnte.

„Ich glaube, das ist genau der richtige Ort", beschloss Amanda. Sie legte Kyle den Kater in die Arme und fing an zu graben.

Kyle stand neben ihr und sah ihr zu, wie sie die stumpfe Spitze des Spatens in die felsige Erde stieß.

Als ihr Bruder sich plötzlich hinhockte und Mr Jinx vorsichtig auf den Boden gleiten ließ, blickte Amanda verwundert von ihrer Arbeit auf. Kyle verschwand für ein paar Minuten und kehrte dann mit einer Handvoll Blätter und Kiefernzweige zurück. „Das wird ein gutes Bett für ihn sein", sagte er und stopfte das Grün in das Loch, das Amanda gegraben hatte.

Sie legten Mr Jinx hinein und bedeckten ihn mit den restlichen Blättern, bevor Amanda das kleine Grab zuschaufelte.

Die Brandung des Ozeans, der hinter ihnen lag, donnerte mit einem gleichmäßigen Geräusch an den Strand und dröhnte in Amandas Ohren.

„Sag mal, Kyle, fandest du es nicht auch merkwürdig, dass der Wagen so völlig außer Kontrolle geraten ist?", fragte Amanda, während sie sich den Dreck abklopfte.

Kyle zuckte mit den Schultern. „Ich habe mich jedenfalls wahnsinnig erschrocken", gab er zu. „Ich hab den Wagen nicht mal kommen sehen, weil ich gerade versuchte, den Federball zu erwischen. Hast du es eigentlich mitgekriegt?"

„Ja. Es war genau, wie der Mann gesagt hat. Der Wagen schien plötzlich ein Eigenleben zu haben."

„Ganz schön unheimlich", murmelte Kyle.

„Stimmt. Ziemlich unheimlich, würde ich sagen!"

Amanda fühlte sich wie betäubt.

Sie kriegte nicht mal ein Hotdog herunter, als die Familie später auf der Terrasse grillte. Sie konnte einfach nicht glauben, dass ihr geliebter Kater tot sein sollte.

Nach dem Essen schloss sie sich in ihrem Zimmer ein und versuchte, sich auf Algebra zu konzentrieren.

Lautes Lachen drang aus dem Wohnzimmer zu ihr herauf. Die anderen spielten dort unten Scharade. Amandas Eltern versuchten, die Kinder von dem schrecklichen Erlebnis am Nachmittag abzulenken.

Aber keiner hatte sie gefragt, ob sie Lust hatte, mitzuspielen. Amanda war sich nicht sicher, was sie davon halten sollte.

Vielleicht ließen sie sie ja mit Absicht in Ruhe, damit sie mit Mr Jinx' Tod fertig werden konnte. Oder hatten sie sie einfach vergessen? Hatte Chrissy sie schon ersetzt?

Es war völlig sinnlos, mit Algebra weiterzumachen. Sie konnte sich einfach nicht darauf konzentrieren. Seufzend klappte sie ihr Buch zu und ging nach unten zu den anderen.

Im Eingangsflur blieb sie für einen Moment stehen und beobachtete die kleine Gruppe. Sie waren so vertieft in ihr Spiel, dass sie sie gar nicht bemerkten.

Chrissy stand in der Mitte des Kreises. Sie versuchte offenbar ein Tier mit Krallen darzustellen. Dann legte sie die Finger an die Schläfen.

„Ein Bulle!", brüllte Kyle triumphierend.

Chrissy schüttelte den Kopf. Noch einmal fuhr sie mit ihren unsichtbaren Krallen durch die Luft.

„Eine Katze!", rief Merry.

Chrissy berührte ihre Nase und signalisierte damit, dass es die richtige Antwort war. Dann schnappte sie sich Kyles Baseballmütze. Sie warf sie auf den Boden, zog ihre Sandalen aus und stieg mit beiden Füßen hinein.

„*Die Katze im Hut!*", riet Mrs Conklin.

„Stimmt!", sagte Chrissy strahlend.

„Die Katze im Grab meintest du wohl", dachte Amanda bitter. Sie drehte sich um und ging in ihr Zimmer zurück. Seufzend ließ sie sich aufs Bett fallen. Was für ein Tag …

Sie fühlte sich plötzlich völlig erschöpft.

Während die silbergraue Dämmerung das Zimmer langsam in ein sanftes Licht tauchte, fiel Amanda in einen unruhigen Schlaf.

Ihre Träume waren ein chaotischer Wirbel von Bildern und Stimmen. Auf einmal sah sie Mr Jinx im Swimmingpool, der kurz davor war, zu ertrinken. Sie sprang hinein, um ihn zu retten. Aber ein riesiger Krake tauchte vom Grund des Beckens auf und umschlang sie mit seinen gewaltigen Fangarmen.

Verzweifelt versuchte Amanda, sich zu befreien. Aber es war aussichtslos.

Wie ein Schwimmer, der in eine gefährliche Strömung geraten ist, fühlte sie sich völlig machtlos gegen diese Kraft, die viel stärker war als sie.

Zu ihrem blanken Entsetzen sah sie, wie auf einmal der Boden des Beckens verschwand und sich ein riesiges schwarzes Loch auftat.

Der Krake schwamm genau darauf zu und zog die verzweifelt strampelnde Amanda mit sich – tiefer und immer tiefer in die endlose Finsternis.

In diesem Moment erwachte Amanda und setzte sich verwirrt auf.

„Ich bin ja noch angezogen", dachte sie. „Wann bin ich denn eingeschlafen?"

Sie starrte in die Dunkelheit. Was war denn das für ein rötlicher Schimmer?

Nach einer Weile gewöhnten sich ihre Augen an die Dunkelheit und sie erkannte, dass es die Leuchtanzeige ihres Weckers war. Es war kurz vor halb eins.

Amanda blieb noch kurz liegen und lauschte dem Zirpen der Grillen. Es war das einzige Geräusch, das die absolute Stille durchbrach.

Dann stand sie auf und ging langsam zum Fenster. Ein bleicher Vollmond schien auf sie herab.

Amandas Magen knurrte laut und ihr Mund fühlte sich ganz trocken an. „Vielleicht sollte ich erst mal einen Schluck Wasser trinken", dachte sie. Sie rieb sich die Augen und schlüpfte hinaus in den dunklen Flur.

Im Haus war es still. Auch ihre Eltern waren schon zu Bett gegangen. Als sie an Chrissys Zimmer vorbeikam, sah sie, dass die Tür offen stand.

Verwundert ging sie näher heran und warf einen vorsichtigen Blick in den Raum.

Sie erblickte Chrissy, die in einem Strahl schimmernden Mondlichts stand. Sie trug ein weißes, ärmelloses Nachthemd, das bis auf den Boden reichte.

Im selben Moment warf Chrissy den Kopf zurück und lachte laut auf.

„Warum sieht sie so groß aus?", fragte sich Amanda verwundert, während sie angestrengt in das dunkle Zimmer starrte. „Ist das eine optische Täuschung oder träume ich vielleicht noch?"

Plötzlich schien Chrissy Amandas Anwesenheit zu spüren und wirbelte herum.

Erschrocken schlug Amanda die Hand vor den Mund.

In dem blassen Mondlicht wirkte Chrissys Gesicht verzerrt und böse.

Sie starrte Amanda unverwandt an und lachte wieder auf. Es war ein unheimliches, verächtliches Lachen.

Amanda wollte sich umdrehen und weglaufen, aber sie konnte nicht. Irgendetwas in Chrissys Blick hielt sie zurück. Ihre Beine waren wie gelähmt.

„Warum sieht sie nur so groß aus?", schoss es ihr noch einmal durch den Kopf. Und dann sah sie es …

„Nein!" Ein stummer, ungläubiger Schrei schien in ihrem Kopf zu explodieren.

Chrissy schwebte ein ganzes Stück über dem Boden!

7

Dunkelrote Flecke kreisten vor Amandas Augen. Ein Teil von ihr sehnte sich danach, in die tröstliche Dunkelheit zurückzusinken, aber ein anderer Teil kämpfte verzweifelt darum, wach zu werden.

Langsam verblassten die Flecke zu einem verwaschenen Grau.

Der Nebel lichtete sich und sie erblickte verschwommen das Gesicht ihres Vaters.

„Ich glaube, sie kommt zu sich", hörte sie ihn sagen und fühlte, wie ihr etwas Kaltes auf die Stirn gepresst wurde. Dann sah sie das besorgte Gesicht ihrer Mutter aus dem Nebeldunst auftauchen.

„Was ist denn passiert?", fragte Amanda mit schwacher Stimme. „Mein Kopf tut furchtbar weh. Was macht ihr denn hier?"

„Du bist offenbar ohnmächtig geworden", sagte ihr Vater. „Ich bin aufgestanden, um mir ein Glas Wasser zu holen, und habe dich auf dem Boden vor Chrissys Zimmer gefunden."

Als er ihren Namen aussprach, fiel Amanda plötzlich alles wieder ein.

Mühsam rappelte sie sich hoch. „Ihr müsst sie sofort rausschmeißen!", rief sie mit schriller Stimme. „Bitte!"

„Beruhige dich doch, Amanda", sagte Mrs Conklin und nahm sanft ihren Arm.

Amanda schob die Hand ihrer Mutter weg. „Ich *will* mich aber nicht beruhigen. Es wird irgendetwas Schreckliches passieren, wenn wir sie nicht so schnell wie möglich loswerden!"

Amanda versuchte, das Zittern in ihrer Stimme zu unterdrücken. Sie wusste, dass sie völlig außer sich klang, aber sie konnte nichts dagegen machen.

Sie mussten ihr zuhören. Sie *mussten einfach!*

„Chrissy – sie ist geschwebt. Ich habe es gesehen!"

Ihre Eltern tauschten besorgte Blicke.

„Ihr müsst mir einfach glauben!", drängte Amanda. „Sie ist ein ganzes Stück über dem Fußboden geschwebt. Was glaubt ihr eigentlich, warum ich umgekippt bin?"

Mr Conklin streichelte beruhigend Amandas Schulter. „Das wissen wir nicht, Liebling. Aber wahrscheinlich …"

„Nein!", unterbrach ihn Amanda. Sie sprang auf und nahm ihre Eltern bei der Hand. „Kommt! Kommt mit! Seht es euch selbst an!"

„Amanda, bitte hör doch auf damit", bat ihre Mutter.

Aber Amanda ging energisch auf Chrissys Zimmer zu. Mit einem Stoß öffnete sie die Tür. Sie drehte sich um und stellte fest, dass ihre Eltern direkt hinter ihr waren. Dann betrat sie den Raum. Trotz der Dunkelheit konnte sie erkennen, dass Chrissy in ihrem Bett lag. Schlief sie etwa?

„Was ist denn los?", flüsterte Chrissy verschlafen und setzte sich halb im Bett auf.

Amanda spürte, dass sie am ganzen Körper zitterte. „Du bist geschwebt!", kreischte sie. „Streite es bloß nicht ab. Ich hab's genau gesehen!"

„Geschwebt?", fragte Chrissy verständnislos und rieb sich die Augen. „Wie meinst du das?"

Diese unschuldige Geste brachte bei Amanda das Fass zum Überlaufen.

„Jetzt hör mir mal gut zu!", schrie sie wütend. „Ich habe noch nie Halluzinationen gehabt. Und das habe ich mir auch nicht eingebildet!"

Chrissy sah Amandas Eltern verwirrt an. „Macht sie Witze oder was soll das?"

Amanda sah rot. Irgendetwas in ihr rastete völlig aus.

Sie stürzte sich auf Chrissy. „Lügnerin!", brüllte sie immer wieder und schüttelte sie mit aller Kraft.

Chrissy war so überrascht, dass sie sich nicht wehrte und Amanda nur mit offenem Mund anstarrte.

„Lügnerin!", kreischte Amanda mit einer so hohen, schrillen Stimme, wie sie sie noch nie von sich gehört hatte.

Plötzlich spürte sie, wie zwei kräftige Arme sich um ihre Taille legten und sie von Chrissy wegzogen. Ihr Vater hielt sie so fest, dass sie sich nicht aus seinem Griff befreien konnte.

„Es tut mir leid, Chrissy", sagte er sichtlich verlegen. „Versuch, wieder zu schlafen. Das Ganze ist mir wirklich sehr peinlich."

Chrissy atmete immer noch heftig. Zitternd setzte sie sich im Bett auf. „Ist alles in Ordnung mit Amanda? Warum regt sie sich denn bloß so auf? Kann ich irgendwas für sie tun?"

„Nein, nein. Wir kümmern uns schon um sie. Es wird ihr bald besser gehen. Schlaf jetzt lieber", sagte Mr Conklin entschieden.

Amanda gab ihren Widerstand auf und ließ sich von ihren Eltern aus dem Zimmer führen. Sie gingen die Treppe hinunter ins Wohnzimmer. Dort setzte ihr Vater sie auf die Couch und hielt mit sanftem, aber festem Griff ihre Handgelenke umfasst.

Eine Welle von Gefühlen überschwemmte Amanda. Furcht, Verlegenheit, Wut und Verzweiflung. Sie schien immer mehr in ihr anzuschwellen – bis sie glaubte, es nicht länger aushalten zu können. Und auf einmal, so als wäre plötzlich ein Damm gebrochen, stiegen heftige, trockene Schluchzer in ihr auf.

Sie beugte sich vor, verbarg ihr Gesicht in den Händen und ließ die Tränen fließen.

Nach einer Weile hörte sie, dass jemand den Raum betrat. Sie blickte auf und entdeckte Kyle, der sich schläfrig die Augen rieb. „Was ist denn mit Amanda los?", fragte er mit dünner Stimme.

Mrs Conklin sprang auf und nahm ihn in den Arm. „Gar nichts, mein Schatz. Amanda ist nur durcheinander wegen Mr Jinx. So, und jetzt gehst du schön wieder ins Bett."

„Aber sie kann doch gar nichts dafür", murmelte Kyle, als er an der Hand von Mrs Conklin zurück in sein Zimmer stolperte.

„Deine Mutter hat recht", sagte Mr Conklin sanft. „Du hast bestimmt einen Schock von den Erlebnissen dieses Tages. Mir geht es ja auch ein bisschen so. Und ich weiß doch, wie sehr du Mr Jinx geliebt hast."

Durch Kyles unerwartetes Auftauchen hatte Amanda sich schon ein wenig beruhigt, aber als ihr Vater Mr Jinx erwähnte, kamen ihr wieder die Tränen. Sie hatte das Gefühl, als ob sie überhaupt nicht mehr aufhören könnte zu weinen.

Mrs Conklin kam zurück ins Wohnzimmer und setzte sich dicht neben Amanda auf die Couch. „Sag mal, Liebling, hast du vielleicht das Gefühl, dass Chrissy jetzt bei uns deinen Platz einnimmt?", fragte sie vorsichtig.

„Mom, bitte hör auf damit!", fauchte Amanda gereizt. „Kannst du mich im Moment nicht mit solchen Fragen in Ruhe lassen?"

„Ich will doch nur, dass ihr mir glaubt", dachte sie im

Stillen. „Ich weiß genau, was ich vorhin gesehen habe. Ich bin nicht verrückt!"

Sie wischte sich die Tränen aus dem Gesicht und atmete ein paarmal tief durch, um sich zu beruhigen. „Mom, Dad, bin ich vorher schon jemals in Ohnmacht gefallen?", fragte sie.

„Nein", musste Mrs Conklin zugeben.

„Habe ich irgendwelche komischen Sachen gesehen?"

„Nein, Liebling", sagte Mrs Conklin sanft.

„Warum sollte ich dann jetzt auf einmal damit anfangen? Und warum sollte ich wohl in Ohnmacht fallen, wenn ich nicht etwas Schreckliches gesehen hätte?"

„Amanda", sagte ihr Vater nachdenklich. „Du hast nicht zu Abend gegessen. Außerdem hattest du einen verdammt harten Tag. Und vielleicht wirst du ja sogar krank."

„Nicht zu vergessen, dass du auch geschlafwandelt haben könntest", schaltete Mrs Conklin sich ein. „Ich denke, du hast das alles nur geträumt und dich dann vor Chrissys Zimmer hingelegt."

„Das klingt ziemlich wahrscheinlich", stimmte Mr Conklin zu.

Amanda musste sich widerstrebend eingestehen, dass es zumindest eine Möglichkeit war. Auf jeden Fall klang es vernünftiger als die Tatsache, dass Chrissy wirklich durch die Luft geschwebt war.

„Vielleicht habt ihr ja recht", gab sie erschöpft nach.

Ihre Mutter rutschte unruhig auf der Couch hin und her. „Amanda, du weißt, dass der Artikel über Stress bei Teenagern, den ich gerade schreibe, mir eine Menge klargemacht hat", begann sie. „Mir war vorher gar nicht bewusst, welchen Belastungen ihr ausgesetzt seid. Vielleicht solltest du einfach mal mit einem Therapeuten sprechen."

Amanda stöhnte genervt. „Ich bin keins von diesen Kids, die du für deinen Artikel interviewt hast. Ich brauche verdammt noch mal keinen Therapeuten."

Mrs Conklin ließ nicht locker. „Manchmal müssen wir alle mal über unsere Gefühle sprechen. Ich habe vor Kurzem gerade ein Buch über das Schlafwandeln gelesen. Meistens ist der Grund dafür, dass die betreffende Person unter Stress steht."

Amanda sah ihren Vater Hilfe suchend an. Doch er betrachtete sie nur nachdenklich. Dann räusperte er sich und sagte: „Warum reden wir nicht morgen darüber? Ich glaube, es ist am besten für uns alle, wenn wir jetzt noch ein bisschen Schlaf kriegen."

Amanda kuschelte sich unter die Bettdecke. Sie fühlte sich hellwach.

Sie hatte nicht mehr das Bedürfnis zu weinen, aber sie konnte nicht aufhören, an all das zu denken, was sich ereignet hatte, seitdem Chrissy aufgetaucht war.

Und wieder sah sie Chrissy vor sich, wie sie in der Luft schwebte, ihre nackten Füße ein ganzes Stück über dem Boden.

War das wirklich geschehen?

„Ich kann meinen Eltern nicht übel nehmen, dass sie eine so verrückte Geschichte nicht glauben wollen", dachte Amanda. Sie musste zugeben, dass die Schlafwandeltheorie am wahrscheinlichsten war.

Sie lag regungslos in der Dunkelheit und lauschte den Grillen. Trotz der geschlossenen Vorhänge fiel ein Streifen weißen Mondlichts durch das Fenster und zeichnete eine schmale Linie auf den hölzernen Fußboden.

Auf einmal spürte Amanda, wie erschöpft sie war. Aber

sie hatte Angst einzuschlafen, weil sie befürchtete, von Chrissys verzerrtem, lachendem Gesicht zu träumen. Auch wenn das Ganze nur ein Traum gewesen sein sollte, wollte sie es auf keinen Fall noch einmal erleben.

Schließlich fiel sie in einen kurzen, unruhigen Schlaf. Als sie erwachte, zeigte die Uhr Viertel nach zwei.

Amanda setzte sich im Bett auf. Das Zirpen der Grillen war verstummt. Jetzt hörte Amanda andere Geräusche.

Jemand war wach und ging im Haus umher.

Jeder Nerv in ihrem Körper schien unter Strom zu stehen, als sie vorsichtig aus dem Bett schlüpfte. Aber ihre Neugier siegte über ihre Angst und sie schlich leise auf den Flur.

Sie musste unbedingt wissen, wer um diese Zeit noch wach war.

Amanda hielt sich dicht an der Wand und huschte zu Chrissys Zimmer hinüber. Ihr Herz schlug schneller, als sie feststellte, dass die Tür offen stand.

Sie kämpfte gegen das heftige Bedürfnis an, in ihr Zimmer zurückzurennen und sich die Decke über den Kopf zu ziehen. Eigentlich wollte sie lieber gar nicht wissen, was sie diesmal zu sehen bekommen würde, wenn sie einen Blick in Chrissys Zimmer warf.

Dennoch nahm sie ihren ganzen Mut zusammen und steckte den Kopf durch die Tür. Chrissys Bett war leer. Blasses Mondlicht fiel auf die zerknüllte Decke.

Amanda atmete tief ein. „Chrissy, wo bist du?", dachte sie. „Warum schläfst du nicht?"

Sie folgte den Geräuschen die Treppe hinunter bis zur Küche, in der das Licht brannte.

Dort stand Chrissy in einem leichten, pinkfarbenen Morgenrock, den sie über ihr Nachthemd gezogen hatte. Sie lehnte sich gegen den Küchentresen und naschte aus der offenen Tüte Plätzchen, während sie nachdenklich aus dem Fenster schaute.

„Bloß eine nächtliche Fressorgie", dachte Amanda und stieß einen leisen Seufzer der Erleichterung aus.

Beruhigt ging sie zurück, die Treppen hoch und durch den dunklen Flur. Als sie an Chrissys Zimmer vorbeikam, warf sie noch einen kurzen Blick hinein – und erstarrte!

Die Zeitungsausschnitte! Sie lagen mitten auf Chrissys Bett.

„Warum habe ich sie vorhin denn nicht gesehen?", fragte sich Amanda verwundert. Aber dann fiel ihr auf, dass der Strahl des Mondlichts ein kleines Stück weitergewandert war. Vorher waren die Ausschnitte in der Dunkelheit verborgen gewesen.

„Ich muss diese Artikel unbedingt haben", beschloss Amanda. „Ich muss herausfinden, was Chrissy vor uns verbirgt."

Sie warf einen schnellen Blick über die Schulter. Chrissy war immer noch unten in der Küche.

„Das ist meine große Chance", dachte sie und schlüpfte in Chrissys Zimmer.

Ihr Herz klopfte wie wild, als sie sich über das Bett beugte und die Zeitungsausschnitte aufsammelte. Es waren ungefähr fünfzehn Stück.

Mit zitternder Hand hob Amanda einen hoch und las die Schlagzeile: „Teenager immer noch im St.-Andrews-Krankenhaus".

Sie ließ ihn fallen und griff nach einem anderen Artikel.

Aber bevor sie ihn nah genug vor die Augen halten konnte, um ihn in dem schwachen Licht zu entziffern, fühlte sie plötzlich, wie sich eine kalte Hand in ihren Nacken legte.

8

Amanda zuckte zusammen. Die Zeitungsausschnitte fielen ihr aus der Hand und segelten zu Boden. Erschrocken drehte sie sich um.

Hinter ihr stand Chrissy und starrte sie wortlos an. Ihr Gesicht war völlig verzerrt vor Wut.

Amanda rieb sich den Nacken. Sie fühlte immer noch die kühlen Druckstellen, wo Chrissy sie gepackt hatte.

Plötzlich wehte durch das halb geöffnete Fenster eine scharfe Brise herein und wirbelte die Zeitungsausschnitte über den Boden.

„Habe ich vielleicht doch Halluzinationen?", fragte sich Amanda. „Ist es nur der Wind oder ist es Chrissy, die mich nicht an die Artikel herankommen lassen will?" In dem bleichen, gespenstischen Mondlicht segelten die Schnipsel in Richtung Tür.

Chrissy trat ein Stück zurück und blieb dann kerzengerade stehen, vor Wut wie zu einer Salzsäule erstarrt. Die herumwirbelnden Ausschnitte waren zu ihren Füßen zur Ruhe gekommen.

„Verschwinde sofort aus meinem Zimmer, Amanda", zischte sie mit gefährlich zusammengekniffenen Augen. „Was ist eigentlich mit dir los? Erst greifst du mich an, während ich schlafe, und dann schleichst du dich hinter meinem Rücken in mein Zimmer."

Sie warf empört den Kopf hin und her, so als wollte sie mit dieser Bewegung ihren Ärger abschütteln. „Lass mich gefälligst in Ruhe! Wenn ich dich noch einmal in meinem Zimmer erwische …"

„Ich … ich wollte nicht … Ich tu's auch nicht wieder",

stammelte Amanda verlegen. Sie lief an Chrissy vorbei zur Tür und versuchte, ihrem strengen Blick auszuweichen.

Kaum war sie aus dem Zimmer, donnerte Chrissy die Tür hinter ihr zu. Amanda stand fröstelnd im Flur und wollte gerade in ihr Zimmer gehen, als ihr etwas auffiel. Durch das Dachfenster über ihrem Kopf schien der Mond herein und in seinem blassen Licht entdeckte Amanda einen der Zeitungsausschnitte, der offenbar in den Flur geweht worden war.

Schnell griff sie danach und rannte in ihr Zimmer. Sie schloss die Tür hinter sich und machte das Licht an.

Mit vor Aufregung zitternden Händen starrte Amanda auf den Zeitungsausschnitt. Das Erste, was ihr auffiel, war, dass der Artikel aus der *Harrison County Gazette* stammte.

Harrison County war nicht weit von Shadyside entfernt, mit dem Auto nur ungefähr 25 Minuten. Warum hatte Chrissy so großes Interesse an einer Sache, die mit diesem Ort zu tun hatte? Immerhin war es eine ganz schöne Entfernung bis nach Seahaven.

Wie auch der andere Zeitungsausschnitt war dieser zwei Jahre alt. Mit klopfendem Herzen hockte sich Amanda auf die Bettkante und begann zu lesen.

Der Artikel berichtete von einer furchtbaren Tragödie. Mr und Mrs Anton Minor aus Harrison County waren eines Morgens tot in ihren Betten gefunden worden. Nur ihre Tochter, Lilith Minor, hatte überlebt. Aber wie Chrissy bereits erzählt hatte, lag sie im Koma, und es bestand wenig Hoffnung, dass sie jemals wieder daraus erwachen würde.

Laut Zeitungsartikel ging man davon aus, dass es sich

um einen tragischen Unfall handelte. Jemand hatte das Auto der Familie mit laufendem Motor in der Garage stehen lassen. Zuerst hatte sich die Garage mit dem Kohlenmonoxid gefüllt, dann waren die tödlichen Dämpfe durch das Rohrleitungssystem der Heizung in das Haus eingedrungen und die Familie hatte das Gas im Schlaf eingeatmet. Mr und Mrs Minor waren nicht wieder aufgewacht. Und Lilith in gewisser Weise auch nicht.

Amanda starrte ratlos auf den Zeitungsausschnitt in ihrer Hand.

Wieso kam Chrissy in dem Artikel überhaupt nicht vor? Es war natürlich möglich, dass sie zu diesem Zeitpunkt bei ihrer Tante gelebt hatte, aber warum sollte sie? Vielleicht war sie ja auch gerade woanders gewesen, als das Unglück passierte. Trotzdem war es merkwürdig. Normalerweise wurden in den Zeitungsartikeln auch die überlebenden Familienmitglieder erwähnt.

„Wahrscheinlich hatten die Reporter mal wieder ungenau berichtet", vermutete Amanda. Ihr Vater beschwerte sich ständig, dass die Zeitungsfritzen ziemlich sorglos mit den Tatsachen umgingen, wenn sie über einen der Fälle schrieben, die er vor Gericht vertrat.

Plötzlich fiel es Amanda wie Schuppen von den Augen. Mit einem unterdrückten Aufschrei schlug sie sich gegen die Stirn. Chrissy hatte ihrer Mutter erzählt, dass ihre Eltern bei einem *Autounfall* gestorben wären. Das stimmte gar nicht. Warum hatte sie gelogen? Und warum tauchte ihr Name nicht in den Zeitungsartikeln auf?

„Bis jetzt habe ich erst einen Teil des Puzzles", sagte sich Amanda. „Irgendwie muss ich auch noch den Rest herausfinden. Die Informationen, die ich brauche, sind bestimmt in den anderen Zeitungsausschnitten zu finden."

Amanda musste heftig gähnen und beschloss, dass es für heute Nacht wirklich genug war.

Sie ging zum Fenster hinüber, zog die Vorhänge auf und blickte auf den vom Mondlicht beschienenen Wald. „Seahaven ist wirklich ein hübscher Ort", dachte sie. „Es könnte alles so perfekt sein, wenn Chrissy nicht wäre."

Morgen werde ich ganz bestimmt eine Möglichkeit finden, an die anderen Zeitungsausschnitte zu kommen", sagte sie sich. „Das kann doch gar nicht allzu schwer sein. Ich werde einfach abwarten, bis Chrissy mit Kyle und Merry aus dem Haus ist, und dann in ihr Zimmer gehen und sie lesen.

Und morgen früh zeige ich meinen Eltern den Artikel. Dann werden sie wohl zugeben müssen, dass ich nicht total verrückt bin, dass ich mich nicht in Chrissy getäuscht habe.

Kann ja sein, dass Chrissy nicht wirklich geschwebt ist. Vielleicht habe ich es nur geträumt, aber trotzdem stimmt irgendetwas mit ihr nicht. Sie spielt uns etwas vor."

Amanda ging zu ihrer Kommode und öffnete die oberste Schublade, um das Papier unter ihrer Unterwäsche zu verstecken.

Plötzlich bemerkte sie eine merkwürdige prickelnde Hitze an ihren Fingerspitzen. „Hey!", rief sie überrascht aus.

Sie schnappte nach Luft, als der Zeitungsausschnitt in ihren Händen Feuer fing. Schnell versengten die weiß glühenden Flammen ihre Finger und Amanda schrie laut auf vor Schmerz.

Sie schleuderte das brennende Papier quer durch den Raum. „Oh nein!", flüsterte sie bestürzt, als sie sah, dass die Flammen die Fransen der gestreiften Überdecke auf ihrem Bett erfassten. Mit rasender Geschwindigkeit schoss das Feuer an der Kante der Decke hoch.

Geistesgegenwärtig griff Amanda nach ihrem großen weichen Kissen und schlug auf die Flammen ein. Als es ihr endlich gelungen war, das Feuer zu löschen, hörte sie ein erschreckendes Geräusch.

Gelächter. Aber wo kam es her? Sie blickte sich suchend im Raum um. Doch dann stellte sie zu ihrem Entsetzen fest, dass das Gelächter in ihrem eigenen Kopf widerhallte.

Sie presste beide Hände gegen die Stirn, aber das böse Lachen hörte einfach nicht auf. Amanda schloss die Augen und schüttelte wild ihren Kopf, aber es hatte keinen Zweck.

Dann ließ sie wie erstarrt die Hände sinken. Dieses heisere, kehlige Lachen kannte sie doch! Genauso hatte Chrissy sich angehört, als sie vorhin drüben im Mondlicht schwebte.

„Hör auf!", schrie Amanda gequält. „Bitte, hör doch endlich auf!"

9

Am nächsten Morgen in aller Frühe warf Amanda einen nervösen Blick in den Flur. Die Tür von Chrissys Zimmer war geschlossen.

„Jetzt oder nie!", sagte sich Amanda. „Ich muss mich beeilen, bevor die anderen aufwachen."

Sie hatte nicht mehr als ein oder zwei Stunden geschlafen, fühlte sich aber erstaunlich wach. Alle ihre Sinne schienen in Alarmbereitschaft zu sein und sie war voll neuer Energie.

Leise schlich sie in die Küche und zog die Tür vorsichtig hinter sich zu. Sie nahm den Hörer des roten Wandtelefons ab und wählte, zuerst die Vorwahl von Shadyside, dann die Nummer ihrer Freundin Suzi Banton, die im Nachbarhaus in der Fear Street wohnte.

Zum Glück hatte Suzi einen eigenen Telefonanschluss, sodass Amanda nicht das ganze Haus aufwecken würde.

„Nun geh schon ran, Suzi!", dachte Amanda ungeduldig, während das Telefon wieder und wieder klingelte. „Ich brauche deine Hilfe!" Endlich meldete sich Suzis verschlafene Stimme. „Hallo?"

„Hi, Suzi. Ich bin's, Amanda."

„Amanda? Ich hoffe, du hast einen guten Grund, um zu dieser Zeit anzurufen. Ich hatte nämlich gerade einen wunderbaren Traum. Ich segelte in den Sonnenuntergang mit …"

„Ich habe einen guten Grund", unterbrach Amanda sie schroff. „Einen verdammt guten!"

„Warum flüsterst du denn?", fragte Suzi erstaunt. „Was ist los?"

„Ich möchte, dass du mir einen Gefallen tust", sagte Amanda.

„Tut mir leid, ich kann dir kein Geld leihen. Ich bin völlig blank", gähnte Suzi in den Hörer. „Vielleicht kannst du dich daran erinnern, dass ich diesen Sommer keinen Job gefunden habe."

„Darum geht's doch gar nicht. Es ist etwas viel Wichtigeres", flüsterte Amanda. „Könntest du für mich in die Bücherei gehen und in den alten Zeitungsjahrgängen etwas nachschlagen? Ich brauche alles, was du über eine Familie Minor herausfinden kannst."

„Hm", machte Suzi zögernd. „Wer sind denn diese Leute?"

„Ich hab jetzt keine Zeit, dir das zu erklären. Aber es ist unheimlich wichtig für mich."

„Muss das denn unbedingt sein?", maulte Suzi. „Das klingt so verdammt nach Hausaufgaben."

„Suzi, bitte! Die Bücherei von Seahaven ist winzig. Ich bin gestern auf dem Weg zur Schule daran vorbeigekommen. Ich bin sicher, dass sie hier keine älteren Jahrgänge von Zeitungen archivieren", drängte Amanda. „Außerdem schuldest du mir noch was."

„Wofür das denn?", fragte Suzi verblüfft.

„Für all die Male, die du über den Ahornbaum aus deinem Fenster geklettert bist, um dich heimlich mit Pete Goodwin zu treffen. Ich habe nie jemandem davon erzählt."

„Überredet", lachte Suzi. „Wie viele Zeitungen soll ich denn für dich durchackern?"

„Fang mit der *Harrison County Gazette* an", bat Amanda. „Es reicht, wenn du zwei Jahre zurückgehst. Versuch, alles rauszufinden, was geht."

„Kannst du mir vielleicht verraten, was das Ganze soll?"

„Ich hab dir doch schon gesagt, dass ich jetzt keine Zeit habe, es dir zu erklären. Es geht um die Babysitterin, die meine Eltern engagiert haben. Irgendetwas stimmt mit ihr nicht."

„Ich frage mich eigentlich eher, ob mit dir alles in Ordnung ist", sagte Suzi trocken. „Ach übrigens", fügte sie hinzu und klang nun hellwach, „wo wir gerade drüber sprechen. Wie läuft's denn so mit Algebra?"

„Ganz gut. Ich habe einen netten Typen im Kurs getroffen."

„Na, dann weiß ich jetzt auch, was Sache ist. Sag mir, ob ich richtigliege. Euer Kindermädchen ist hinter deinem Freund her, nicht wahr?"

„Du spinnst", zischte Amanda. „Es geht um etwas viel Ernsteres!"

„Was könnte ernster sein als das?", sagte Suzi lachend. „Ich werde schon noch dahinterkommen. Aber du kannst dich auf mich verlassen, Amanda. Kein Problem!"

Von oben hörte Amanda das Geräusch von Schritten. Die Dusche wurde angestellt und die Toilettenspülung rauschte. Es wurde höchste Zeit, vom Telefon zu verschwinden.

„Tausend Dank, Suzi! Ich muss jetzt Schluss machen", sagte Amanda hastig. „Tschüss."

„Warte!", rief Suzi. „Das hätte ich fast vergessen. Hat dich das blonde Mädchen eigentlich gefunden?"

„Welches Mädchen?"

„Sie stand vor eurer Tür, als ihr gerade weggefahren wart. Als ich vorbeikam, sprach sie mich an und fragte nach eurer Familie. Sie sagte, sie sei eine Cousine oder so was. Ich hab ihr erzählt, dass ihr während der Ferien in Seahaven seid."

„Wie sah sie denn aus?", fragte Amanda erstaunt.

„Also, sie war ziemlich hübsch, mit …"

Amanda konnte den Rest des Satzes nicht mehr verstehen, weil sie den Hörer, der plötzlich ganz warm geworden war, erschrocken von ihrem Ohr weggerissen hatte. Sie starrte ihn fassungslos an und stellte fest, dass er begann, sich aufzulösen. Der Hörer wurde so weich, dass ihre Finger in das schmelzende Plastik einsanken.

Und dann strömte Blut heraus. Es lief langsam Amandas Arm hinunter. „Oooh." Ihr entfuhr ein schwacher Schrei, als sie es heiß auf ihre Haut tröpfeln fühlte.

Dann merkte sie, dass es gar kein Blut war, sondern die rote Farbe des Telefonhörers.

Er verformte sich zu einer triefenden, zähflüssigen Masse. Das geschmolzene Plastik hing in klebrigen Fäden bis fast auf den Fußboden.

„Amanda? Amanda? Was ist denn los? Melde dich doch!", erklang auf einmal Suzis besorgte Stimme.

„Suzi, wie sah das Mädchen aus?", rief Amanda verzweifelt in den schmelzenden Hörer.

„Sie war sehr hübsch", kam Suzis lachende Antwort.

Amanda erstarrte. Das war ja gar nicht Suzis Stimme, es war Chrissys!

„Unmöglich!", dachte Amanda. „Das kann einfach nicht sein! Es gibt doch im Haus keinen einzigen Nebenanschluss."

„Du gehst jetzt wohl besser zur Schule, Amanda", erklang wieder Chrissys heisere Stimme.

Der Hörer fiel mit einem ekelerregenden *Plopp* auf den Fußboden. Die widerliche rote Masse vibrierte, als ob sie ein Eigenleben hätte. Amanda starrte ungläubig nach unten.

Dann ertönte Chrissys Stimme aus dem roten Brei. „Warum interessierst du dich so sehr für dieses Mädchen, Amanda? Wieso willst du unbedingt wissen, wie sie aussah? Zerbrich dir nicht deinen hübschen Kopf. Sie wird dich schon rechtzeitig finden. Und wenn es so weit ist – wenn sie dich gefunden hat –, dann wird es dir noch leidtun!"

10

Mit wild klopfendem Herzen raste Amanda die Treppe hoch und durch den Flur zum Zimmer ihrer Eltern.

„Mom! Dad!", schrie sie, als sie durch die Tür stürmte. „Das Telefon! Ihr müsst euch das Telefon anschauen!"

Wenn sie die widerliche rote Pfütze auf dem Küchenfußboden sahen, mussten sie ihr einfach glauben!

Sie blieb abrupt stehen und sah sich verwirrt um. Das Zimmer ihrer Eltern war leer.

Von draußen hörte sie ein metallisches, hämmerndes Geräusch. Sie stürzte zum Fenster und erblickte einen Abschleppwagen, der gerade ihren demolierten Kombi auf den Haken nahm. Ihre Eltern standen daneben und sahen zu. Amanda hatte gar nicht gehört, dass sie das Haus verlassen hatten.

Sie drehte sich um und entdeckte Chrissys Zeugnisse, die auf einem der Nachttische lagen. Ohne lange zu überlegen, griff sie danach. Sie faltete sie zusammen und steckte sie in die hintere Tasche ihrer Jeansshorts.

„Heute werde ich Mom so lange löchern, bis sie Chrissys Empfehlungsschreiben überprüft hat", schwor sich Amanda. Aber wenn ihre Eltern das zerstörte Telefon sahen, würde das vielleicht gar nicht mehr nötig sein. Chrissy würde endlich verschwinden!

Amanda stürmte die Treppe hinunter und in die Küche. Sie blieb wie angewurzelt stehen und schnappte nach Luft.

Das rote Telefon hing friedlich und völlig heil an der Wand, als ob nichts passiert wäre.

Amanda stieß einen frustrierten Seufzer aus. „Was geht hier eigentlich vor?"

Ein eisiger Schauer durchfuhr ihren Körper. „Werde ich langsam verrückt?", fragte sie sich.

„Brennende Zeitungsausschnitte. Schmelzende Telefone. Wenn ich das meinen Eltern erzähle, lassen die mich glatt in die Klapse einliefern!"

Amanda blickte sich suchend in der Küche um. Wo, verdammt noch mal, war Chrissy?

Plötzlich hörte sie das fröhliche Zwitschern von Salz und Pfeffer – ein sicheres Zeichen, dass Chrissy nicht im Haus war.

„Ich werde nicht warten, bis sie wieder auftaucht", beschloss Amanda. Sie griff nach ihrer Umhängetasche, lief nach draußen und holte das Rad aus dem Schuppen. Mit einem hatte Chrissy jedenfalls recht gehabt – sie würde garantiert zu spät zum Unterricht kommen, wenn sie sich nicht beeilte.

Der Abschleppwagen fuhr gerade weg, als Amanda an der Vorderseite des Hauses vorbeikam. „Wie geht's dir heute?", rief ihr Mrs Conklin zu, während Amanda an ihr vorbeistrampelte.

„Gut", gab Amanda kurz zurück. „Ich habe mich selten besser gefühlt."

In der Stadt angekommen, hielt sie als Erstes an einer Telefonzelle in der Nähe des altmodischen Kaufmannsladens und rief Suzi noch einmal an. Diesmal hatte sie Mrs Banton am Apparat. „Suzi sagte, dass sie in die Bücherei wollte oder so was Ähnliches", erzählte sie Amanda und klang ziemlich erstaunt.

„Vielen Dank. Auf Wiederhören." Gute alte Suzi – sie hatte zwar eine große Klappe, aber sie war wirklich zuverlässig. Amanda hoffte inständig, dass sie bei ihren Nachforschungen etwas herausfinden würde.

Sie fuhr weiter zur Seahaven Highschool, stellte ihr Fahrrad ab und rannte zu Raum 10. Dave Malone lächelte sie an, als sie atemlos hereinstürzte. Amanda lächelte zurück.

Dann suchte sie sich einen freien Platz, so nah wie möglich bei Dave.

„Ich hätte mir wirklich nicht träumen lassen, dass ich mal gern zum Algebraunterricht gehen würde", dachte sie. „Alles ist so *normal* hier. Der Ferienkurs, vor dem ich mich so gegraut habe, ist im Moment der einzige Lichtblick. Hier habe ich nicht das Gefühl, dass ich langsam den Verstand verliere."

„Setzt euch jetzt bitte wieder mit eurem Partner zusammen!", rief Mrs Taylor durch die Klasse.

Dave rutschte neben Amanda. „Wir haben Glück", sagte er. „Noch sind wir bei dem Stoff, den ich verstehe."

„Na bestens", meinte Amanda und lächelte ihn an.

„Ja, das solltest du noch mal richtig ausnutzen. Nächste Woche fangen wir nämlich mit *Sinus* und *Cosinus* und all dem Zeug an. Da versteh ich immer nur Bahnhof."

„Ich denke, gemeinsam werden wir uns schon irgendwie durchbeißen", sagte Amanda aufmunternd.

„Ich weiß nicht." Dave schüttelte den Kopf. „Wahrscheinlich nimmst du mich überhaupt nicht mehr ernst, wenn du merkst, wie schlecht ich wirklich bin."

„Schlechter als ich kannst du gar nicht sein", versicherte ihm Amanda.

„Da wär ich an deiner Stelle nicht so sicher", murmelte er.

Als der Unterricht vorbei war, fragte Dave: „Wie läuft's eigentlich mit eurem Kindermädchen, wegen dem du mich neulich so ausgequetscht hast?"

Amanda schüttelte grimmig den Kopf. „Frag mich lieber nicht. Du würdest es sowieso nicht glauben."

„Versuch's doch einfach", bat Dave sanft.

Amanda sammelte ihre Bücher ein. Während sie mit Dave zum Eingang der Highschool ging, erzählte sie ihm alles, was passiert war. „Und jetzt denkst du wahrscheinlich, dass ich nicht ganz richtig im Kopf bin, nicht wahr?", schloss Amanda, als sie den Rasen vor dem Gebäude erreichten.

„Auf mich machst du nicht den Eindruck, als ob du verrückt wärst", entgegnete Dave ernst. „Es gibt schließlich keinen vernünftigen Grund, warum du dir diese Dinge ausdenken solltest."

Seine Worte hüllten Amanda wie eine warme Umarmung ein. Es tat so gut, dass ihr endlich jemand glaubte.

„Ich bin ganz sicher, dass ich keinen Dachschaden habe. Alle diese merkwürdigen Dinge sind wirklich geschehen. Ich weiß nicht, wie oder warum, aber es ist wahr", versicherte sie ihm.

„Du musst sie unbedingt aus dem Haus kriegen", drängte Dave mit leiser Stimme.

„Aber wie soll ich das denn machen?", fragte Amanda hoffnungslos.

„Wir müssen uns eben was ausdenken." Dave fuhr sich mit einer Hand durch das wellige Haar. „Ich hab mich mal ein bisschen umgehört. Keiner, mit dem ich gesprochen habe, hat jemals etwas von einer Lorraine, Eloise oder Chrissy Minor gehört."

Amanda zog Chrissys Lebenslauf aus der Tasche ihrer Shorts. „Hier steht, dass sie in der Old Sea Road Nummer drei wohnt."

„Garantiert nicht! Es sei denn, ihre Tante ist ein Gespenst", antwortete Dave und starrte auf das Blatt Papier. „Das alte Haus steht seit Jahren leer. Es heißt, dass da ein ganzer Haufen Leute ermordet wurde. Ist 'ne ziemlich seltsame Geschichte. Der Sohn des Hausmeisters ist übrigens ein Freund von mir. Na komm", sagte er plötzlich und reichte ihr die Hand. „Du siehst aus, als könntest du ein bisschen Ablenkung vertragen. Hast du Zeit?"

„Klar", antwortete Amanda und nahm seine Hand.

Dave packte Amandas Fahrrad auf den Rücksitz seines blauen 78er-Mustang und fuhr los, raus aus der Stadt.

Langsam erklomm der Wagen die steile Straße, die zunächst am Strand entlangführte und sich dann bald weit über ihm dahinzog. Amanda zeigte ihm die Stelle, wo sie hätten abbiegen müssen, um zu ihrem Sommerhaus zu kommen.

Sie fuhren bis zum Gipfel des Hügels, wo Dave in einen halbkreisförmigen Parkplatz einbog. Bis auf eine Telefonzelle war er völlig leer.

„Dies ist Channings Bluff, ein öffentlicher Aussichtspunkt", erklärte Dave. „Möchtest du dich mal umschauen?"

„Ja, gern", stimmte Amanda lächelnd zu. Sie stieg aus und ging zu dem Absperrungsgeländer hinüber. Sie schirmte ihre Augen mit der Hand ab und blickte nach unten.

Ein steiler, felsiger Abhang erstreckte sich unter ihr. Drei große Felsbrocken schienen aus der einen Seite des Kliffs hinauszuwachsen. Unter ihnen wirbelten die Wellen des Ozeans um mächtige Steinbrocken herum, die vom Grund emporragten.

„Siehst du diese drei Felsen, dort an der Seite?", fragte Dave. „Mein älterer Bruder und seine Freunde haben sie vor vier Jahren mit ziemlich durchgeknallten Porträts des Rektors, Konrektors und Dekans der Highschool bemalt. Wir nennen es den Mount Rushmore von Seahaven."

„Ich kann die Gesichter gar nicht sehen", sagte Amanda und beugte sich über den Zaun, während sie ihre Augen mit einer Hand gegen die Sonne schützte.

„Nein, aber die Schiffe können sie vom Meer aus sehen", sagte Dave kichernd. „Mein Bruder ist ganz schön verrückt."

„Wie sind sie denn bloß da runtergekommen?", fragte Amanda ungläubig.

„Sie haben die Farbe und die Pinsel an ihren Gürteln befestigt und dann Seile um dieses Geländer hier geschlungen, an denen sie sich runtergelassen haben. Es war eine völlig wahnsinnige Aktion."

Wenige Minuten später verließen sie Channings Bluff. Sie fuhren die Straße hinunter zum Beachside Inn und parkten direkt davor.

„Hast du vielleicht einen Badeanzug dabei?", fragte Dave, als sie ausstiegen.

„Ja, ich trage einen unter meinen Sachen", sagte Amanda. Dave führte sie hinter dem Beachside Inn vorbei an den Strand. „Mein Bruder Mike arbeitet hier", erklärte er und zeigte auf den Schuppen des Bootsverleihs.

„Ist er der Felsenmaler?", fragte Amanda.

„Nein, das ist mein anderer Bruder, Ed."

Als sie bei der Bootsvermietung angekommen waren, begrüßte Dave einen Jungen mit lockigen roten Haaren, der hinter dem Tresen stand. „Hi, Mike. Wie wär's, wenn du uns für 'ne Weile einen Wellengleiter überlässt?"

„Kein Problem", sagte Mike lässig. „Die ganze Woche hat noch niemand eins von den Dingern gemietet. Und ich

kann mir nicht vorstellen, dass heute ein plötzlicher An-
sturm auf die Wellengleiter hereinbricht."

„Sieht nicht danach aus", stimmte Dave ihm zu. „Was
ist mit dem blauen dahinten? Der Zweisitzer."

„Geht schon in Ordnung. Nimm ihn."

Amanda folgte Dave zu den Wellengleitern, die neben
den Segelbooten am Ufer aufgereiht lagen. „Leg einfach
nur deine Arme um mich", erklärte Dave, als Amanda auf
den Sitz hinter ihm kletterte.

„Okay", sagte sie und merkte, dass es sie ein bisschen
verlegen machte, sich so dicht an ihn zu lehnen und ihre
Arme um seine Taille zu schlingen.

„Und jetzt gut festhalten!", rief Dave über die Schulter.

Amanda verstärkte ihren Griff. Sie mochte den Duft
seiner warmen Haut, die leicht nach Seife roch. In seiner
Nähe fühlte sie sich sicher und glücklich.

Kurz darauf rasten sie mit einem Affenzahn über das
Meer. Die feine, aufspritzende Gischt kitzelte Amandas
Wangen und der Fahrtwind peitschte ihr die Haare ins
Gesicht. Sie hatte das Gefühl, als würden sie mit einem
Motorrad über die Wasseroberfläche rasen.

Bald kam ein Fleckchen Land in Sicht, auf das Dave zu-
hielt. Er schaltete herunter und stoppte den Wellengleiter
vorsichtig auf dem felsigen Strand der kleinen Insel.

„Ich möchte dir mein geheimes Versteck zeigen", sagte
er und nahm ihre Hand.

Sie folgte ihm durch ein Wäldchen verkrüppelter Bäume
mit tief hängenden Zweigen. Schließlich kamen sie zu einer halb zerfallenen Holzhütte. „Hier ist es!", rief Dave
und zeigte stolz auf die Hütte.

„Das ist das geheime Versteck?", fragte Amanda etwas
enttäuscht.

„Warte, bis du es von innen gesehen hast", sagte Dave.

Amanda folgte ihm ins Innere der Hütte. „Wow!", rief sie begeistert aus. Der kleine Raum war möbliert mit einem Stuhl, einem schmalen Bett und einem Tisch. Amanda entdeckte zwei große Koffer, Decken, Laternen, Taschenlampen und Schaufeln. „Wofür ist denn all das hier?", fragte sie neugierig.

„Mike und ich haben diese Hütte vor drei Jahren entdeckt", erklärte Dave. „Sie wurde früher von Jägern benutzt, die Gänse, Enten und sogar Waschbären erlegt haben. Aber da das Jagen hier in der Gegend verboten ist, waren die Wildhüter immer hinter ihnen her. Eine ganze Weile haben die Jäger hier ihren Kram versteckt, aber als die Wildhüter drohten, sie zu verhaften, gaben sie schließlich auf. Ich glaube, dass sie so eingeschüchtert waren, dass sie sich nicht mal getraut haben, hierher zurückzukommen und ihre Sachen zu holen."

„Hier liegt ja wirklich 'ne ganze Menge Zeug rum", bemerkte Amanda.

„Ja, zum Teil echt scharfe Sachen", nickte Dave. „Mike und ich nennen diesen Ort übrigens ‚Bluthütte'."

Amanda verzog angewidert die Nase. „Das verstehe ich nicht. Warum denn ausgerechnet ‚Bluthütte'?"

„Sieh doch mal nach unten", forderte Dave sie auf.

„Oh!" Amanda zuckte erschrocken zurück. Die Dielenbretter unter ihren Füßen waren an einigen Stellen zu einem tiefen Braunrot verfärbt. „Glaubst du, das ist wirklich Blut?"

Dave nickte feierlich.

„Tierblut, nicht wahr?", meinte Amanda, der gerade wieder einfiel, dass sie in einer Jagdhütte waren.

„Wahrscheinlich", sagte Dave. „Auf jeden Fall bin ich

dadurch auf eine Idee gekommen. Ich weiß jetzt, wie du Chrissy loswerden kannst."

Seine Augen leuchteten begeistert. Er öffnete einen der beiden Koffer und fing an, aufgeregt darin herumzuwühlen.

Amanda durchlief ein Angstschauder, als Dave ein langes, glitzerndes Messer aus dem Koffer zog und es triumphierend über seinem Kopf schwenkte. „Hier ist es!", rief er mit wild funkelnden Augen. „Das kannst du benutzen!"

„Was? Ist Dave auf einmal völlig durchgedreht?", fragte sich Amanda entgeistert und wich einen Schritt zurück.

Dave folgte ihr und trat ganz dicht an sie heran, die Augen vor Aufregung weit aufgerissen. Er schwenkte das lange Messer direkt vor ihrem Gesicht hin und her.

„Wenn du es nicht tun willst", sagte er mit gesenkter Stimme, „dann werde ich es tun."

11

Amanda blieb der Mund offen stehen. „Du machst doch nur Spaß, oder nicht?", fragte sie verunsichert.

Dave schüttelte den Kopf. Ein seltsames Lächeln erschien auf seinem erregten Gesicht.

„Aber Dave, ich kann sie doch nicht umbringen!", protestierte Amanda mit schriller Stimme.

„Wie kommst du denn darauf?", antwortete er atemlos. „Das wäre doch total idiotisch. Ich habe eine viel bessere Idee."

„Was meinst du damit?", fragte Amanda und starrte auf die glänzende Schneide des Messers.

„Versteck es in ihrem Zimmer. Du weißt schon, in einer Kommodenschublade oder so. Und dann richtest du es so ein, dass deine Eltern es auf jeden Fall finden. Wenn sie sehen, dass Chrissy ein solches Messer versteckt, werden sie sie postwendend rausschmeißen."

Amanda atmete erleichtert auf.

Dave reichte ihr das Messer und sie nahm es widerstrebend in die Hand. Als sie bemerkte, dass sieben Kerben in den Knauf aus Elfenbein eingeschnitzt waren, lief ihr ein kalter Schauer den Rücken hinunter. „Meinst du, diese Kerben stehen für die Anzahl der Tiere, die mit diesem Messer gehäutet wurden?", fragte sie Dave unsicher.

„Könnte sein", sagte er. „Vielleicht haben sie es ja auch hier drin gemacht. Das würde jedenfalls das Blut überall auf dem Boden erklären."

„Für einen Augenblick hab ich gedacht, du wärst völlig durchgeknallt", gestand Amanda.

„Das ist schon in Ordnung", sagte Dave grinsend. „Mein

Bruder und ich haben ja schließlich auch schon 'ne Menge verrückte Dinger gedreht. Aber ich würde nicht sagen, dass wir eine ernsthafte Macke haben."

Sie mussten beide lachen.

„Ich glaube, dass mein Plan ganz bestimmt funktionieren würde", kam er noch einmal auf das Thema zurück.

Amanda betrachtete nachdenklich das Messer in ihrer Hand. „Das Ganze ist ein bisschen – ich weiß nicht, wie ich sagen soll. Ein bisschen ungewöhnlich – na ja, ziemlich extrem. Findest du nicht auch?"

„Ich finde, dass das, was du über Chrissy erzählst, ein bisschen ungewöhnlich klingt", antwortete Dave ernst. „Und ich finde außerdem, dass du alles tun solltest, um sie loszuwerden."

Er riss eine weiße Schachtel auf und zog eine Zellophantüte heraus. „Möchtest du ein paar getrocknete Äpfel?", fragte er und hielt ihr die Tüte hin. „Die Hütte ist bestens mit Trockennahrung ausgestattet. Hamburger, Milchpulver, einfach alles. Mike und ich haben uns immer wilde Abenteuergeschichten ausgedacht, wenn wir hier waren. Zum Beispiel, dass Aliens unseren Planeten überfallen haben und wir uns hier verstecken müssen."

Dave grinste sie an. „Ich sollte dir wohl besser nicht all meine finsteren Geheimnisse verraten. Schließlich hast du eben noch gedacht, dass ich nicht ganz dicht bin."

„Ihr habt euch die Geschichten doch nur zum Spaß ausgedacht. Natürlich glaube ich nicht, dass mit dir irgendwas nicht stimmt", versicherte ihm Amanda.

„Dann ist es ja gut", sagte Dave. „Mike und ich haben Stunden damit verbracht, uns alles Mögliche auszumalen. Es klingt vielleicht komisch, aber man weiß schließlich nie genau, was alles mal passieren kann."

77

„Da hast du allerdings recht", seufzte Amanda und ihre Gedanken wanderten wieder zurück zu Chrissy.

„Mach dir keine Sorgen", sagte Dave. „Es wird schon alles wieder in Ordnung kommen."

Amanda blickte auf und sah direkt in seine warmen, sympathischen Augen. Und im nächsten Moment lagen sie sich in den Armen und küssten sich lange und zärtlich.

Dave strich ihr sanft über das Haar. „Quäl dich doch nicht so mit dieser ganzen Sache", flüsterte er. „Du musst es ja nicht allein durchstehen. Ich helfe dir dabei."

„So wie mit Algebra?", fragte Amanda.

„Ja, genau so", antwortete er lächelnd. „Wir wissen beide nicht, was da eigentlich läuft, aber wir werden es gemeinsam in den Griff kriegen."

Amanda lächelte. Zum ersten Mal seit Tagen lockerte sich der eiskalte Griff der Angst ein wenig. Schließlich hatte sie jetzt einen Freund.

„Ich glaube, wir fahren besser zurück", sagte Amanda mit einem Blick auf die Uhr. „Meine Eltern werden sich schon fragen, wo ich bleibe."

„Und? Wirst du das Messer mitnehmen?", fragte Dave.

Amanda starrte auf die bedrohliche Waffe, die auf dem niedrigen Holztisch lag. Würde Daves Plan funktionieren? Würde das Messer ausreichen, um Chrissy ein für alle Mal aus dem Haus jagen zu können?

Dann griff sie kurz entschlossen danach. „Okay", sagte sie und starrte angestrengt auf die lange glänzende Klinge. „Ich nehm's mit."

Amanda fühlte sich herrlich unbeschwert und sorglos, als sie mit Dave nach Hause fuhr. Das Auto kam ihr vor wie ein sicherer, glücklicher Ort, wo ihr nichts passieren konnte. Den ganzen Rückweg lachten sie und sangen die Lieder im Radio mit.

Aber als der Wagen in die Auffahrt einbog, verschwand Amandas gute Laune schlagartig. „Wieder zu Hause", dachte sie bedrückt. „Zu Hause bei Chrissy und meiner Familie, die sie geradezu anbetet. *Meine Familie.*"

Dave nahm Amandas Hand, als sie zur Eingangstür gingen.

Im Haus stolperten sie als Erstes über Chrissy, die im Wohnzimmer stand. In ihren superkurzen weißen Shorts und dem rot-grauen bauchnabelfreien Top sah sie wirklich umwerfend aus.

„Hi", begrüßte Chrissy sie freundlich. Amanda gefiel es ganz und gar nicht, wie ihre blauen Augen sich anerkennend weiteten, als sie Dave erblickte.

Chrissy warf ihr seidiges Haar über die Schulter und flötete: „Amanda, du hast mir ja gar nicht erzählt, dass du einen so gut aussehenden Freund hast."

„Er kommt aus Seahaven", sagte Amanda spitz. „Ich dachte eigentlich, ihr kennt euch in einem so kleinen Ort alle untereinander."

„Aber ich bin doch gar nicht von hier", antwortete Chrissy, ohne zu zögern.

„Ich dachte, du wohnst in der Old Sea Road Nummer drei?", hakte Amanda nach.

„Oh, Tante Lorraine hat das alte Haus zwar gekauft, aber wir sind noch nicht eingezogen. Ich hatte die Adresse in meinen Lebenslauf geschrieben, weil ich dachte, dass wir den Umzug inzwischen schon längst hinter uns hätten. Aber ihr wisst ja, wie so was läuft."

„Woher kommst du denn?", fragte Dave interessiert.

„Meine Tante und ich leben in Seaport", sagte Chrissy.

„Das ist die Nachbarstadt von Seahaven", erklärte Dave Amanda.

„Bist du sicher, dass du nicht Harrison County meinst?", fragte Amanda und bezog sich damit auf den Zeitungsausschnitt aus der *Harrison County Gazette*.

Das verführerische Lächeln, das Chrissy Dave zuwarf, verschwand nicht einmal für einen Sekundenbruchteil.

Amanda war enttäuscht, dass Chrissy bei der Erwähnung von Harrison County völlig ungerührt blieb.

„Da musst du dich wohl verhört haben", sagte sie nebenbei und wandte ihre ganze Aufmerksamkeit Dave zu. „Ich habe gehört, wie du mit deinem Wagen vorgefahren bist. Was für ein Modell ist es denn?"

„Ein 78er-Mustang."

„Das ist ja ein richtiger Klassiker!", rief Chrissy begeistert und schob sich näher an Dave heran. „Würdest du ihn mir vielleicht zeigen?"

Mit einem schnellen Blick auf ihre Tasche erinnerte Dave Amanda an das Messer.

Amanda wusste sofort, was er meinte. Wenn er Chrissy aus dem Haus lotste, konnte sie inzwischen das Messer verstecken.

„Interessierst du dich denn für alte Autos?", fragte Dave Chrissy.

„Ich bin total verrückt danach", antwortete sie und warf ihm einen schmachtenden Blick zu.

„Na dann komm. Ich werd ihn dir mal zeigen."

Amanda starrte Chrissys Hinterkopf nach, als sie Dave nach draußen folgte.

Sobald sich die Tür hinter den beiden geschlossen hatte, lief sie zu Chrissys Zimmer hinauf. Ohne auch nur einen Moment Zeit zu verschwenden, stürzte sie durch den Raum und zog die oberste Kommodenschublade auf. Chrissys seidenweiße Unterwäsche lag säuberlich gefaltet darin.

Mit zitternden Händen holte Amanda das Messer aus der Tasche. Die blanke Schneide schimmerte im Sonnenlicht.

Amanda fühlte, wie eine eisige Kälte ihren ganzen Körper durchzog. Sie hasste es, dieses Messer zu berühren.

Und dann passierte ohne jede Vorwarnung etwas sehr Merkwürdiges. An der Spitze des Messers formte sich ein roter Tropfen. Amanda betrachtete ihn neugierig. „Was ist denn das?", fragte sie sich verblüfft. Sie hob das Messer ein Stück hoch, um sich genauer anzusehen, was diesen Fleck verursachte.

Während Amanda, starr vor Entsetzen, den Mund zu einem stummen Schrei aufriss, schoss plötzlich ein Sprühnebel aus feinen hellroten Tröpfchen aus der Schneide des Messers.

„Blut!", erkannte Amanda geschockt. „Das Messer bespritzt mich über und über mit Blut!"

12

Mit einem panischen Schrei warf Amanda das Messer auf die Kommode. Während es immer mehr hellrotes Blut versprühte, landete es klirrend auf der Ablage und fiel dann in die offene Schublade.

Wie gelähmt durch den Schock musste Amanda hilflos zusehen, wie Chrissys Sachen von dem Blut durchtränkt wurden.

„Das gibt's doch nicht!", stieß sie mit schwacher, erstickter Stimme aus. „Das ist einfach unmöglich!"

Ohne dass es ihr bewusst wurde, begann sie zu rennen. Die Treppen hinunter und ins Wohnzimmer. Es war leer.

Wo waren ihre Eltern? Warum waren sie nicht hier, um ihr zu helfen?

„Oooh." Ein schwaches Keuchen stieg aus ihrer Kehle auf, als sie den Vogelkäfig erblickte.

Langsam ging sie einen Schritt näher. Und noch einen. Dann blieb sie stehen.

„Neiiin!", entfuhr ihr ein verzweifelter Schrei.

Salz und Pfeffer lagen tot in ihrem Käfig.

„Ihre Kehlen …", murmelte Amanda ungläubig und legte in diesem Moment instinktiv ihre Hand, die durch den Schock eiskalt war, auf ihren Hals. „Jemand hat ihnen die Kehle durchgeschnitten!"

Mrs Conklin, die Amandas Schrei gehört hatte, stürzte von der Terrasse herein. „Amanda – was um alles in der Welt ist denn passiert?", rief sie atemlos. „Du bist ja über und über mit Blut beschmiert. Du …"

Eine Hand immer noch schützend um ihren Hals gelegt, zeigte Amanda stumm auf den Vogelkäfig.

Ihre Mutter schnappte erschrocken nach Luft. „Oh nein, die Vögel ..."

Beide standen wie erstarrt da. Eine unerträgliche Stille breitete sich im Raum aus.

Amanda registrierte undeutlich, dass die Haustür geöffnet und geschlossen wurde. Dann ging jemand die Treppen hinauf. Amanda achtete nicht weiter darauf. Sie war wie betäubt und unfähig, irgendetwas zu fühlen.

Mrs Conklin brach als Erste das Schweigen. „Amanda, ich verstehe das einfach nicht. Wie konntest du nur?"

Amanda starrte ihre Mutter verständnislos an. Was meinte sie denn damit?

In diesem Moment stürmte Chrissy ins Wohnzimmer. In der Hand hielt sie das Messer, dessen Schneide über und über mit Blut bedeckt war.

„Mrs Conklin!", rief Chrissy atemlos. „Ich habe dies hier in meiner Schublade gefunden. Da ist überall Blut! Meine ganzen Sachen sind ruiniert!"

Sie blieb wie angewurzelt stehen, als sie Amandas blutverschmierte Kleidung bemerkte. Ihr Blick wanderte zu den toten Vögeln hinüber.

„Oh nein!", rief Chrissy aus. „Die Vögel! Sie ... sie sind ja ..." Mit zusammengekniffenen Augen sah sie Amanda an. „Das Blut in der Schublade – stammt das etwa von ihnen?"

„Tu doch nicht so unschuldig!", schrie Amanda und ballte ihre Hände zu Fäusten. „Hör auf mit dem Theater! Du hast es getan! Du! Ich weiß zwar nicht, wie, aber du warst es!"

Chrissy schnappte nach Luft und schlug fassungslos eine Hand vor den Mund. Ihre Augen weiteten sich verwirrt. „Wie kannst du nur so was sagen, Amanda? Warum unterstellst du mir so furchtbare Dinge? Warum hasst du mich so sehr?"

Amanda merkte, dass sie schon wieder die Beherrschung verlor, aber sie konnte nichts dagegen tun. „Du bist böse!", kreischte sie. „Durch und durch böse! Ich will, dass du aus diesem Haus verschwindest. Sofort!"

Amandas Vater stürmte, durch den Lärm alarmiert, in den Raum. „Beruhige dich, Amanda!", donnerte er wütend. „Atme erst mal tief durch und dann hältst du gefälligst den Mund!"

„Hat sie schon wieder versucht, Chrissy zu verletzen?", wandte er sich besorgt an seine Frau.

„Nein!" Amanda heulte verzweifelt auf. „Warum vertraut ihr mir denn nicht? Glaubt mir doch. Bitte! Ihr müsst mir einfach glauben!"

Amanda starrte ihre Mutter und ihren Vater fassungslos an. Sie waren doch *ihre* Eltern. Sie konnten sich doch nicht auf Chrissys Seite stellen!

„Jemand hat die Vögel getötet", sagte Mrs Conklin leise zu ihrem Mann. „Und Chrissy hat das Messer in ihrer Kommodenschublade gefunden."

„Jetzt reicht es aber endgültig!", schnaubte Mr Conklin. „Wir müssen mit Amanda zum Arzt – und zwar sofort!"

13

Am nächsten Morgen saß Amanda in der Praxis des Psychiaters Dr. Elmont. Sie schätzte, dass er ungefähr sechzig war. Er hatte graue Haare und dunkle Augen, die sie mit einem durchdringenden Blick musterten.

Dr. Elmont war nicht besonders gesprächig. Er hatte sich mit verschränkten Armen in seinen großen braunen Ledersessel zurückgelehnt und nickte ab und zu, während Amanda redete.

Zuerst hatte Amanda nur widerstrebend begonnen zu erzählen, aber nachdem sie erst einmal angefangen hatte, war sie froh, die ganze Geschichte loswerden zu können. Sie bemühte sich, möglichst ruhig zu wirken, und erzählte ihm von Anfang an, was sich ereignet hatte, seitdem Chrissy bei den Conklins aufgetaucht war.

Schließlich wartete sie ungeduldig auf die Reaktion des Doktors.

„Da hast du ja eine Menge durchgemacht", sagte er, während er sich nach hinten lehnte und die Arme über dem Kopf ausstreckte.

„Dann glauben Sie mir also?", fragte Amanda hoffnungsvoll.

„Ich glaube, dass *du* glaubst, was du sagst", meinte er trocken.

Amanda fühlte sich, als hätte er ihr in die Brust geboxt. „Er hält mich also nicht für eine Lügnerin", dachte sie bitter. „Nur für ein bisschen verrückt."

„Hast du eigentlich das Gefühl gehabt, deine Eltern zu enttäuschen, als du in Algebra durchgefallen bist?", fragte er dann.

Amandas dunkle Augen füllten sich mit Tränen. „Das hat überhaupt nichts damit zu tun", widersprach sie heftig.

„Ich werde dir jetzt mal sagen, wie ich die Sache sehe. Vielleicht kannst du ja etwas damit anfangen", sagte Dr. Elmont. „Es könnte doch sein, dass du ganz tief drinnen glaubst, die Liebe deiner Eltern nicht mehr zu verdienen, seitdem du in Algebra durchgefallen bist. Vielleicht denkst du, dass Chrissy deinen Platz eingenommen hat, und dafür hasst du sie."

Eine einzelne Träne kullerte Amandas Wange hinunter, als sie verzweifelt den Kopf sinken ließ. „Damit liegen Sie völlig falsch", murmelte sie. „Das stimmt einfach nicht."

Dr. Elmont stand auf und kam um seinen Schreibtisch herum. Er stellte sich neben Amanda und tätschelte ihr beruhigend die Schulter. „Nun weine mal nicht gleich. Das wird schon wieder. Aber ich möchte jetzt noch einmal mit deinen Eltern allein sprechen."

Amanda rieb sich die Tränen aus dem Gesicht und ging ins Wartezimmer. Als sie eintrat, blickten ihre Eltern auf. Beide sahen bleich und besorgt aus. „Dr. Elmont möchte mit euch sprechen", sagte Amanda leise.

„Du siehst nicht gerade so aus, als ob es dir viel besser ginge", stellte ihre Mutter fest.

„Geht es mir ja auch nicht", sagte Amanda kurz angebunden.

In diesem Moment erschien Dr. Elmont in der Tür seines Sprechzimmers. „Es wird bestimmt nicht lange dauern, mein Schatz", versprach Mrs Conklin.

Amanda setzte sich auf einen Stuhl und wartete. Sie fragte sich, was Dr. Elmont wohl mit ihren Eltern zu besprechen hatte. Er würde doch nicht etwa vorschlagen, sie in eine Anstalt einzuweisen?

Sie seufzte und versuchte, gegen die Tränen anzukämpfen, die ihr wieder in die Augen stiegen.

Die Zeit verstrich. Ihre Eltern schienen eine halbe Ewigkeit dort drinnen zu sein.

Als sie endlich wieder aus dem Sprechzimmer herauskamen, hatten ihre Gesichter einen ernsten Ausdruck. Dr. Elmont, der ihnen gefolgt war, ging zu Amanda hinüber.

„So, Amanda, wir beide sehen uns in fünf Tagen wieder", sagte er. „Wenn du vorher mit mir sprechen möchtest, ruf mich einfach an. Am besten nimmst du eine von meinen Karten mit. Sie liegen vorn am Anmeldetresen. Versuch, dich in der nächsten Zeit vor allem ein bisschen zu entspannen. Geh an den Strand und denk möglichst nicht an diese ganze Sache."

Amanda nickte wie betäubt, während sie die Karte nahm und einsteckte. „Ich hoffe nur, dass meine Eltern nicht einen Haufen Geld für diesen grandiosen Ratschlag bezahlt haben", dachte sie bitter. *„Entspann dich und vergiss es einfach.* Herzlichen Dank, Herr Doktor!"

„Was hat er euch denn nun über mich erzählt?", fragte Amanda ungeduldig, während sie mit ihren Eltern über den kleinen Parkplatz zu dem Wagen ging, den sie gemietet hatten, solange der Kombi in der Werkstatt war.

„Er glaubt, dass dein Durchfallen in Algebra eine tiefe Angst vor Zurückweisung ausgelöst hat. Offenbar befürchtest du unterbewusst, dass wir dich durch Chrissy ersetzen wollen", sagte ihr Vater zögernd.

„Das hat er mir auch gesagt, aber es stimmt nicht", protestierte Amanda.

„Liebling, das Problem ist, dass das Ganze unter der

Oberfläche deines bewussten Denkens abläuft", meinte ihre Mutter besänftigend. „Du kannst es gar nicht kontrollieren. Darum hat Dr. Elmont dir ja auch geraten, dich zu entspannen. Er meint, dass es ganz wichtig sei, den Druck, unter dem du stehst, abzubauen."

Amanda stieg in den Wagen und streckte sich wortlos auf dem Rücksitz aus. Letzte Nacht hatte sie überhaupt nicht geschlafen. Sie schloss die Augen. „Als ich noch klein war, habe ich oft im Auto geschlafen", dachte sie. „Vielleicht klappt es ja immer noch."

Einige Minuten später hörte sie ihre Mutter flüstern: „Amanda? Bist du wach?"

Amanda hatte keine Lust zu antworten. Sie wollte einfach nur in Ruhe gelassen werden. Sollten sie doch denken, sie sei eingeschlafen.

„Sie ist eingenickt", sagte Mrs Conklin leise zu ihrem Mann. „John, meinst du, wir sollten Chrissy entlassen?"

„Das können wir nicht", antwortete Mr Conklin ruhig. „Du hast doch gehört, was Dr. Elmont gesagt hat."

„Ich weiß", seufzte Mrs Conklin. „Wenn wir Chrissy jetzt vor die Tür setzen, unterstützen wir damit nur Amandas absurde Verdächtigungen. Und das wollen wir doch nicht, oder? Wir dürfen sie auf keinen Fall in dem Glauben bestätigen, dass Chrissy sie bedroht."

„Was Dr. Elmont gesagt hat, klingt logisch", flüsterte Mr Conklin. „Wenn Amanda überzeugt ist, dass Chrissy wirklich gefährlich ist und wir sie deswegen wegschicken, dann wird garantiert bald eine andere Person auftauchen, von der sie sich bedroht fühlt. Und nach kurzer Zeit wird sie sich wieder so verrückt aufführen."

„Du hast ja recht", sagte Mrs Conklin resigniert. „Ich glaube auch, dass es besser ist, wenn Chrissy bleibt.

Amanda muss sich jetzt mit ihren unterdrückten Gefühlen auseinandersetzen."

„Gut, dann entlassen wir sie also nicht", schloss Mr Conklin das Thema ab.

Amandas Herz klopfte wie wild, als sie das Gespräch vom Rücksitz aus belauschte.

Chrissy ist wirklich gefährlich!, hätte sie am liebsten geschrien. *Warum lasst ihr euch bloß von Dr. Elmonts Fachchinesisch so einwickeln?*

Während des ganzen Heimwegs überlegte Amanda fieberhaft, was sie in dieser verzwickten Situation nur tun könnte. Als sie mit knirschenden Reifen die kiesbestreute Auffahrt zu ihrem Sommerhaus hinauffuhren, kam ihr plötzlich eine Idee. Sie würde alle in dem Glauben lassen, dass sie Dr. Elmonts Theorie akzeptierte. Dadurch würden ihre Eltern ihr nicht länger im Nacken sitzen und außerdem hoffte sie, dass Chrissy unvorsichtig werden würde, wenn sie sich in Sicherheit wiegte.

Als der Wagen hielt, tat Amanda so, als hätte sie tief und fest geschlafen. Sie gähnte herzhaft und streckte sich, als sie ihren Eltern ins Haus folgte. Kyle und Chrissy saßen im Wohnzimmer auf dem Fußboden und spielten Monopoly, während Merry sich die „Sesamstraße" im Fernsehen anschaute.

Chrissy, die ein weißes Strandkleid trug und die Haare mit einem pinkfarbenen Satinband zurückgebunden hatte, sah mal wieder unglaublich gut aus. Amanda bemerkte belustigt, dass Chrissy offenbar gern Weiß trug.

„Wahrscheinlich, weil sie so rein ist", dachte Amanda ironisch. „Das reine Böse."

„Wie ist es denn gelaufen?", fragte Chrissy mit zuckersüßer Stimme.

„Ganz gut so weit", meinte Amanda. „Sag mal, könnte ich dich wohl einen Moment auf der Terrasse sprechen?"

„Natürlich", stimmte Chrissy sofort zu. „Ich bin gleich wieder da, Kyle."

„Is schon okay", sagte er und blickte dabei traurig zu Amanda auf. „Armer Kyle", dachte diese. „Er denkt offenbar, dass seine große Schwester ein Fall für die Psychiatrie geworden ist."

Draußen auf der Sonnenterrasse wehte eine sanfte Meeresbrise. Es war ein perfekter Sommertag. „Hör zu, Chrissy", begann Amanda. „Dr. Elmont hat gesagt, dass ich mir das alles – na, du weißt schon – dass ich mir das eingebildet habe. Er meint, dass ich mich dir gegenüber unsicher fühle oder so ähnlich. Also, ich möchte mich jedenfalls bei dir für alles entschuldigen. Wirklich. Es tut mir leid, wie ich mich verhalten habe."

Amanda stieß einen erleichterten Seufzer aus. So! Der erste Schritt, ihr Verhältnis zu verbessern – oder wenigstens so zu tun –, war gemacht.

„Ich verstehe", sagte Chrissy feierlich. „Ich hoffe, wir werden doch noch Freundinnen."

Genau in diesem Moment spürte Amanda, wie etwas Weiches an ihrem Knöchel entlangstrich. „Oh, ein Kätzchen!", rief sie erfreut aus.

Eine kleine, bunt gescheckte Katze war auf die Sonnenterrasse gewandert. Amanda beugte sich hinunter und hob sie vorsichtig auf. „Wo kommst du denn her, meine Kleine?", sagte sie zärtlich.

Das zufriedene Schnurren des Kätzchens hörte sich an, als ob es einen kleinen Motor in sich hätte. Von einer Sekunde zur anderen brach das Schnurren ab. Die Katze bleckte ihre winzigen Zähne und fauchte Chrissy an.

„Setz das Viech besser runter. Es könnte krank sein", warnte Chrissy mit angespannter Stimme. „Du solltest wirklich keine streunenden Tiere anfassen. Sieh doch nur mal, wie merkwürdig es sich verhält."

In Amandas Kopf fingen plötzlich die Alarmsirenen an zu schrillen und sie erinnerte sich an Mr Jinx. Mit zusammengekniffenen Augen starrte sie Chrissy an. Warum konnten Tiere sie nicht ausstehen?

Amanda setzte das Kätzchen auf den Holzboden der Terrasse und sah zu, wie es davonsprang.

„So ist's gut. Soll sie doch dahin zurückgehen, wo sie hergekommen ist", sagte Chrissy, die sich sichtlich entspannte. „Möchtest du nicht reinkommen und mit uns Monopoly spielen?"

„Nein, danke", wehrte Amanda ab. „Ich glaube, ich möchte lieber ein bisschen am Strand spazieren gehen."

„Okay. Aber ich wollte dir noch sagen, wie froh ich darüber bin, dass wir noch einmal ganz neu anfangen."

„Ja, ich auch", stimmte Amanda zu.

Chrissy ging zurück ins Haus und Amanda lief die Stufen zum Pool hinunter. Als sie am Schuppen vorbeikam, hörte sie das Kätzchen jämmerlich miauen. Es drückte sich verängstigt in den Schatten der Schuppenwand und versuchte offenbar, sich zu verstecken.

„Was ist denn los, Kleine?", fragte Amanda zärtlich und beugte sich zu ihr hinunter. „Hast du dich verlaufen? Oder hat dich etwa jemand im Wald ausgesetzt?"

Wie als Antwort drückte die kleine Katze ihr Mäulchen in Amandas Hand.

„Na dann komm", sagte Amanda liebevoll und hob sie auf. „Ich werde dich heimlich in mein Zimmer bringen. Es ist wohl besser, wenn ich Chrissy nicht gleich wieder auf die Palme bringe, jetzt, wo wir doch Freundinnen sein sollen."

Amanda trug die Katze hinüber zum Pool und wickelte das winzige Ding in ein Strandlaken. Dann ging sie ums Haus zum Vordereingang.

Chrissy und Kyle waren völlig in ihr Spiel vertieft, sodass Amanda das Kätzchen ohne Probleme in ihr Zimmer schmuggeln konnte. Dann schlich sie wieder hinunter in die Speisekammer und riss eine Packung Trockenfutter auf, die sie noch für Mr Jinx gekauft hatte.

Zurück in ihrem Zimmer, zerkleinerte sie das Trockenfutter mit einem Bleistift und schüttete es auf ein Modemagazin, damit das Kätzchen davon fressen konnte. Amanda streckte sich auf dem Bett aus und beobachtete, wie die Kleine das Futter hinunterschlang.

Ein Klopfen an der Tür weckte Amanda auf. Verwirrt schreckte sie hoch. Als sie das graue Licht bemerkte, das durchs Fenster hereinfiel, wurde ihr klar, dass sie fast den ganzen Tag verschlafen hatte.

„Amanda, bist du wach? Telefon für dich", klang die Stimme ihrer Mutter durch die Tür.

„Suzi!", schoss es Amanda durch den Kopf. „Du bleibst hier und bist schön still", flüsterte sie dem Kätzchen zu, als sie aus der Tür schlüpfte.

Mrs Conklin hatte ihr den Hörer des Telefons auf den Küchentisch gelegt. Aufgeregt griff Amanda danach. „Hi, Suzi!", rief sie.

„Hier ist nicht Suzi", sagte eine weibliche Stimme, die Amanda bekannt vorkam. „Ich bin's."

„Terry?", rief Amanda überrascht. Terry Phillips war eine Freundin von Suzi. Sie ging auch auf die Highschool in Shadyside, aber Amanda und sie hatten noch nie viel miteinander zu tun gehabt.

„Was gibt's denn?"

„Hast du schon von Suzi gehört?", fragte Terry. Ihre Stimme klang angespannt.

„Nein, was denn?"

„Natürlich, wie solltest du auch?", antwortete Terry. Dann brach ihre Stimme und sie schluchzte laut auf. „Es … es ist so furchtbar, Amanda."

Amanda schnappte erschrocken nach Luft. „Was ist furchtbar, Terry? Was meinst du denn damit?"

14

„Suzi ist im Krankenhaus", stieß Terry mit zitternder Stimme hervor.

„Wie bitte?" Amanda dachte zuerst, sie hätte sich verhört. „Was ist denn passiert?"

„Sie war gestern in der Bibliothek, um dort irgendetwas in Erfahrung zu bringen", fuhr Terry fort. „Es … es ist so unglaublich, Amanda, Plötzlich kippte sie vornüber auf das Lesegerät für die Mikrofilme und Blut strömte ihr aus der Nase."

„Das ist ja grauenvoll!", rief Amanda und umklammerte den Telefonhörer. „Was war denn die Ursache?"

„Die Ärzte sind völlig ratlos", sagte Terry. „Sie haben nicht die geringste Ahnung, was passiert sein könnte, und machen jetzt im Krankenhaus verschiedene Tests mit ihr."

Amanda spürte einen kalten, harten Knoten der Angst in ihrem Magen. Sie war absolut sicher, dass Chrissy dafür verantwortlich war. Immerhin hatte sie gestern mitgehört, als Amanda mit ihrer Freundin telefoniert hatte. Irgendwie hatte Chrissy ihre geheimnisvollen Kräfte gegen Suzi eingesetzt.

„Amanda, bist du noch dran?", drang Terrys Stimme durch den Hörer.

„Äh – ja. Tut mir leid, ich habe gerade über etwas nachgedacht. Das mit Suzi ist wirklich schrecklich!"

„Nicht wahr? lch bin heute in die Bücherei gegangen, um die Sachen zu holen, die Suzi bei sich hatte. Mrs Banton hatte mich darum gebeten. Die Bibliothekarin hat mir erzählt, dass Suzi gerade dabei war, sich frühere Jahrgänge der *Harrison County Gazette* auf Mikrofilm anzusehen, als es passierte. Mrs Banton hat keine Ahnung, wozu sie das getan hat. Suzi ist ja nicht gerade der Typ, der freiwillig irgendwelche Nachforschungen anstellt."

„Wie bist du eigentlich darauf gekommen, mich anzurufen?", fragte Amanda, die in Gedanken immer noch bei Chrissy war.

„Suzi hatte die Nummer von eurem Sommerhaus in ihr Notizbuch geschrieben. Ich dachte mir, ich ruf dich mal an, weil du mir vielleicht irgendwie weiterhelfen könntest. Sag mal, Suzi hat doch nicht etwa Drogen genommen, oder?"

„Suzi? Natürlich nicht!", antwortete Amanda mit bebender Stimme. Sie merkte, dass ihre Hand so zitterte, dass sie sich nicht mal den Hörer ans Ohr halten konnte.

„Weißt du eigentlich, warum sie in diesen alten Zeitungen rumgestöbert hat?", fragte Terry.

„Nein, ich hab keine Ahnung." Amanda konnte ihr unmöglich erzählen, was passiert war. „Terry, ich muss jetzt Schluss machen. Ruf mich doch morgen wieder an und erzähl mir, wie es Suzi geht, ja?"

„Mach ich", versprach Terry. „Sie darf zwar keinen Besuch bekommen, aber ich werde Mrs Banton anrufen und mich erkundigen."

„Ich danke dir", sagte Amanda und legte auf. Sie starrte auf das Telefon und versuchte, ihr Zittern in den Griff zu kriegen. In ihrem Kopf jagte ein Gedanke den anderen.

„Eins weiß ich jedenfalls ganz genau", dachte sie. „Ich muss irgendwie in Chrissys Zimmer kommen und mir die anderen Zeitungsausschnitte ansehen. Nur so werde ich erfahren, wer sie wirklich ist und was sie vorhat."

Mrs Conklin kam in die Küche und sah ihre Tochter besorgt an. „Amanda, du bist ja bleich wie ein Gespenst. Ist etwas passiert?"

„Suzi Banton liegt im Krankenhaus."

„Was hat sie denn?", fragte Mrs Conklin besorgt.

„Ich weiß es nicht genau. Und die Ärzte tappen auch im Dunkeln." Mehr durfte sie nicht sagen. Wenn sie ihrer Mutter erzählte, dass sie Chrissy im Verdacht hatte, würden ihre Eltern sie gleich morgen früh wieder bei Dr. Elmont abliefern.

„Wie war denn eigentlich dein Gespräch mit Chrissy?", erkundigte sich Mrs Conklin.

Für einen Moment wanderten Amandas Augen unruhig im Raum umher. Was sollte sie jetzt bloß sagen? Sie beschloss, bei ihrer Entscheidung zu bleiben und sich so zu verhalten, als ob sie das Kriegsbeil mit Chrissy begraben hätte. „Es ist prima gelaufen, Mom. Ich denke, Dr. Elmont hatte recht mit dem, was er gesagt hat. Ich werde von jetzt an bestimmt besser mit Chrissy auskommen."

Mrs Conklin sah ihre Tochter prüfend an. „Das hoffe ich sehr, mein Schatz."

„Mach dir keine Sorgen, Mom."

„Okay, wenn du meinst. Übrigens, was ich noch sagen wollte, die Bakers haben angerufen und deinen Vater und mich eingeladen. Da Chrissy heute ihren freien Abend hat, wollte ich dich fragen, ob du dich schon wieder wohl genug fühlst, um auf die Kleinen aufzupassen."

Ehe Amanda antworten konnte, erschien plötzlich Chrissy in der Tür. „Ich bleibe gern, wenn Sie mich brauchen", bot sie an.

„Nein, das ist schon in Ordnung. Du kannst wirklich gehen, Chrissy", sagte Amanda und warf ihr ein warmes Lächeln zu.

Das war ihre Chance! Während Chrissy aus dem Haus war, konnte sie in Ruhe nach den Zeitungsausschnitten suchen und noch einmal die Leute anrufen, bei denen Chrissy angeblich gearbeitet hatte. „Kyle und Merry sind doch schon bettfertig. Es ist wirklich nicht mehr viel zu machen. Ich schaff das schon."

„Ich habe aber heute Abend gar nichts vor", wehrte Chrissy ab. „Du hast immerhin einiges durchgemacht in den letzten Tagen und mir macht es überhaupt nichts aus, hierzubleiben."

„Na, dann klärt das mal unter euch", sagte Mrs Conklin lachend. „Hauptsache, eine von euch beiden bleibt hier, damit wir fahren können."

„Ich kümmere mich um Kyle und Merry, Mom", sagte Amanda entschieden.

„Dann lass sie mich wenigstens ins Bett bringen und ihnen Gute Nacht sagen", gab Chrissy nach. „Es gibt bestimmt Proteste, wenn ich mich nicht blicken lasse."

Sie ging nach oben, um die beiden Kleinen ins Bett zu stecken.

Mrs Conklin küsste Amanda auf die Stirn. „Ich habe das Gefühl, dass ihr doch noch Freundinnen werdet. Das freut mich sehr. Ach ja – und vielen Dank noch mal, dass du hierbleibst."

„Das mach ich doch gern, Mom."

Kurz darauf fuhren Mr und Mrs Conklin los. Auf dem Weg nach oben kam Amanda an dem Zimmer vorbei, das Kyle und Merry sich teilten. Chrissy saß auf Merrys Bett und las ihr *Die Katze im Hut kommt zurück* vor.

In ihrem Zimmer angekommen, suchte Amanda schnell die Kopie von Chrissys Bewerbungsunterlagen heraus. „Du bleibst hier", ermahnte sie das bunt gescheckte Kätzchen.

„Wenn du am Leben bleiben willst, solltest du dich besser vor Chrissy verstecken."

Amanda lief zurück in die Küche. Als sie am Kinderzimmer vorbeikam, hörte sie, dass Chrissy Merry jetzt ein anderes Buch vorlas. Sie schloss vorsichtig die Tür hinter sich und ging zum Wandtelefon. Zuerst wählte sie die zweite Nummer, unter der sich bis jetzt niemand gemeldet hatte.

Ein Klingeln. Zwei. Drei. Vier. Nach dem siebten Klingeln gab Amanda auf.

„So viel dazu", dachte sie enttäuscht. Sie warf einen hastigen Blick zur Küchentür und wählte dann die Nummer, die immer besetzt gewesen war.

Diesmal hob sofort jemand ab. „Hallo?"

„Oh, äh … hallo …", stotterte Amanda überrascht, weil sie gar nicht damit gerechnet hatte, gleich durchzukommen. „Ich rufe wegen Chrissy Minor an. Sie hat in ihrem Zeugnis diese Nummer für Rückfragen angegeben. Sie sagte, wir sollten uns an eine Mrs Harriman wenden", erklärte Amanda, nachdem sie einen schnellen Blick auf Chrissys Unterlagen geworfen hatte.

„Tja – also …" Das Mädchen am anderen Ende zögerte. „Ich bin nur eine Nachbarin. Meine Mutter und ich sind erst vor ein paar Minuten hier in das Haus des Richters gekommen. Wir hatten uns nämlich gefragt, warum wir die Harrimans schon so lange nicht mehr gesehen haben. Du kannst dir einfach nicht vorstellen, was wir gefunden haben. Ich … es tut mir leid. Ich glaub, mir wird schlecht. Es ist so …"

In diesem Moment hörte Amanda, wie eine Frau rief: „Wer ist denn dran, Rachel?"

„Jemand, der sich nach Chrissy erkundigen will."

„Leg sofort auf!", befahl die ältere Frau.

„Nein – warte doch!", rief Amanda. „Leg noch nicht auf!"

„Ich kann jetzt nicht sprechen", sagte das Mädchen mit gedämpfter Stimme. „Du sagtest, dass du wegen Chrissy anrufst. Weißt du, wo sie ist?"

„Ja, hier bei uns."

„Sie ist in eurem Haus!?", schrie das Mädchen entsetzt. „Oh Gott! Ihr müsst sofort verschwinden!"

„Warum?", rief Amanda in den Hörer. „Was ist denn mit ihr?"

Aber die Verbindung war bereits unterbrochen.

15

Amanda starrte geschockt auf den stummen Hörer. Als sie aufblickte, sah sie Chrissy im Türrahmen stehen. Sie hatte die Arme über ihrem weißen Strandkleid verschränkt. „Ist irgendwas mit dem Telefon nicht in Ordnung?", fragte sie. Ein merkwürdiges Lächeln spielte um ihre Lippen.

„Nein, nein. Es ist okay", antwortete Amanda und legte schnell auf. „Ich hab nur versucht, mich an die Telefonnummer von jemandem zu erinnern."

„Meinst du vielleicht Suzi Bantons Nummer?"

Amandas Herzschlag setzte für einen Moment aus. „Wie kommst du denn darauf?", fragte sie unsicher. Wollte Chrissy etwa zugeben, was sie Suzi angetan hatte?

Chrissy ging zum Kühlschrank hinüber. „Deine Mutter hat mir von deiner Freundin erzählt. Was für eine furchtbare Geschichte."

Amanda wartete darauf, dass sie weitersprach, aber Chrissy ging nun zum Schrank hinüber und holte sich dort ein Glas heraus.

Mit klopfendem Herzen lief Amanda in den Flur. In ihrem Kopf überschlugen sich die Gedanken. Das Mädchen am Telefon hatte gesagt, dass sie sofort verschwinden sollten. Was hatten sie bloß im Haus der Harrimans vorgefunden? So wie das Mädchen sich angehört hatte, musste es etwas ganz Furchtbares gewesen sein. Was hatte Chrissy getan?

Schreckliche Bilder wirbelten durch Amandas Kopf. Sie versuchte mit aller Kraft, sie zu vertreiben, weil sie wusste, dass sie völlig in Panik geraten würde, wenn ihre Fantasie jetzt mit ihr durchging.

Sie verlangsamte ihre Schritte, als sie bei Kyles und Merrys Zimmer angekommen war. „Alles okay bei euch?", rief sie hinein.

„Ja, aber Chrissy hatte versprochen, mir noch ein Glas Milch zu bringen. Wo bleibt sie denn?", quengelte Kyle, der auf dem Bett lag und in einem Comic blätterte. Merry schlief schon friedlich.

„Sie kommt gleich", versprach Amanda und drehte sich um.

Sollte sie auf das Mädchen am Telefon hören und die Kinder aus dem Haus bringen? Aber wo sollten sie denn hin?

Ihre Eltern würden sie sofort nach Hause zurückschicken und denken, dass Amanda mal wieder einen ihrer Anfälle bekommen hätte.

Nein, entschied sie. Es war besser, Chrissy heute Abend irgendwie loszuwerden und nach den Zeitungsausschnitten zu suchen. Sie würde sie ihren Eltern zeigen, in der Hoffnung, dass die darin enthaltenen Informationen sie schließlich doch davon überzeugen würden, dass mit Chrissy etwas nicht stimmte.

Vor der Küchentür blieb Amanda stehen. Warum hatte Chrissy die Tür hinter sich zugemacht?

Sie öffnete sie einen Spalt und spähte hinein.

Chrissy hatte ein kleines Päckchen in der Hand und rührte ein bräunliches Pulver in die Milch.

Mit klopfendem Herzen zog sich Amanda von der Tür zurück und lehnte sich gegen die Wand. Was war in diesem Päckchen?

Doch nicht etwa Gift?

„Ich kann unmöglich zulassen, dass Kyle diese Milch trinkt", dachte sie entschlossen.

Amanda atmete einmal tief durch und ging in die Küche. Sie lehnte sich gegen den Tresen und versuchte, so normal wie möglich zu klingen. „Na, hast du dir schon überlegt, wie du deinen freien Abend verbringen willst?"

„Ich hab dir doch schon gesagt, dass ich nichts vorhabe", antwortete Chrissy. „Wahrscheinlich gehe ich in mein Zimmer und schreibe ein paar Briefe."

„Das klingt ja nicht besonders aufregend", sagte Amanda und versuchte, sich ihre Enttäuschung nicht anmerken zu lassen. „Warum gehst du nicht ins Kino? In Seahaven läuft dieser neue Horrorfilm, *Surfer des Todes*. Ich hab gehört, der ist so schlecht, dass er schon fast wieder gut ist."

„Nein, danke", sagte Chrissy lächelnd. „Ich hasse Horrorfilme." Sie griff nach der Milch.

Schnell legte Amanda ihre Hand um das Glas. „Ich bring sie Kyle. Schließlich hast du schon längst Feierabend."

„Da hast du eigentlich recht", meinte Chrissy. „Na gut."

„Na gut", dachte Amanda finster. „Tu doch nicht so! Dir wäre doch nichts lieber, als wenn ich für den Tod meines eigenen Bruders verantwortlich gemacht würde. Schließlich denkt ja inzwischen jeder, dass bei mir eine Birne durchgebrannt ist. Trotzdem – vielen Dank, Chrissy!"

„Ich werde nur noch ein bisschen die Küche aufräumen", sagte Chrissy freundlich.

Amanda ging mit dem Glas Milch hinaus und fragte sich, was sie jetzt damit tun sollte. Wenn Kyle seine Milch nicht bekam, würde er Alarm schlagen. Und dann würde Chrissy ihm einen neuen giftigen Milchshake zusammenmixen.

Amanda beschloss, noch ein bisschen abzuwarten, bis

Chrissy in ihr Zimmer gegangen war oder das Haus verlassen hatte. Dann würde sie die Milch wegschütten.

Während sie noch in Gedanken versunken dastand, klingelte es an der Haustür. Mit dem Milchglas in der Hand ging sie hin, um zu öffnen. Es war Dave.

„Hallo", sagte er lächelnd. „Du warst heute nicht beim Unterricht, deswegen bringe ich dir die Aufgaben vorbei. Warst du etwa krank?"

Amanda zog ihn schnell ins Haus. „Nein, mir fehlt nichts, aber ich bin froh, dass du hier bist", flüsterte sie. „Ich bin ziemlich sicher, dass Chrissy diese Milch hier vergiftet hat. Ich soll sie zu Kyle hochbringen und …"

„Was?", unterbrach er sie. „Sie hat die Milch *vergiftet*? Was ist denn mit dem Messer passiert?"

Amanda legte ihre Hand auf seinen Arm. „Du wirst es nicht glauben. Es war eine furchtbare Geschichte. Ich …"

Plötzlich fegte Daves Hand an ihr vorbei und schlug ihr das Glas aus der Hand. Klirrend zerbrach es auf dem Holzfußboden. „Oh verdammt! Wie ungeschickt von mir!", rief er bedauernd.

Mit einem schnellen Blick bedeutete er Amanda, sich umzudrehen. Chrissy war gerade aus der Küche gekommen und sah sofort, was passiert war. „Das macht doch nichts", sagte sie schnell. „Ich wische es gleich weg."

„Danke", flüsterte Amanda, als Chrissy wieder in der Küche verschwunden war. „Das war eine schnelle Reaktion. Ich erzähle dir später von dem Messer. Glaubst du, du könntest Chrissy für eine Weile ablenken, während ich ihr Zimmer durchsuche? Wie wär's, wenn du ihr noch mal dein Auto zeigst oder so. Je mehr Zeit ich habe, desto …"

„So, da bin ich wieder", flötete Chrissy. Sie kniete sich

hin und wischte die Milch mit einem Lappen auf. „Ist ja weiter nichts passiert", sagte sie mit einschmeichelnder Stimme und blickte Dave mit großen Augen an. „Ich mache Kyle wohl besser eine neue Milch. Das Problem ist nur, dass ich das letzte Paket Kakao aufgebraucht habe. Meinst du, er trinkt sie auch so?"

Amanda verschlug es den Atem. „In dem Päckchen ist also nur Kakao gewesen?", dachte sie entgeistert. „Sehe ich jetzt schon überall Gespenster? Ich glaube, ich dreh wirklich langsam durch."

Sie bemerkte, dass Dave sie mit fragendem Gesichtsausdruck betrachtete.

„Ach lass mal. Ich mach das schon", bot Amanda eifrig an und verschwand in der Küche, bevor Chrissy protestieren konnte.

Durch die geöffnete Tür hörte sie, wie Chrissy Dave anschmachtete: „Na, wie geht's denn so? Ich wollte dir eigentlich schon gestern sagen, dass ich deine Bräune einfach umwerfend finde."

„Wie unauffällig, Chrissy! Warum schmeißt du dich nicht gleich auf ihn drauf?", dachte Amanda wütend, während sie den Kühlschrank öffnete.

„Heute läuft dieser neue Streifen im Kino, *Surfer des Todes*", hörte sie Dave sagen. „Ich habe eigentlich Amanda gefragt, ob sie mit mir hingehen will, aber sie meinte, dass sie noch was für Algebra tun müsse. Hättest du nicht Lust mitzukommen?"

„Ja, gern", antwortete Chrissy begeistert. „Ich liebe Horrorfilme und ich habe gehört, dass dieser so schlecht sein soll, dass er schon wieder gut ist. Außerdem habe ich heute meinen freien Abend. Meinst du, es wird Amanda nichts ausmachen?"

„Nein, wieso sollte es? Ich sag ihr nur schnell Bescheid, dass wir in die Stadt fahren", antwortete Dave.

„Ich schätze, dass Dave mit Chrissy ins Kino geht, ist wohl der Preis, den ich dafür zahlen muss, sie aus dem Haus zu kriegen", dachte Amanda, während sie ein neues Glas Milch eingoss. „Es wäre wirklich ganz schön dumm, eifersüchtig auf sie zu sein."

„Ich hol nur schnell meinen Pulli von oben", hörte sie Chrissys Stimme.

Amanda nutzte die Gelegenheit und huschte in den Flur zu Dave. „Musstest du dich denn gleich mit ihr verabreden?", flüsterte sie.

„Dadurch hast du mindestens zwei Stunden Zeit, ihr Zimmer zu durchsuchen", flüsterte er zurück.

„Sei bloß vorsichtig", warnte ihn Amanda eindringlich.

„Na klar", neckte Dave sie. „Ich werde auf keinen Fall zulassen, dass sie mir Schokoladenmilch einflößt."

Da kam Chrissy auch schon die Treppe herunter. „Ach, Amanda. Hat Dave dir schon erzählt, dass wir uns den Film angucken, den du mir vorhin empfohlen hast? Das ist doch in Ordnung, oder?"

„Ja, ja – viel Spaß", sagte Amanda lahm.

Sobald sie hörte, dass der Wagen weggefahren war, lief sie die Treppe hinauf. „Hier ist deine Milch, Kyle", sagte sie, als sie das Kinderzimmer betrat. „Oh, er ist ja schon eingeschlafen."

Vorsichtig nahm sie ihm den Comic aus der Hand. Dann deckte sie Merry zu und löschte das Licht.

Zurück in der Küche, wählte sie noch einmal die Nummer, unter der sie vorhin das fremde Mädchen erreicht hatte. Amanda hoffte, dass sie jetzt bereit wäre, ihr mehr zu erzählen, und nicht gleich wieder auflegen würde.

Aber das Telefon klingelte endlos und niemand nahm den Hörer ab. Das Mädchen war wohl schon wieder nach Hause gegangen.

Seufzend legte Amanda auf. „Dann werde ich jetzt mal nach den Zeitungsausschnitten suchen", murmelte sie vor sich hin.

Als sie Chrissys Zimmer betrat, begann ihr Herz wie wild zu klopfen. Auf dem blauen Teppichboden waren immer noch dunkle Blutspritzer zu sehen.

Amanda öffnete die oberste Schublade der Kommode und bemerkte erleichtert, dass Chrissys blutgetränkte Unterwäsche verschwunden war. Aber das Innere der Schublade war noch immer mit großen braunen Flecken übersät. Bei der Erinnerung an das schreckliche Erlebnis durchfuhr Amanda ein kalter Schauder.

„Hier sind sie jedenfalls nicht", dachte Amanda und schob die Schublade hastig wieder zu. Sie durchsuchte die Kommode gründlich von oben bis unten, aber sie fand nur Kleidung. Keine Spur von den Zeitungsausschnitten.

Nun nahm sich Amanda den schmalen Schrank vor. Sie stellte sich auf Zehenspitzen und zog einen Stapel Schuhkartons vom obersten Bord. Sie öffnete jeden einzelnen und fand nichts anderes als – Schuhe.

Der letzte Karton enthielt ein paar Lederstiefel. Amanda konnte nicht widerstehen, sie sich näher anzusehen. Sie schob das Seidenpapier beiseite und nahm einen Stiefel in die Hand. „Wenigstens hat Chrissy einen guten Geschmack", dachte sie.

Als sie ihn zurücklegen wollte, bemerkte sie eine kleine Ecke verblichenes Zeitungspapier, die unter dem Seidenpapier am Boden der Schachtel hervorschaute.

Aufgeregt räumte sie den Schuhkarton aus. „Da sind

sie!", murmelte sie triumphierend. „Ich habe sie gefunden!"

Amanda griff nach dem obersten Ausschnitt. Wie vom Donner gerührt schlug sie die Hand vor den Mund, als ihr Blick auf das Foto neben dem Artikel fiel.

Es zeigte ihren eigenen Vater!

16

Gegen das Zittern ihrer Hände ankämpfend, begann sie hastig den Artikel zu lesen:

Pflichtverteidiger John Conklin aus Shadyside wird Arthur Lawrence, der wegen Brandstiftung angeklagt ist, vor Gericht vertreten. Mr Lawrence, ein Obdachloser, lebt unter der Eisenbahnbrücke am Rand von Peachton in Harrison County.
Letzten Dienstag wurde Mr Lawrence dabei beobachtet, wie er über den Parkplatz, der zu einem Bürokomplex in der Juniper Street in Peachton gehört, davonrannte. Kurz danach schlugen Flammen aus den Rechtsanwaltsbüros von Minor und Henry, die sich in diesem Gebäudekomplex befinden.

Minor und Henry!

Es gab also irgendeine Verbindung zwischen ihrem Vater und der Familie Minor. Aber Amanda wusste immer noch nicht, wie das alles zusammenpasste.

Sie las weiter.

Mr Lawrence behauptet, dass er gerade die Mülltonnen auf der Suche nach etwas Essbarem durchwühlte, als er den Rauch bemerkte. Bei der Vernehmung sagte er aus, dass er davonrannte, um Hilfe zu holen.
Bei der Durchsuchung seines Schlafplatzes unter der Brücke fand die Polizei jedoch leere Benzin-

kanister. Daraufhin wurde der Obdachlose fest-
genommen und angeklagt, das Feuer gelegt zu
haben.

„Wo war da der Zusammenhang?", fragte sich Amanda. „Warum hob Chrissy einen Artikel über einen Obdachlosen auf, den ihr Vater verteidigt hatte?"

Als sie gerade nach dem nächsten Zeitungsausschnitt greifen wollte, hörte sie einen Wagen die Auffahrt hinauffahren. Sie flitzte zum Fenster und schaute hinaus.

Dave und Chrissy! Sie waren schon zurück! Chrissy stieg in diesem Moment aus dem Auto.

„Was soll ich denn jetzt bloß machen?", dachte Amanda panisch und presste die Zeitungsausschnitte gegen ihre Brust. Um sie herum lagen die Schuhkartons in einem wilden Durcheinander auf dem Boden. Sie musste sie verstecken – und zwar ganz schnell! Mit klopfendem Herzen warf sie die Schachteln hektisch in den Schrank und schloss dann leise die Tür.

Sie hörte, wie unten die Haustür ins Schloss fiel und jemand die Treppe heraufkam. Chrissy war auf dem Weg in ihr Zimmer. „Ich komm hier nicht mehr raus, ohne ihr direkt in die Arme zu laufen", dachte Amanda verzweifelt. Sie umklammerte die Zeitungsausschnitte fest mit einer Hand und schob sich unter Chrissys Bett. Als Chrissy das Zimmer betrat, biss sie sich auf die andere Hand, um das Geräusch ihres keuchenden Atems zu dämpfen.

„Hab ich etwa das Licht angelassen?", hörte sie Chrissy erstaunt murmeln. An der Bewegung ihrer Füße konnte Amanda erkennen, dass sie den Raum untersuchte.

Gerade noch rechtzeitig unterdrückte Amanda ein erschrockenes Schnaufen, als sie einen Zeitungsausschnitt bemerkte, der auf den Teppich gefallen war. Er lag dicht neben Chrissys Füßen.

Jetzt hatte sie ihn auch entdeckt und bückte sich, um ihn aufzuheben. Als Nächstes hörte Amanda, wie die Schranktür geöffnet und wieder geschlossen wurde.

„Amanda!", brüllte Chrissy aufgebracht und stürmte aus dem Zimmer.

„Das ist meine Chance!", dachte Amanda. Blitzschnell krabbelte sie unter dem Bett hervor und rannte zur Tür. „Ich muss Mom und Dad holen!", schoss es ihr durch den Kopf. „Ich muss ihnen unbedingt diese Zeitungsausschnitte zeigen. Sie sind der Beweis, dass Chrissy nicht zufällig hier ist!"

Sie war so aufgelöst, dass sie kaum einen klaren Gedanken fassen konnte. Sollte sie Kyle und Merry wirklich allein lassen? „Die beiden schlafen tief und fest", beruhigte sie sich. „Und außerdem werde ich mit Mom und Dad bald wieder zurück sein. Ihnen wird schon nichts passieren."

Sie holte tief Luft und stürzte hinaus in den Flur.

„Hey! Was zum Teufel hast du in meinem Zimmer gemacht?", rief Chrissy ihr wütend hinterher.

Aber Amanda blieb nicht stehen. Wie von Furien gehetzt, stürmte sie die Treppe hinunter und durch die Haustür.

„Dave!", schrie sie. „Bist du noch da?"

„Hier bin ich", sagte Dave, der auf dem Rasen vor dem Haus stand. „Auf dem Weg in die Stadt hat Chrissy ihre Meinung geändert. Sie wollte den Film plötzlich nicht mehr sehen und ich sollte sie sofort wieder nach Hause bringen."

„Dave, wir müssen von hier verschwinden!", schrie Amanda. „Schnell! Fahr mich zu meinen Eltern ins Beachside Inn!"

Dave zögerte nur eine Sekunde, dann rannte er mit Amanda zum Wagen. Mit quietschenden Reifen schoss er von der Ausfahrt auf die Straße.

„Ich … ich habe die Zeitungsausschnitte", stieß Amanda außer Atem hervor. „Ich muss sie unbedingt meinen Eltern zeigen. Ich …" Sie unterbrach sich, als ihr Blick auf einen der Artikel fiel. Aufgeregt umklammerte sie Daves Arm. „Hey! Hör dir das mal an!"

Sie las ihm die kurze Meldung vor:

Heute wurde Arthur Lawrence, ein Obdachloser, freigesprochen. Er war angeklagt, am letzten Dienstag ein Feuer in den Rechtsanwaltsbüros von Minor und Henry gelegt zu haben.
Der Anwalt von Mr Lawrence, Pflichtverteidiger Robert Conklin, hat beantragt, dass Anton Minor aus Peachton wegen dieses Verbrechens angeklagt wird.

„Da komm ich jetzt nicht mehr mit", gestand Dave. Er blickte starr geradeaus, während das Auto auf der schmalen kurvigen Straße dahinholperte.

„Aber das ist doch sonnenklar!", rief Amanda. „Dieser Mann – Anton Minor – muss irgendwie mit Chrissy verwandt sein. Vielleicht ist er ihr Vater. Natürlich! Er muss ihr Vater sein! In dem anderen Artikel stand nämlich, dass Lilith Minor seine Tochter ist. Und mein Dad hat ihn angeklagt, sein eigenes Büro angezündet zu haben."

Dave nickte. „So weit kann ich dir folgen. Chrissy hasst also deinen Vater, weil er ihren Dad wegen Brandstiftung drangekriegt hat. Das erklärt aber immer noch nicht, wie sie all diese merkwürdigen Dinge angestellt hat."

Amanda versuchte in dem schwachen Licht krampfhaft weiterzulesen. „Da hast du recht. Ich habe auch keinen blassen Schimmer, wie ihre geheimnisvollen Kräfte in dieses Bild passen."

„Warte mal", fuhr Dave fort. „Hast du mir nicht erzählt, dass Anton Minor versehentlich sich und seine Frau getötet hat? Und dass Lilith im Koma liegt? Ich sehe da immer noch keinen Zusammenhang mit Chrissy …"

„Ich glaub's einfach nicht!", platzte Amanda plötzlich heraus.

„Hä? Was denn?", fragte Dave verständnislos. Amanda wandte ihm ihr geschocktes Gesicht zu. „Chrissy *ist* Lilith Minor!", sagte sie tonlos.

17

„Sieh dir doch mal das Foto in diesem Artikel an!", rief Amanda und wedelte aufgeregt mit dem Zeitungsausschnitt durch die Luft. „Hier steht, es wäre Lilith, aber es ist eindeutig Chrissy!"

„Zeig mal her", sagte Dave gespannt. Er hielt am Straßenrand an und schaltete die Innenbeleuchtung ein.

„Wow! Das ist sie tatsächlich!", rief er aus und riss Amanda den Artikel aus der Hand. Aber dann fiel ihm plötzlich etwas ein. „Moment mal! Hast du mir nicht erzählt, die beiden seien Zwillinge?"

„Stimmt", sagte Amanda mit langem Gesicht. „Wie konnte ich das bloß vergessen? Aber sieh dir doch noch mal dieses Bild an. Chrissy hat heute Abend das gleiche weiße Kleid getragen."

„Zwillinge ziehen sich häufig gleich an", erinnerte Dave sie. „Es könnte allerdings auch sein, dass Chrissy die Sachen von ihrer Schwester trägt."

Amanda beugte sich nach vorn und bedeckte ihr Gesicht mit den Händen. „So langsam verstehe ich überhaupt nichts mehr. Ich kann gar nicht mehr klar denken."

Sanft zog Dave ihre Hände hinunter. „Beruhige dich! Es ist alles okay. Du bist der Lösung schon ganz nahe. Was auch immer Chrissy vorhaben mag, sie wird damit nicht durchkommen."

Plötzlich fiel Amanda ein, wie der erste Artikel in Flammen aufgegangen war. Würde Chrissy das noch einmal tun?

Sie umklammerte die Zeitungsausschnitte fester und drängte Dave, weiterzufahren. „Ich muss dies hier unbedingt meinen Eltern zeigen, bevor ihnen irgendetwas passiert."

„Hab schon verstanden. Dann lass uns jetzt mal zum Beachside Inn brausen", sagte Dave.

„Aber was ist, wenn sie geplant haben auszugehen?", fragte Amanda beunruhigt. „Vielleicht wollen sie ja noch in ein Restaurant oder so. Ich denke, ich sollte sie lieber anrufen und ihnen sagen, dass ich komme."

Dave überlegte. „Die nächste Telefonzelle ist bei Channings Bluff. Von dort aus kannst du anrufen."

„Okay. Dann fahr los!"

Dave drückte das Gaspedal durch und raste los. Amanda klammerte sich ängstlich an den Sitz, als der Wagen in den engen Kurven gefährlich schaukelte.

Vom Meer her zog dichter Nebel auf. Er schwebte in Schwaden über die Straße, sodass man kaum noch etwas erkennen konnte.

Alle paar Sekunden blickte Amanda unruhig auf die Zeitungsausschnitte in ihrem Schoß, um sicherzugehen, dass sie sich noch dort befanden. „Bitte lass Kyle und Merry nichts passiert sein", betete sie im Stillen. „Es darf ihnen nichts passieren!"

Der Mustang preschte mit hoher Geschwindigkeit auf den Parkplatz von Channings Bluff. „Wow! Das ist ja, als würden wir mitten in eine Wolke fahren!", rief Amanda aus. Eine dicke weiße Nebeldecke hüllte den Wagen ein. Als sie ankamen, wurde der dunkle Parkplatz nur vom schwachen Licht einer einzigen Laterne erhellt.

Dave hielt direkt neben der Telefonzelle. „Hast du ein bisschen Kleingeld zum Telefonieren?", fragte Amanda.

Aber Dave antwortete nicht. Er starrte einfach nur geradeaus.

„Dave, was ist denn los? Siehst du da vorn irgendetwas?", fragte Amanda in Panik.

Immer noch keine Antwort. Stattdessen begann Dave sich hin und her zu wiegen.

Sein Kopf und sein Oberkörper bewegten sich langsam im Kreis. Seine Augen waren weit geöffnet, als ob er in eine Art Trance gefallen wäre.

„Dave?", rief Amanda alarmiert und rüttelte ihn an der Schulter. „Was machst du denn da? Hör sofort mit diesem Quatsch auf, bitte!"

Aber Dave wiegte sich weiter hin und her. Sein Gesicht war völlig ausdruckslos und er starrte mit leeren Augen vor sich hin, ohne ein einziges Mal zu blinzeln.

„Dave, was ist denn nur los mit dir?", kreischte Amanda hilflos.

Plötzlich fiel Dave vornüber. Seine Stirn schlug hart gegen das Lenkrad. Amanda umfasste erschrocken seinen Kopf mit beiden Händen und richtete ihn wieder auf.

Als sie in sein Gesicht blickte, riss sie entsetzt ihre Hände zurück.

Blut tropfte ihm aus der Nase. Sein Kopf fiel zurück und er starrte sie mit leblosen, weit geöffneten Augen an.

„Genau wie bei Suzi!", schoss es Amanda durch den Kopf. „Was soll ich denn jetzt nur tun?"

Amanda kämpfte gegen die Panik in ihrem Inneren an. Sie beugte Dave sanft nach vorn, griff in seine Hosentasche und zog sein Portemonnaie heraus.

„Kleingeld, Kleingeld, Kleingeld", murmelte sie immer wieder vor sich hin. Mit zitternden Händen fummelte sie am Reißverschluss seiner Geldbörse herum. „Ja!", rief sie erleichtert, als sie ein 25-Cent-Stück entdeckte.

Sie wandte sich um, drückte den Türgriff und wollte hinausspringen. Aber die Tür öffnete sich nicht, obwohl sie nicht verriegelt war.

Amanda lehnte sich über Daves lebloses Körper und versuchte es auf der Fahrerseite. Nichts! Offenbar auch verklemmt.

Verzweifelt rüttelte sie an ihrer Tür. Wieder und immer wieder, aber sie bewegte sich keinen Zentimeter.

„Ich muss hier raus! Ich muss unbedingt hier raus!" Diese Worte wiederholten sich wie ein grausiger Sprechchor in ihrem Kopf.

Sie musste unbedingt etwas finden, um die Windschutzscheibe zu zertrümmern. Mit fliegenden Händen riss sie das Handschuhfach auf. Ein Schraubenzieher!

Mit aller Kraft hackte sie mit der scharfen Spitze auf das Glas ein, aber nichts passierte. Vor lauter Hilflosigkeit schrie sie laut auf. In den Kinofilmen sah das immer so einfach aus.

„Na los, Amanda!", feuerte sie sich an. „Mach weiter! Du schaffst es!"

Endlich zeigte sich ein feiner Riss an der Stelle, auf die sie verbissen einhämmerte. Bei jedem Stoß vor Anstrengung keuchend, machte sie weiter.

„Neiiin!" Amanda stieß einen schwachen Schrei aus und erstarrte mitten in der Bewegung, als sie plötzlich ein Gesicht bemerkte, das von draußen ins Auto starrte.

Es war Chrissy!

18

„Chrissy – wie …", gelang es Amanda gerade noch hervorzustoßen. Dann flogen alle Autotüren gleichzeitig auf, als ob ein mächtiger Windstoß sie erfasst hätte. Mit einem Laut des Schreckens fiel Amanda gegen Daves schlaffen Körper.

„Oh Dave!", schluchzte Amanda und kroch zitternd zurück auf den Beifahrersitz.

In dem wirbelnden Nebel schwebte Chrissy mit unnatürlich leuchtenden Haaren wie ein bleiches, unheimliches Gespenst. Sie lachte rau und bedrohlich auf. „Du kannst jetzt genauso gut aussteigen, Amanda!", rief sie in einem monotonen Singsang. „Du entkommst mir sowieso nicht!"

Amanda versuchte, sich tiefer in den Sitz sinken zu lassen. Aber hier gab es keine Möglichkeit, sich zu verstecken, keine Möglichkeit zu fliehen.

Chrissys schauriges, blasses Gesicht kam näher. „Komm raus! Komm doch raus!", lockte sie mit dieser furchterregenden Singsangstimme.

Amanda krabbelte verzweifelt auf den Rücksitz, um ihr zu entkommen. Aber es war aussichtslos! Eine mächtige Kraft, stärker als ein Hurrikan, begann sie vorwärts zu schieben. „Nein!", schrie sie und krallte ihre Finger in den Sitz, bis sie schmerzten.

Im nächsten Augenblick wurde Amanda mit gewaltiger Wucht durch die offene Tür geschleudert. Sie stürzte aus dem Wagen und fiel auf ihre Hände und Knie.

Aber die unheimliche Kraft schob sie wie mit unsichtbaren Händen immer weiter. Amanda rutschte über das Pflaster, hinein in den kalten feuchten Nebel. Dann wurde sie plötzlich hochgehoben und dicht vor ihr tauchte Chrissys grinsendes Gesicht auf.

„Was willst du von mir? Warum tust du das?", fragte Amanda angsterfüllt und wischte sich die dunklen Locken aus dem Gesicht.

Umgeben von dem wirbelnden Nebel und mit unnatürlich baumelnden Beinen schwebte Chrissy auf die Motorhaube des Wagens. Sie betrachtete Amanda einen Moment mit seitlich geneigtem Kopf, bevor sie zu sprechen begann. „Du weißt doch bestimmt, dass Menschen normalerweise nur einen kleinen Teil ihres Gehirns nutzen. Bei mir ist das anders. Ich habe ungeahnte Kräfte. Ich kann alles tun, was ich will. Alles!"

Und als ob sie es Amanda beweisen wollte, stieg Chrissy wieder in die Luft und schwebte einen Meter über der Motorhaube des Wagens. „Eindrucksvoll, nicht wahr?", lachte sie.

„Also doch!", dachte Amanda. „Ich habe es mir neulich *nicht* eingebildet!"

„Warum versuchst du, uns zu verletzen?", platzte sie heraus.

„Warum?", wiederholte Chrissy bitter. „Darauf gibt es eine ganz einfache Antwort. Weißt du, warum sich mein Vater umgebracht hat? Dein Dad ist schuld daran!"

„Wieso umgebracht?", fragte Amanda. „Du hast mir doch selbst erzählt, dass es ein Unfall war."

„Mein Vater war kein Mann, der Unfälle gehabt hätte", schnaubte Chrissy verächtlich. „Er war ein Genie! Aber dein Vater hat ihn verfolgt, wollte ihn hinter Gitter bringen. Er hat sein Leben ruiniert und Moms und Liliths auch. Arme Lilith! Mein Vater wollte uns die Schande ersparen, deswegen hat er es getan."

„Mein Dad hat nur seine Arbeit gemacht", widersprach Amanda mit zitternder Stimme. „Wenn dieser Obdachlose unschuldig war …"

„Wen kümmert das schon?", kreischte Chrissy. „Das Leben meines Vaters war tausendmal mehr wert als seins. Du kannst die beiden überhaupt nicht vergleichen! Außerdem sind mittelmäßige, kleine Leute wie dein Vater immer eifersüchtig auf wirklich brillante Menschen. Sie tun nichts lieber, als große Männer wie meinen Vater in den Schmutz zu ziehen und zu zerstören!"

„Was ist eigentlich mit den Familien passiert, die du in deinem Zeugnis angegeben hast?", fragte Amanda.

„Mit dem Richter und dem stellvertretenden Bezirksstaatsanwalt? Sie haben bekommen, was sie verdienten", sagte Chrissy mit einem grausamen Unterton. „Und jetzt ist deine Familie dran!"

Chrissy glitt vom Auto herunter und bewegte sich durch den Nebel auf Amanda zu.

„Lauf!", befahl sich Amanda. „Du musst sofort abhauen!" Aber ihre Beine waren schwer wie Blei.

„Lass mich gehen! Das kannst du doch nicht machen!", flehte sie. „Es … es ist einfach nicht fair."

„Nicht fair?", schrie Chrissy erbost. „Es ist *absolut* fair, Amanda! Meine ganze Familie ist tot und ihr werdet auch alle sterben!"

„Aber … aber …", stotterte Amanda und dachte verzweifelt nach. „Überleg doch mal, was du mit deinen Kräften alles machen könntest", versuchte sie, Chrissy umzustimmen. „Warum willst du deine Zeit mit uns verschwenden? Du könntest reich und berühmt werden."

Chrissy antwortete nicht. Sie erhob beide Arme und im gleichen Augenblick wurde Amanda von einem kalten

Wind herumgewirbelt. Sie schrie auf, als ihre Füße vom Boden abhoben.

„Hör auf!", bettelte Amanda, als der eisige Wind sie in der Luft herumstieß. Sie ruderte wie wild mit den Armen, um das Gleichgewicht nicht zu verlieren, aber sie wurde mit ungeheurer Macht direkt auf das Auto zu geweht.

Amandas Schrei ging im Heulen des Windes unter. Schützend legte sie beide Arme über den Kopf und erwartete mit jeder Sekunde, gegen den Kotflügel des Wagens geschmettert zu werden. Aber sie wurde in den Wagen geschleudert und landete mit einem harten Aufprall auf dem Beifahrersitz direkt neben Dave.

Die Türen schlugen gleichzeitig zu und Amanda hörte das Klicken der Verriegelung.

Durch das Fenster sah sie Chrissy, die laut auflachte und ihren Triumph sichtlich genoss.

Amanda versuchte, sich aufzurappeln, aber sie konnte sich nicht bewegen. Eine starke Kraft drückte sie in den Sitz, sosehr sie auch dagegen ankämpfte.

In hilflosem Entsetzen musste sie zusehen, wie sich die Handbremse löste. Dann sprang der Motor an.

„Tut mir leid, Amanda!", ertönte Chrissys höhnische Stimme. „Du hast verloren!"

Der Wagen raste vorwärts. Er schoss durch das Absperrungsgeländer und über die steile Felswand hinaus.

19

Der Wagen stürzte hinunter in die undurchdringliche Dunkelheit. Amanda rollte sich zu einer Kugel zusammen und versuchte, ihren Kopf zu schützen. Vor Schock wie erstarrt, wartete sie auf den unvermeidlichen Aufprall.

Der Wagen setzte hart auf und sprang dabei ein Stück in die Höhe. Amanda schrie auf, als ihr Kopf heftig gegen die Decke stieß. Im nächsten Moment kippte das Auto nach vorn. Amanda wurde zuerst über Daves kräftigen Körper geschleudert und knallte dann mit solcher Wucht gegen die Beifahrertür, dass ihr die Luft wegblieb. Der Wagen schaukelte noch ein paarmal hin und her und kam dann zur Ruhe.

Mit schmerzenden Lungen holte sie tief Luft und starrte ungläubig in die tiefe Dunkelheit, die sie umgab. „Ich lebe!", dachte sie verwirrt. „Es ist eigentlich unmöglich, aber ich lebe noch!"

Sie versuchte, die Beifahrertür zu öffnen, aber die hatte sich bei dem Aufprall völlig verklemmt. Amanda sah zu Dave hinüber und kämpfte gegen die Tränen an. Sie musste irgendetwas tun – und zwar schnell! Zitternd lehnte sie sich über seinen leblosen Körper und rüttelte an der Fahrertür, die sich wie durch ein Wunder öffnete.

Amanda blickte auf das dunkle, tobende Meer, das ungefähr zwanzig Meter unter ihr lag. Nachdem sich ihre Augen etwas an die Dunkelheit gewöhnt hatten, konnte sie die weißen Schaumkronen der Brandung erkennen. In ihren Ohren dröhnte das unablässige Krachen der Wellen, die auf den Strand schlugen.

„Warum ist der Wagen denn eigentlich nicht ins Meer

gestürzt?", fragte sie sich mit immer noch heftig klopfendem Herzen. Und dann fielen ihr plötzlich die drei schroffen Felsen ein, die aus der Steilwand herausragten. Dave hatte sie ihr doch bei ihrem Ausflug nach Channings Bluff gezeigt. Der Wagen hatte sich offenbar zwischen ihnen verkeilt. Aber für wie lange noch?

Das Auto schwankte, als einer der Felsen unter dem Gewicht des schweren Fahrzeugs zerbröckelte. „Ich muss hier so schnell wie möglich raus!", schoss es Amanda durch den Kopf. Sie spähte angestrengt durch die geöffnete Wagentür nach draußen. Bis zum Wasser ging es verdammt weit in die Tiefe.

Amanda legte vorsichtig eine Hand auf Daves Brust. Es war kein Herzschlag zu spüren. Er war tot.

Wieder geriet der Wagen ins Rutschen und Amanda fiel nach vorn. „Vielleicht kann ich mich auf die Spitze des Felsens runterlassen", dachte sie verzweifelt. „Es kann nicht mehr lange dauern, bis der Wagen ins Meer stürzt."

Amanda hielt sich an der geöffneten Tür fest und schob sich über Dave hinweg. Vorsichtig glitt sie nach draußen und ließ los. Sie stürzte auf den Felsen und fiel mit voller Wucht auf die Seite und auf ihre Schulter. Während eine heiße Welle des Schmerzes sie durchfuhr, hörte sie ein lautes, krachendes Geräusch.

Sie rappelte sich auf und sah gerade noch, wie der Wagen das Kliff hinabstürzte. Er überschlug sich mehrmals und landete mit dem Kühler voran im Ozean. Das furchtbare Geräusch von aufspritzendem Wasser und knirschendem Metall übertönte das gleichmäßige Rauschen der Brandung.

Amanda blickte angsterfüllt zum Gipfel der Klippe. War Chrissy noch dort oben? Hatte sie gesehen, dass es ihr gelungen war, rechtzeitig aus dem Wagen zu entkommen?

Mit einem unterdrückten Schmerzenslaut schwang sie ihre Beine herum und begann, auf die andere Seite des Felsens zu kriechen, wobei sie ständig nach unten blickte.

Amanda hielt einen Moment inne und sah sich um. Als ihr Blick auf das riesige Auge fiel, das sie anstarrte, entfuhr ihr ein schriller Entsetzensschrei.

Sie rutschte plötzlich ab. Unwillkürlich hatte sich ihr Griff gelockert, als auf einmal das riesige Gesicht über ihr auftauchte – das klaffende Maul weit aufgerissen, als ob es sie verschlingen wollte.

20

Amanda klammerte sich an den Felsen und versuchte, wieder Halt zu finden.

„Chrissy! Nein!" Im ersten Moment war Amanda überzeugt, dass Chrissy ihre Kräfte benutzt hatte, um sich in einen furchterregenden Riesen zu verwandeln.

Aber dann – als sie ihr Gleichgewicht wiedergefunden und sich mit letzter Kraft auf den Felsen gezogen hatte – bemerkte sie ihren Irrtum. „Jetzt werd bloß nicht hysterisch, Amanda!", ermahnte sie sich. „Es ist doch nur eins der Gesichter, die Daves Bruder und seine Freunde auf die Felsen gemalt haben." Erleichtert atmete sie aus.

Quälend langsam, an der steilen Felswand vorsichtig nach Halt suchend, kletterte sie hinunter zum Strand. In dem dichten Nebel konnte sie so gut wie nichts sehen und der Abstieg schien sich stundenlang hinzuziehen.

Schließlich hatte sie wieder festen Boden unter den Füßen. Sie stolperte auf den Strand und warf einen Blick zurück auf den steilen Hang, den sie hinuntergeklettert war. Der Nebel war noch dichter geworden und die dunkle, bedrohliche Masse des Kliffs schien sich auf sie zu wälzen.

Amanda fühlte, wie ihre Knie weich wurden und ihre Beine unter ihr nachgaben. Sie versuchte vergeblich, dagegen anzukämpfen. Langsam sank sie auf den kalten feuchten Sand und in eine gnadenvolle Dunkelheit.

Amanda öffnete die Augen und kniff sie sofort wieder zusammen, als grelles Licht sie traf. Blinzelnd schaute sie in das intensive Leuchten der Morgensonne. „Ich muss ohnmächtig geworden sein", dachte sie und richtete sich langsam auf den Ellbogen auf. Dann kniete sie sich hin und bürstete den feuchten Sand von ihrem T-Shirt.

Sie blickte den schmalen felsigen Strand entlang, der sich am Fuß des Kliffs hinzog, und suchte mit den Augen das Meer nach einer Spur von Daves Mustang ab. Aber es war nichts zu sehen. Der Wagen musste gesunken oder weggespült worden sein.

Plötzlich sah sie Daves gut aussehendes, freundliches Gesicht vor sich und ihre Augen füllten sich mit Tränen. „Es ist meine Schuld, dass er tot ist", dachte sie traurig. „Er ist umgekommen, weil er mir helfen wollte."

Dann wurde Daves Bild von Chrissys spöttisch verzogenem, bösem Gesicht verdrängt. „Nein", dachte Amanda bitter. „Chrissy allein ist die Schuldige! Sie hat Dave umgebracht und sie wird auch meine ganze Familie töten, wenn ich sie nicht aufhalte."

Amanda blickte auf und betrachtete die riesigen, albernen Gesichter, die auf die Felsen gemalt waren. Sie schienen zu ihr herabzugrinsen. „Danke, Jungs!", murmelte sie und rappelte sich auf.

„Und was nun?", fragte sie sich. Ihre Jeans und Turnschuhe waren zerrissen und völlig durchnässt von dem feuchten Sand, auf dem sie gelegen hatte. Sie zog sie aus und watete in Unterwäsche und T-Shirt ins Wasser.

Die einzige Möglichkeit, vom Gipfel des Steilhangs aus gesehen zu werden, war, aufs Meer hinauszuschwimmen. Falls sich ein Tourist auf dem Aussichtspunkt aufhielt, konnte sie um Hilfe rufen.

Das Salzwasser brannte mörderisch auf ihrem aufgeschrammten Knie und ihr Magen knurrte erbärmlich vor Hunger. Nachdem sie ein ganzes Stück geschwommen war, drehte sie sich um und blickte zum Aussichtspunkt hinauf. Das einzige Zeichen der gestrigen Ereignisse war das Loch im Absperrungsgeländer.

Nachdem sie zehn Minuten Wasser getreten hatte, war immer noch kein Mensch aufgetaucht. „Mom und Dad haben inzwischen bestimmt mein Verschwinden bemerkt", versuchte sie sich zu beruhigen. Natürlich würden sie nicht auf die Idee kommen, sie am Fuß des Kliffs zu suchen. Jedenfalls nicht sofort. Aber irgendjemand würde das Loch im Zaun entdecken.

Amanda schwamm zurück zum Strand. Sie warf sich die Jeans über die Schulter und schlüpfte in ihre feuchten Turnschuhe. „Es ist unmöglich, den Steilhang wieder hinaufzuklettern", sagte sie sich, „aber ich könnte der Uferlinie bis zu unserem Haus folgen."

Jeder Muskel ihres Körpers schmerzte, als sie begann, durch den Sand zu stapfen. „Reiß dich zusammen", ermahnte sie sich. „Die anderen wissen nicht, in welcher Gefahr sie schweben."

Amanda war stundenlang unterwegs. Sie trottete mühsam am Strand entlang und versuchte, ihre Augen mit den Händen gegen die brennende Sonne abzuschirmen. Endlich erreichte sie den dichten Wald unterhalb ihres Hauses und kam an den beiden Felsen vorbei, unter denen Mr Jinx begraben war. Wenige Minuten später stand sie neben dem Holzschuppen am Pool.

Sie schlüpfte hinter die Bretterwand und zog ihre Jeans an. Dann holte sie tief Luft und schlich vorsichtig auf die Sonnenterrasse. „Es ist so still hier", dachte sie. „Viel zu still! Wo sind bloß die anderen?"

Amanda kauerte sich an die Wand neben der Glasschiebetür und warf einen vorsichtigen Blick ins Wohnzimmer, das ruhig und verlassen dalag. Mit der Fußspitze schob sie die Tür einen Spalt auf, gerade breit genug, dass sie hindurchschlüpfen konnte. Sofort versteckte sie sich hinter einem der langen Vorhänge zu ihrer Rechten und blieb einen Augenblick bewegungslos stehen.

Da hörte sie plötzlich eine Stimme aus der Küche. Es war Chrissy, die dort offenbar ein Telefongespräch führte. Amanda versuchte, die Angstschauer, die ihr über den Rücken liefen, zu ignorieren, und spitzte die Ohren.

„Machen Sie sich keine Sorgen, Mrs Conklin", sagte Chrissy gerade. „Ich denke, es ist eine gute Idee, in Shadyside nach ihr zu suchen. Ich habe zufällig ein Gespräch zwischen Amanda und Dave mitbekommen. Ich bin mir ziemlich sicher, dass er ihr versprochen hat, sie dorthin zu fahren."

„Das kann doch nicht wahr sein!", dachte Amanda. „Hat Chrissy meine Eltern wirklich dazu gebracht, nach Shadyside zu fahren?"

„Ja, natürlich. Falls Amanda anruft, werde ich es Sie sofort wissen lassen", versprach Chrissy. „Nein, ich kann mir auch nicht vorstellen, warum sie weggelaufen ist. Aber wie Sie schon sagten, sie hat sich in letzter Zeit ziemlich merkwürdig verhalten. Wer weiß, was jetzt wieder mit ihr los ist."

Es entstand eine kurze Pause, weil Amandas Mutter am anderen Ende offensichtlich etwas sagte, und dann beendete Chrissy das Gespräch. Bei ihren Worten überlief es Amanda eiskalt.

„Sie brauchen sich um Merry und Kyle wirklich keine Sorgen zu machen. Ich werde mich gut um sie kümmern, bis Sie wieder zurück sind."

21

Amanda schloss die Augen und lehnte sich gegen die Wand.

„Was soll ich denn jetzt bloß tun?", fragte sie sich verzweifelt. „Meine Eltern sind in Shadyside und Chrissy hat Kyle und Merry völlig in der Hand."

Aber bevor sie genauer darüber nachdenken konnte, klingelte es an der Tür.

Sie spähte zwischen den Falten des Vorhangs hindurch und entdeckte einen Polizisten in dunkler Uniform, der vor der Eingangstür stand.

„Sind die Conklins zu Hause?", fragte er Chrissy.

„Nein, im Moment nicht", flötete Chrissy zuvorkommend. „Sie suchen nach ihrer Tochter, die seit letzter Nacht vermisst wird. Gibt es irgendwelche Neuigkeiten von Amanda?"

„Tja, also wir sind nicht sicher", sagte der Polizist zögernd. „Ein Fahrzeug hat den Zaun am Aussichtspunkt durchbrochen und ist offenbar ins Meer gestürzt. Könnte es sein, dass Amanda Conklin im Wagen gesessen hat?"

„Das weiß ich nicht. Sie war auf jeden Fall mit ihrem Freund unterwegs."

„Dave Malone?", fragte er.

Chrissy überlegte. „Ja, so heißt er wohl."

„Seine Eltern haben zu Protokoll gegeben, dass er einen 78er-Mustang fährt", verriet der Polizist. „Bis jetzt wissen wir nur, dass jemand den Zaun durchbrochen hat, aber wir haben noch keine Spur des Fahrzeugs gefunden. Es wird noch eine Weile dauern, bis wir ein Boot bekommen, von dem aus wir nach dem Wagen tauchen können."

„Tauchen?", rief Chrissy aus und tat so, als wäre sie zutiefst erschrocken.

Der Polizist nickte ernst. „Das Meer ist am Fuß des Kliffs sehr tief. Der Wagen ist wahrscheinlich sofort untergegangen und auf den Grund gesunken."

„Oh, wie schrecklich!", stieß Chrissy hervor.

Der Polizist murmelte zustimmend. Dann sagte er: „Normalerweise beginnen wir die Suche nach vermissten Personen erst nach 48 Stunden. Aber in diesem Fall – ich weiß noch nicht. Wir werden sehen."

Chrissy lehnte sich vertraulich zu dem Mann hinüber. „Es ist natürlich nur meine ganz persönliche Meinung, aber ich denke, Amanda und dieser Dave sind zusammen abgehauen. Sie war total verrückt nach ihm und in letzter Zeit hat es zu Hause eine Menge Probleme gegeben. Sie wissen schon … Amanda ist nicht besonders gut mit ihren Eltern klargekommen."

„Vielen Dank für die Information", sagte der Polizist nachdenklich. „Ich werd das mal im Hinterkopf behalten. Vielleicht ist ja wirklich nicht mehr an der Geschichte dran."

„Ja, das hoffe ich auch", sagte Chrissy seufzend. „Vielen Dank, dass Sie vorbeigekommen sind. Ich werde es den Conklins sagen, wenn sie anrufen."

Nachdem Chrissy die Tür hinter dem Mann geschlossen hatte, griff sie nach einem Handtuch und ging in Richtung Badezimmer.

Amanda schlüpfte hinter dem Vorhang hervor und schlich leise die Treppe hinauf. Sie hörte die Dusche im Badezimmer laufen. Als sie ihre Zimmertür öffnete, sprang das bunt gescheckte Kätzchen erschrocken aufs Bett.

Amanda nahm die Kleine auf den Arm und flüsterte

zärtlich: „Na, meine süße kleine Miezekatze. Hast du auch keinen Ärger gehabt? Ich hoffe, du bist Chrissy aus dem Weg gegangen." Das Kätzchen begann kläglich zu miauen.

„Du bist bestimmt furchtbar hungrig, doch ich kann dir im Moment leider nicht helfen", sagte Amanda bedauernd, während sie es streichelte. „Aber ich werde dich wenigstens nach draußen bringen, damit Chrissy dich nicht erwischt."

Leise huschte sie die Treppe hinunter und schlich aus dem Haus. Sie setzte das Kätzchen auf den Boden, aber es machte keine Anstalten zu verschwinden. „Nun geh schon! Schschsch!", flüsterte Amanda eindringlich. Die Kleine blieb jedoch sitzen und rieb ihren Kopf schnurrend an Amandas Knöchel.

Amanda dachte verzweifelt darüber nach, wie sie Kyle und Merry in Sicherheit bringen konnte, doch sie wusste einfach nicht, wie sie gegen Chrissys gewaltige Kräfte ankommen sollte.

Mitten in ihre düsteren Gedanken platzte ein lautes Knurren ihres Magens. Amanda merkte plötzlich, dass ihr ganz schwindelig vor Hunger war. „Vielleicht schaffe ich es ja, in die Küche zu kommen, ohne gesehen zu werden", dachte sie.

Sie schob die große Glastür, so leise sie konnte, auf und sprintete in die Küche. Vorsichtig schloss sie die Tür hinter sich und lehnte sich mit klopfendem Herzen dagegen. Ihr Blick fiel auf eine Packung Cheerios auf dem Küchentresen. Gierig riss sie sie auf und stopfte sich eine Handvoll Cornflakes in den Mund. Noch nie hatte ihr irgendetwas so gut geschmeckt. Dann öffnete sie den Kühlschrank und griff sich eine Tüte Orangensaft. Sie stürzte den Saft so hastig hinunter, dass er an den Seiten der Packung hinablief. Nachdem sie etwas im Magen hatte, fühlte sich Amanda schon viel besser.

„Das ist meine Chance, Kyle und Merry hier rauszuholen", dachte sie. „Ich frage mich nur, warum Chrissy ihnen noch nichts getan hat. Vielleicht wartet sie ja auf eine Möglichkeit, es wie einen Unfall aussehen zu lassen. Dazu mussten natürlich erst meine Eltern aus dem Weg sein. Wenn ich doch nur wüsste, wie viel Zeit mir noch bleibt."

Amanda rannte durch den Flur zum Zimmer der beiden Kleinen. Ihre Betten waren leer und zerwühlt. Eine Welle eiskalter Furcht überschwemmte Amanda. Was hatte Chrissy mit ihnen gemacht? Mit zitternden Knien ließ sie sich gegen die Tür sinken.

Plötzlich hörte Amanda, dass die Dusche ausgestellt wurde. Schnell duckte sie sich hinter die Tür des Kinderzimmers. Durch den Spalt zwischen den Scharnieren sah sie, wie Chrissy in ein Handtuch eingewickelt aus dem Badezimmer kam und in ihrem Zimmer verschwand.

Auf Zehenspitzen und mit angehaltenem Atem schlich Amanda an ihrer Tür vorbei und lief so leise wie möglich die Treppe hinunter. Plötzlich fiel ihr siedend heiß ein, dass die geöffnete Packung Cheerios noch auf dem Küchentresen stand. Das konnte Chrissy auf ihre Spur bringen.

In diesem Moment wurde die Haustür geöffnet. Zu Tode erschrocken sprang Amanda ins Wohnzimmer und duckte sich hinter die Couch.

„Chrissy, wir haben sie!", rief eine vertraute, freudige Stimme. Es war Kyle!

„Wir haben die Sssss-läuche gefunden", lispelte Merry.

Amanda seufzte erleichtert auf. Den beiden war nichts passiert – bis jetzt jedenfalls nicht!

Chrissy kam in einem heißen, pinkfarbenen Badeanzug die Treppe hinunter. „Prima, aber jetzt ab in die Küche zum Frühstück", befahl sie lächelnd.

Amanda war klar, dass sie im Moment nichts weiter tun konnte. Als sie zur Haustür hinausschlüpfte, hörte sie Chrissy mit misstrauischer Stimme sagen: „Wer von euch hat denn die Cornflakes offen gelassen?"

„Ich nicht!", verteidigten sich Kyle und Merry im Chor.

Amanda lief so schnell sie konnte ums Haus und in den Wald. Ihr Instinkt sagte ihr, dass sie so schnell und so weit wie möglich verschwinden musste. Sie raste zwischen den Bäumen hindurch und erreichte nach kurzer Zeit den Strand. Dann lief sie am Ufer entlang weiter.

Plötzlich fingen ihre Schläfen an zu pochen. Sie verlangsamte ihr Tempo und blieb schließlich stehen. „Hey!", schrie sie entsetzt auf, als auf einmal eine klare, kalte Stimme in ihrem Kopf ertönte. Chrissys Stimme!

Du warst hier, nicht wahr, Amanda? Du bist also immer noch nicht tot.

Die Stimme hämmerte in Amandas Kopf und schien ihn zu sprengen. Mit schmerzverzerrtem Gesicht presste sie die Hände gegen die Stirn.

Amanda, du musst zuerst sterben – dann sind Kyle und Merry dran!

„Ist mit Ihnen alles in Ordnung, junge Frau?" Amanda fuhr herum und erblickte einen Mann mittleren Alters mit einer beginnenden Glatze, der gerade einen Wellengleiter aus dem Wasser und auf den Strand zog. „Sind Sie krank?", fragte er besorgt.

„Mein Kopf …", murmelte Amanda. „Ich habe furchtbare Kopfschmerzen."

„Ich habe ein paar Aspirintabletten dabei. Sie sind dort

hinten in meiner Tasche auf der Decke. Soll ich Ihnen welche holen?"

Amanda hoffte, dass eine oder zwei Tabletten den furchtbaren Schmerz etwas lindern würden. „Ja, bitte", sagte sie dankbar.

„Ich bin gleich wieder zurück", versprach ihr der hilfsbereite Mann.

Während Amanda noch auf ihn wartete, sah sie plötzlich etwas Pinkfarbenes im Wald aufblitzen. Chrissy verfolgte sie! Verzweifelt blickte sich Amanda um.

Du musst zuerst sterben! Die Worte hallten wieder durch ihren schmerzenden Kopf. Doch auf einmal durchzuckte Amanda eine Erkenntnis. „Jetzt weiß ich, wie ich Kyle und Merry schützen kann! Solange ich am Leben bleibe, wird ihnen nichts passieren!"

Chrissy kam näher und näher. Sie hatte schon fast den Strand erreicht.

Da fiel Amandas Blick auf den Wellengleiter. Ohne lange nachzudenken, lief sie hinüber und schob ihn in die Brandung.

„Hey!", schrie der Mann und rannte auf sie zu. „Was machen Sie denn da?"

Amanda reagierte schnell. Sie drehte den Zündschlüssel und sprang auf den Sitz. Kurz darauf ließ sie mit röhrendem Motor den Strand hinter sich. „Wie gut, dass Dave mir gezeigt hat, wie man mit so einem Ding umgeht", dachte Amanda und umklammerte den Lenker fester.

Bei dem Gedanken an Dave fiel ihr plötzlich seine Insel wieder ein. Sie war das perfekte Versteck und außerdem gut mit Lebensmitteln ausgestattet. „Nicht zu vergessen die Waffen", dachte Amanda.

Sie lehnte sich mit ihrem ganzen Gewicht nach rechts

und lenkte den Wellengleiter in die Richtung, in der sie die Insel vermutete. Sie merkte, dass sie sich am besten orientieren konnte, wenn sie das Ufer im Auge behielt. Als sie die Höhe des Beachside Inn erreicht hatte, hielt sie genau geradeaus auf die Insel zu.

Nach kurzer Zeit kamen das verfilzte Gebüsch und die verkrüppelten Bäume der Insel in Sicht. Amanda schöpfte wieder neue Hoffnung. Sie fuhr auf den schmalen Strand auf und schaltete den Motor aus. Unter dem Gewicht des Wellengleiters schwankend, schob sie ihn über den Sand und ins Gebüsch. Um ganz sicherzugehen, beschloss sie, ihn mit einigen Ästen und Blättern zu tarnen.

Amanda war gerade dabei, einige Kiefernäste abzureißen, als ihr plötzlich erneut ein stechender Schmerz durch den Kopf schoss. Er war so stark, dass sie auf die Knie sank und laut aufschrie. Die Bäume schienen sich um sie herum zu drehen.

Merry und Kyle gehören mir!, dröhnte Chrissys Stimme in ihrem Kopf. *Nur mir, Amanda!*

22

Amanda stürmte in die Hütte, griff nach der erstbesten Packung, die ihr in die Hände fiel, und riss sie auf. Sie enthielt getrocknete Bananenchips. Amanda schaufelte sich das Zeug händeweise in den Mund, ohne den Geschmack überhaupt wahrzunehmen. Dann zog sie ihre Jeans aus, die von der Fahrt auf dem Wellengleiter pitschnass war. Als sie sie über die Lehne des Stuhls hängte, wanderte ihr Blick durch die Hütte und blieb an der Stelle hängen, wo Dave sie geküsst hatte.

Als sie merkte, dass ihr wieder die Tränen kamen, versuchte sie, sich zusammenzureißen. „Du hast jetzt verdammt noch mal keine Zeit zum Heulen", schalt sie sich und verdrängte die Gedanken an Dave, so gut es ging. Sie atmete tief durch und begann, die Hütte nach Waffen abzusuchen.

In einem niedrigen Holzschränkchen fand sie ein langes Messer mit einer gefährlich aussehenden Krümmung am Ende der Schneide. Es steckte in einem Lederbeutel, der an ledernen Bändern angebracht war. Sie zog das Messer heraus und trennte die Beine ihrer nassen Jeans ab, die sie auf dem Rückweg doch nur behindern würden. Dann schlüpfte sie in ihre neuen Shorts und befestigte den Beutel mit dem Messer an den Gürtelschlaufen.

Amanda durchwühlte gerade die Kisten und Koffer nach anderen nützlichen Gegenständen, als sie plötzlich spürte, wie ihre Füße vom Boden abhoben. Sie wurde über den großen Koffer geschleudert, als ob eine unsichtbare Hand sie gestoßen hätte. Amanda schrie auf und krachte mit voller Wucht gegen den Schrank. Ein Tontopf zersprang scheppernd neben ihr auf dem Boden.

Amanda, ich habe dich nicht vergessen!, ertönte Chrissys Stimme erneut in ihrem Kopf, während der Schmerz wie ein elektrischer Schlag durch ihre Stirn schoss. Mit geschlossenen Augen und zusammengebissenen Zähnen versuchte sie verzweifelt, Chrissy abzuwehren, aber es gelang ihr nicht.

Du bist nicht mehr so nah wie vorhin, nicht wahr?, fuhr Chrissy fort. *Ich spüre es genau, aber ich werde dich schon finden. Das ist jetzt allerdings nicht so wichtig. Vorher habe ich noch etwas anderes zu erledigen. Komm her, Merry!*

Amanda riss entsetzt die Augen auf. Im selben Moment war Chrissys Stimme verstummt und fast gleichzeitig verschwand der Schmerz.

„Was hat sie vor?", schrie Amanda. Voller Panik rannte sie aus der Hütte und durch das dichte Unterholz zurück zum Wellengleiter. Sie nahm all ihre Kraft zusammen und schob das schwere Gefährt ins Wasser. „Merry, ich komme! Halt aus!", schrie sie verzweifelt, als sie über das Meer in Richtung Sommerhaus brauste.

Amanda näherte sich bereits dem Strand, als sie Chrissy erblickte. Sie saß hinten in dem kleinen Boot mit dem Außenbordmotor, das zum Haus gehörte. Merry und Kyle waren nirgends zu sehen. Chrissy hielt direkt auf Daves Insel zu. Im nächsten Augenblick bemerkte Amanda entsetzt, dass Kyles Kopf über der Reling auftauchte. Es sah aus, als wäre irgendetwas in seinen Mund gestopft. Chrissy fuhr ihn scharf an und er verschwand sofort wieder auf dem Boden des Bootes.

„Merry ist garantiert bei ihm", dachte Amanda. „Was hat Chrissy bloß vor?" Sie gab Vollgas und holte alles aus dem Wellengleiter heraus.

Amanda war nur noch wenige Meter von dem kleinen Boot entfernt, als Chrissy sie entdeckte. Im gleichen Augenblick versengte ein brennender Schmerz Amandas Stirn. Sie schrie auf und der Wellengleiter kippte gefährlich nach links.

„Jetzt reicht's mir aber!", brüllte Amanda wütend und warf sich gerade noch rechtzeitig mit ihrem vollen Gewicht auf die andere Seite, um ihn wieder aufzurichten. Sie kam näher und immer näher an das kleine Boot heran.

„Auuuu!" Wieder explodierte eine Woge von Schmerz in ihrem Kopf, aber sie biss die Zähne zusammen und umklammerte mit aller Kraft das Steuerrad. Plötzlich wurde der Schmerz so unerträglich, dass Amanda die Augen schließen musste. Als es ihr gelang, sie nach einigen Sekunden wieder zu öffnen, entdeckte sie überrascht, dass das Boot in einem verrückten Zickzackkurs dahinschoss.

„Chrissy hat die Kontrolle darüber verloren. Sie kann nicht gleichzeitig die Verbindung zu mir herstellen *und* das Boot steuern", wurde es Amanda schlagartig klar.

Ihre Vermutung bestätigte sich im nächsten Moment. Als Chrissy ihre Aufmerksamkeit wieder auf das Steuern des Bootes lenkte, verschwand der bohrende Schmerz in Amandas Kopf. Der Wellengleiter brauste dröhnend über das aufgewühlte Meer. Nur noch zehn Meter bis zum Boot!

In diesem Moment tauchte Merrys Kopf über der Reling auf. Sie war ebenfalls geknebelt und hatte rot geweinte Augen. Direkt neben ihr richtete sich Kyle auf. Chrissy brüllte ihnen einen Befehl zu und die beiden duckten sich sofort wieder.

Amanda kam immer näher.

Chrissy fixierte sie mit stählernem Blick. Dann streckte

137

sie plötzlich beide Arme zum Himmel, als ob sie die weißen Wolken mit ihren Fingerspitzen berühren wollte.

„Was tut sie da?", fragte sich Amanda verwundert. „Was
hat sie jetzt schon wieder vor?"

Sie musste nicht lange auf die Antwort warten. Als
Chrissy langsam ihre Arme senkte, schoss ein glühender,
weiß gezackter Strahl reiner Elektrizität aus ihren Händen.

Amanda hörte ein unheimliches Knistern und spürte einen harten Stoß, als der weiß glühende Strom durch den
Wellengleiter schoss, der sofort unter ihr wegkippte.

Zuckend und mit schmerzverzerrtem Gesicht tauchte
Amanda in den mächtigen Strahl ein. Die Luft um sie herum knisterte und sprühte Funken. Sie wurde von dem
gezackten, schneidenden Blitz purer Energie hochgewir-
belt und stürzte dann in das aufgewühlte Meer.

23

Amanda tauchte tief ab in das tintenschwarze Wasser.

Der Schmerz des elektrischen Blitzes tobte immer noch durch ihren Körper und der eiskalte Ozean nahm ihr den Atem. „Ich werde ertrinken!", schoss es ihr angstvoll durch den Kopf.

Aber da sah sie auf einmal die Gesichter ihrer Geschwister vor sich, ihre großen unschuldigen Augen. Nein! Sie musste kämpfen. Sie durfte einfach nicht ertrinken!

Sie ignorierte den Schmerz und zwang sich, an die Wasseroberfläche zu schwimmen. Keuchend kam sie hoch und sog gierig die Luft in die schmerzenden Lungen. Sie war kaum wieder zu Atem gekommen, als von hinten etwas Hartes gegen ihren Kopf stieß. Das Boot! Es war genau neben ihr.

Ohne auch nur eine Sekunde zu zögern, griff sie nach oben, hielt sich an der Bordwand fest und zog sich in das Boot.

Während Amanda sich noch benommen das Wasser aus den Augen wischte, reagierte Chrissy blitzschnell. Sie schnappte sich Merry, die nicht nur geknebelt, sondern auch gefesselt war. Die Kleine versuchte zu schreien und wand sich verzweifelt in Chrissys Griff. Ihr ganzer Körper zitterte vor Panik. Chrissy hielt sie mit einer Hand so fest, dass sich ihre Fingernägel in Merrys Arm bohrten.

Plötzlich schoss ihr freier Arm nach oben und ein Messer zuckte wie ein silberner Blitz durch die Luft. Es war das lange Messer, das Amanda in Chrissys Schublade gelegt hatte! Chrissy drückte die schimmernde Klinge gegen Merrys Kehle und schrie: „Das ist für meinen Vater!"

Voller Verzweiflung stürzte sich Amanda quer durch das Boot auf Chrissy. Sie bekam sie an der Taille zu fassen und rammte ihr mit voller Wucht den Kopf in den Bauch. Chrissy taumelte rückwärts und schnappte nach Luft. Merry nutzte die Gelegenheit und rollte sich zur Seite. Amanda versetzte dem Messer, das klappernd zu Boden gefallen war, einen kräftigen Tritt, sodass es ans hintere Ende des Bootes schlitterte. Dann warf sie sich auf Chrissy, griff in ihre Haare und riss ihren Kopf mit einem harten Ruck zurück.

Chrissys Hand schoss nach oben und traf Amanda genau unter dem Kinn. Durch die Wucht des Schlags verlor Amanda das Gleichgewicht. Sie stolperte zurück und fiel genau auf Kyle. Bevor sie sich aufrappeln konnte, war Chrissy schon über ihr aufgetaucht. Mit zusammengekniffenen Augen starrte sie Amanda wütend an.

Und wieder spürte Amanda einen kalten Windstoß, der sie mit überwältigender Kraft erfasste. Sie schlug mit den Armen um sich und versuchte zu treten, aber gegen den eiskalten Orkan war sie machtlos. Er hob sie hoch und wirbelte sie ein ganzes Stück über dem Boot in der frostigen Luft umher. „Ich bin so hilflos wie ein Drachen im Sturm", dachte Amanda verzweifelt.

„Je höher man steigt, desto tiefer fällt man!", rief Chrissy mit triumphierend leuchtenden Augen zu ihr hinauf. Amanda hörte gerade noch ihr höhnisches Gelächter, das sogar den heulenden Sturm übertönte, da stürzte sie auch schon nach unten und knallte mit voller Wucht ins Boot.

Obwohl ihr im ersten Augenblick die Luft wegblieb, rollte sie sich geistesgegenwärtig herum und griff nach Chrissys Knöchel.

„Lass mich los!", kreischte Chrissy und versuchte, ihr

Bein wegzuziehen. „Du hast wohl immer noch nicht genug, wie?", schrie sie drohend. „Na gut. Wenn du unbedingt willst!"

Amanda klammerte sich verzweifelt an Chrissys Fuß und schloss in Erwartung der nächsten Schmerzwelle die Augen. Doch da schoss das Boot plötzlich mit einem heftigen Ruck nach vorn. Überrascht blickte Amanda auf und sah, dass Chrissy mit weit aufgerissenem Mund rückwärts durch die Luft flog.

24

Amanda schnappte erschrocken nach Luft, als sie beobachtete, wie Chrissy durch die stoßhafte Bewegung des Bootes mit hoch erhobenen Armen nach hinten geschleudert wurde und ihr Kopf mit einem widerlichen Geräusch gegen den Bug des Bootes krachte.

Amanda wischte sich die nassen Haare aus den Augen und rappelte sich auf die Knie hoch. Sie starrte Chrissy ungläubig an und erwartete, dass sie gleich wieder aufspringen würde. Aber sie blieb der Länge nach ausgestreckt mit geschlossenen Augen liegen. Ihr Kopf war in einem unnatürlichen Winkel abgekippt.

Es dauerte einen Augenblick, bis Amanda begriff, was geschehen war. In dem Moment, als Chrissys Knöchel ihr plötzlich aus der Hand gerissen wurde, war das Boot gegen einen Felsen geprallt, der aus dem Meer ragte. Und durch die Wucht des Aufpralls war Chrissy zurückgeschleudert worden.

Bevor sie sich noch von dem Schock erholen konnte, stieß der Motor auf einmal eine dunkle Rauchwolke aus. Er stotterte und blubberte noch einige Sekunden vor sich hin und gab dann den Geist auf.

Auf einmal herrschte tiefe Stille. Amanda hörte ihren eigenen Herzschlag, der das gleichmäßige Rollen der Wellen zu übertönen schien.

Langsam krabbelte sie zu Merry und Kyle hinüber, die in der Nähe des Hecks saßen. Sie griff nach dem Messer, mit dem Chrissy ihre Schwester bedroht hatte, und zerschnitt die Stricke mit schnellen, hastigen Bewegungen. Merry begann laut zu schluchzen und streckte beide Arme nach Amanda aus, die sie erleichtert umarmte. Kyle setzte sich langsam auf und blickte verwirrt um sich. „Hey! Ist alles in Ordnung mit dir?", fragte Amanda besorgt, aber er starrte sie nur ausdruckslos an und antwortete nicht.

„Kyle, wo wollte Chrissy euch hinbringen?", versuchte Amanda es noch einmal.

Wieder schaute er sie für einen Moment völlig durcheinander an, aber schließlich antwortete er ihr zögernd: „Zu einer Insel."

Amanda war sicher, dass Chrissy mit den beiden Kleinen auf dem Weg zu Daves Insel gewesen war. „Sie hatte bestimmt vor, uns dort umzubringen, damit niemand unsere Leichen finden würde", dachte Amanda schaudernd.

Dann riss sie sich zusammen und griff nach den Stricken, mit denen Kyle und Merry gefesselt gewesen waren. Sie packte Chrissy an den Füßen und zog sie ein Stück näher. Hastig begann sie, ihre Arme und Beine zu fesseln, und verknotete die Stricke zur Sicherheit mehrmals. „Eigentlich sollte ich sie über Bord werfen und zusehen, wie sie ertrinkt", dachte Amanda bitter. „Aber das kann ich nicht. Ich bin keine Mörderin!"

„Wir nehmen sie mit zurück zum Haus und rufen dann die Polizei", sagte sie zu Kyle, aber der starrte sie immer noch mit ausdruckslosem Gesicht an. Er öffnete den Mund, war aber nicht in der Lage, einen Ton herauszubekommen. Merry klammerte sich laut schluchzend an ihren Arm und hatte Angst, sie loszulassen.

„Zuerst müssen wir mal das Boot vom Felsen runterschieben", sagte Amanda bestimmt und krabbelte zum Bug. Dann sprang sie auf den feuchten, glitschigen Felsen und schob mit aller Kraft. Aber das Boot bewegte sich keinen Zentimeter. Amanda stemmte ihre Schulter gegen die Bordwand und versuchte es noch einmal. Quietschend und ächzend kam das Boot endlich frei. Schnell sprang sie hinein und wankte zum Motor. Sie riss heftig an der Leine und wie durch ein Wunder sprang er sofort an.

Mit einer Hand streichelte sie Merry, während sie mit der anderen Hand versuchte, das Boot zu wenden. Sie hatte es gerade geschafft, auf den Strand zuzusteuern, als plötzlich Kyles Stimme das Dröhnen des Motors übertönte.

„Wasser! Da!", schrie er mit angespannter, schriller Stimme.

Amanda fuhr erschrocken herum und entdeckte ein Loch im Bug, durch das das Wasser hereinströmte. „Schnell, Kyle! Nimm den Eimer da. Na los, nun nimm ihn doch schon!", rief sie ihm aufgeregt zu. „Schöpf das Wasser aus dem Boot! Beeil dich!"

Aber Kyle reagierte nicht. Amanda spürte einen Knoten kalter Furcht in ihrem Magen. „Kyle, was ist denn nur mit dir los? Nimm verdammt noch mal den Eimer! *Bitte!*"

Doch er schüttelte bloß benommen den Kopf, als hätte er sie nicht verstanden.

Immer mehr Wasser sprudelte ins Boot. Inzwischen stand es schon mehrere Zentimeter hoch. Sie drehte sich um und sah, dass der Strand schon in Sicht war. „Wir sind so dicht dran!", dachte sie. „Wir müssen es einfach schaffen!"

„Kyle, bitte, schöpf das Wasser raus!", rief sie noch einmal verzweifelt.

Er machte einen Schritt auf den Eimer zu, blieb dann aber stehen und schüttelte wieder den Kopf.

Das Wasser sprudelte jetzt immer schneller ins Boot. Amanda spürte, wie es langsam zu sinken begann.

„Wir sss-inken!", quietschte Merry angstvoll, während ihr die Tränen die roten Wangen hinunterliefen. Amanda drückte sie fest gegen ihre Brust und versuchte, sie zu beruhigen. Dann ließ sie das Steuer los und hangelte sich zum Eimer hinüber. Aber es war zu spät! Das Boot tauchte schon mit dem Bug ein und der Motor spuckte nur noch.

„Wir gehen unter!", dachte Amanda entsetzt. „Wir werden alle ertrinken!"

25

In letzter Sekunde kam ihr der rettende Gedanke. „Ich könnte rausspringen, neben dem Boot herschwimmen und es ans Ufer ziehen", fiel ihr auf einmal ein.

Sie setzte Merry ab und sprang über Bord. Zu ihrer grenzenlosen Überraschung schrammte ihr Körper auf dem sandigen Grund entlang. Sie stellte ihre Füße auf den Boden und schrie erleichtert: „Hey! Hier ist es ganz flach! Kyle, du kannst zum Strand laufen!"

Aber ihr Bruder reagierte immer noch nicht und blinzelte sie nur verwirrt an. „Armer Kyle!", dachte Amanda. „Er hat bestimmt einen Schock." Sie hielt sich an der Bordwand fest und ergriff seine Hände. Dann half sie ihm vorsichtig ins Wasser. Es ging ihm bis zu den Schultern, aber er trabte tapfer los. Als Nächstes holte sie Merry aus dem Boot, das immer tiefer sank, und trug sie durchs Wasser.

„Was mache ich bloß mit Chrissy?", fragte sich Amanda und blickte ins Boot. Chrissy lag immer noch auf dem Rücken ausgestreckt und trieb schon halb auf dem eingedrungenen Wasser. Sie atmete geräuschvoll durch ihren geöffneten Mund. „Wenn ich sie hierlasse, wird sie ertrinken", dachte Amanda. „Das bringe ich einfach nicht fertig!"

Als Kyle das Wasser nur noch bis zum Bauch reichte, drückte sie ihm Merry in den Arm und sagte: „Kyle, du musst jetzt deine Schwester tragen." Sie watete zurück zu dem sinkenden Boot und fasste Chrissy an den Haaren. Genau in diesem Moment gab das Boot ein lautes, gurgelndes Geräusch von sich und tauchte unter die Wasseroberfläche. Amanda fasste Chrissy um die Taille und zog sie mit sich an den Strand.

Das Haus lag verlassen und still da. Völlig durchnässt und erschöpft hatten Amanda und Kyle Chrissy den ganzen Weg zum Haus hochgeschleppt. Dort angekommen, zog Amanda sie ins Wohnzimmer und ließ sie auf den Teppich fallen.

Chrissy hatte sich bis jetzt nicht gerührt und keine Anstalten gemacht aufzuwachen. Die große Wunde an ihrem Hinterkopf war immer noch feucht von dunklem Blut.

„Ich … ich werde jetzt die Polizei anrufen", keuchte Amanda, während sie sich nach vorn beugte und krampfhaft nach Luft schnappte. „Bewegt euch nicht von der Stelle! Bleibt auf jeden Fall hier drinnen!", befahl sie Merry und Kyle.

Sie ging in die Küche. Ihre Brust hob und senkte sich noch immer unter ihren heftigen Atemzügen. Die Nummer der Polizei war direkt neben dem Telefon an die Wand geklebt. Amanda nahm den Hörer ab und wollte gerade wählen, als Kyles entsetzter Schrei sie unterbrach: *„Komm schnell! Sie ist aufgewacht!"*

Amanda stöhnte laut auf und der Telefonhörer fiel ihr vor Schreck aus der Hand. Sie wirbelte herum und rannte zurück ins Wohnzimmer.

Chrissy hatte sich aufgesetzt. Die Stricke, mit denen Amanda sie gefesselt hatte, lösten sich einer nach dem anderen, ohne dass sie auch nur einen Finger rührte. Kyle und Merry hatten sich völlig verängstigt mit dem Rücken an die Glastür gepresst. Ihre Augen waren vor Angst und Grauen weit aufgerissen.

„Raus! Los, verschwindet, schnell!", rief Amanda ihnen zu. Gehorsam griff Kyle nach Merrys Hand und zog sie zur Tür hinaus. Dann liefen die beiden, so schnell sie konnten, davon.

„Chrissy – es ist zu spät!", sagte Amanda und versuchte, möglichst überzeugend zu klingen, während sie verzweifelt überlegte, was sie tun sollte. „Ich habe schon die Polizei gerufen. Sie wird jeden Augenblick hier sein."

Chrissy stand langsam auf. „Es ist nie zu spät", antwortete sie mit gefährlich ruhiger Stimme. Sie strich sich die nassen Haare zurück und zuckte vor Schmerz zusammen, als sie mit der Hand die Wunde am Hinterkopf berührte.

„Chrissy … hör mir zu …", begann Amanda und wich unauffällig einen Schritt zurück.

„Danke für das Nickerchen", unterbrach Chrissy sie lässig. „Irgendwie scheint es meine Batterien wieder aufgeladen zu haben, falls du weißt, was ich meine." Ein fieses Grinsen erschien auf ihrem Gesicht.

„Chrissy …"

„Tut mir leid, Amanda", fuhr Chrissy fort und warf ihr einen eiskalten Blick zu. „Aber es sieht so aus, als hätte ich am Ende doch noch gewonnen."

26

Amanda fühlte, wie ihre Knie weich wurden, als Chrissy einen Schritt näher kam und sie mit ihrem brennenden Blick fixierte. „Ich muss hier raus", dachte sie verzweifelt. „Ich muss sofort von hier verschwinden!"

„Du bleibst schön hier", sagte Chrissy sanft, als ob sie ihre Gedanken gelesen hätte. Sie schwang ihren Arm durch die Luft und im nächsten Moment flog eine große Keramikvase durch den Raum.

Amanda schrie erschrocken auf, als die Vase genau über ihrem Kopf gegen die Wand krachte und in tausend Stücke zersprang. Sie duckte sich und versuchte, zur Tür zu sprinten, aber Chrissy war schneller und schnitt ihr den Weg ab.

Durch eine weitere Bewegung ihres Arms hoben sich die Stühle vom Fußboden. Aschenbecher, Bücher, Kerzenleuchter – alles wirbelte wie verrückt durch die Gegend. Bilder flogen von den Wänden und zersplitterten auf dem Fußboden. Es sah aus, als ob ein unsichtbarer Sturm im Wohnzimmer tobte. Das Klirren von zerbrechendem Glas und das Splittern von Holz übertönte jedes andere Geräusch.

Amanda versuchte, ihren Kopf mit den Armen zu schützen. „Ich sitze in der Falle", dachte sie voller Panik. „Wie soll ich bloß hier rauskommen?" Während die Gegenstände schneller und immer schneller um sie herumwirbelten, tastete sie sich langsam in Richtung Fenster.

„Vergiss es!", drang Chrissys wütende Stimme durch den unglaublichen Lärm.

Amanda sah gerade noch, wie sie ihren Arm hochriss

und auf das Fenster zeigte. Mit einem lauten *Wuuusch* erfasste eine Feuersäule die Vorhänge und setzte sie in Sekundenschnelle in Brand. Amanda schrie auf und sprang gerade noch rechtzeitig zurück. Die Flammen breiteten sich mit unheimlicher Geschwindigkeit im ganzen Zimmer aus. Der Rauchmelder reagierte sofort und setzte einen ohrenbetäubenden Feueralarm in Gang.

„Chrissy, wir müssen sofort hier raus! Beide!", schrie Amanda in Todesangst und würgte an dem schwarzen Rauch, der den Raum erfüllte.

„Du wirst schön hierbleiben", erwiderte Chrissy mit tödlicher Ruhe.

„Aber das Feuer …"

Durch die dichten Rauchschwaden sah Amanda, wie Chrissy mit schnellen, zielstrebigen Schritten auf sie zukam. Flammen schossen aus dem Teppich in der Mitte des Wohnzimmers und durch die glühende Hitze löste sich die Tapete von den Wänden.

Chrissy kam näher und näher, ihren starren Blick fest auf Amanda gerichtet. „Du bleibst hier!", wiederholte sie mit einer teuflischen Grimasse.

Sie breitete die Arme aus, um sich mit einem großen Satz auf Amanda zu stürzen. Aber sie hatte das Kätzchen nicht bemerkt, das ihr plötzlich in Panik vor die Füße schoss. Mit einem erschrockenen Schrei stolperte Chrissy über das Tier und fiel kopfüber in die hoch auflodernden Flammen.

„Das ist meine letzte Chance!", dachte Amanda. Hustend und keuchend kniete sie sich nieder und hob die kleine Katze auf. Dann rannte sie durch die immer noch herumfliegenden Gegenstände, die züngelnden Flammen und den dicken, beißenden Rauch zur Tür. Sie sprang auf die Terrasse und lief zum Pool. Dort warteten Merry und Kyle, die dicht aneinandergeschmiegt an der Holzwand des Schuppens kauerten.

Als sie nur noch wenige Meter von ihnen entfernt war, drehte Amanda sich noch einmal um. In diesem Moment rollte ein gewaltiger Feuerball aus der splitternden Glastür.

Das Feuer breitete sich sofort auf dem Holzboden aus und sprang dann wieder auf das Haus über, das bald nur noch einem einzigen Flammenmeer glich.

Es war das Ende dieses mörderischen Sommers, der so strahlend und doch so düster gewesen war.

27

Dr. Miller lehnte sich mit gefalteten Händen auf seinem Schreibtisch vor. „Ich habe dich zu diesem Gespräch hergebeten, weil ich noch einmal alles mit dir durchgehen will, Amanda", sagte er und sah sie eindringlich an.

„Ah ja", murmelte Amanda unbehaglich und kratzte sich an der Schulter. „Diese Uniform juckt wie verrückt. Die Gefängniswäscherei stärkt sie viel zu sehr ..."

Der Psychiater nickte. „Du weißt, warum die Polizei dich festgenommen hat?", fragte er mit leiser Stimme.

Amanda blitzte ihn empört an. „Die sind genau wie alle anderen. Niemand glaubt mir auch nur ein einziges Wort", seufzte sie frustriert.

„Die Polizei ist zuerst davon ausgegangen, dass Chrissy verbrannt ist", sagte Dr. Miller und beobachtete sie scharf. „Bis man die Wunde an ihrem Hinterkopf entdeckt hat. Dadurch sind sie darauf gekommen, dass sie noch vor dem Feuer niedergeschlagen wurde. Sie mussten also annehmen, dass du sie zuerst umgebracht und dann das Feuer gelegt hast, damit es so aussah, als ob sie verbrannt wäre."

„Das ist eine gemeine Lüge!", rief Amanda aus. „Ich habe der Polizei doch erzählt, dass Chrissy sich den Kopf auf dem Boot angeschlagen hat und ..."

„Das Boot ist bis jetzt noch nicht gefunden worden", unterbrach sie der Psychiater und knetete seine Hände.

„Es ist gesunken", erklärte Amanda zum hundertsten Mal. „Wahrscheinlich ist es durch die Strömung fortgespült worden."

„Ja, ja, das weiß ich schon", sagte Dr. Miller beruhigend.

„Ich wollte dir ja auch nur erklären, warum die Polizei dich verdächtigt hat. Außerdem hat man dich dabei beobachtet, wie du aus dem brennenden Haus weggerannt bist."

„Ich bin zu Merry und Kyle gelaufen", schnaubte Amanda genervt. „Aber das ist ja auch egal. Mir glaubt doch sowieso keiner." Sie schluckte ein Schluchzen hinunter. „Wenn doch bloß Kyle wieder sprechen könnte. Aber der Arme hat immer noch einen Schock. Seit dem Feuer hat er kein Wort gesagt."

Sie blickte auf und sah erstaunt, dass ein Lächeln um Dr. Millers Mundwinkel spielte. „Amanda, ich habe wunderbare Nachrichten für dich. Kyle geht es schon viel besser. Er hat heute Morgen angefangen zu sprechen und seine Geschichte deckt sich genau mit deiner."

Seine Worte zauberten ein Strahlen auf Amandas Gesicht. „Das ist ja wunderbar!", rief sie erleichtert.

„Außerdem hat die Nachbarin des ermordeten Richters der Polizei eine Menge über Chrissy erzählt."

„Das muss das Mädchen gewesen sein, mit dem ich am Telefon gesprochen habe und die dann so schnell aufgelegt hat", sagte Amanda nachdenklich.

„Du bist jetzt auf jeden Fall wieder frei, Amanda. Dies war sozusagen unser Abschlussgespräch."

„Ich … ich kann immer noch nicht glauben, dass Chrissy wirklich tot ist", platzte Amanda heraus. „Sie war so … so böse. Und ihre geheimnisvollen Kräfte …"

„Ja, sie ist tot", bestätigte Dr. Miller mit leiser Stimme. „Aber ich habe noch eine Überraschung für dich. Vielleicht hast du es auch schon vermutet."

„Was denn?", fragte Amanda.

„Sie hieß gar nicht Chrissy, sondern Lilith."

„Das ist unmöglich! Lilith liegt doch im Koma!", rief Amanda überrascht aus.

„Ja", antwortete der Psychiater. „Den einen Tag lag sie noch in einem tiefen Koma und den nächsten Tag war sie plötzlich aus dem Krankenhaus verschwunden. Hat sich einfach in Luft aufgelöst." Er seufzte. „Irgendwie muss sie während des Komas diese fremdartigen neuen Kräfte erworben haben. Und dann ist sie aufgebrochen, um den Tod ihrer Eltern zu rächen."

„Sehr merkwürdig", murmelte Amanda nachdenklich. „Warum hat sie wohl ausgerechnet den Namen Chrissy benutzt?"

„Nun ja", sagte Dr. Miller und kratzte sich am Hinterkopf. „Wir wissen es nicht genau, aber wir haben ein Fotoalbum der Familie gefunden. Chrissy war der Name ihrer Katze."

Das Umarmen schien überhaupt kein Ende nehmen zu wollen. Merry und Kyle klammerten sich an Amanda, als ob sie sie seit Jahren nicht gesehen hätten. Alle riefen und lachten durcheinander und ihre Eltern entschuldigten sich immer wieder dafür, dass sie ihr nicht geglaubt hatten. Was für ein Wiedersehen!

Amanda war überglücklich, endlich wieder den Sonnenschein zu spüren und die warme, frische Luft einzuatmen, ihre eigenen Sachen zu tragen, mit ihrer geliebten Familie zu reden und zu lachen.

Es dauerte eine ganze Weile, bis sie endlich in den Kombi stiegen und die Heimreise antraten.

Amanda saß zusammen mit Merry und Kyle auf dem Rücksitz und streichelte das Kätzchen, das es sich auf ihrem Schoß bequem gemacht hatte und zufrieden schnurrte.

„Was für eine furchtbare Zeit", sagte sie traurig. „Wahrscheinlich werde ich für den Rest meines Lebens Albträume haben."

„Sag dir einfach immer wieder, dass jetzt alles vorbei ist", sagte ihre Mutter sanft.

Der Kombi holperte auf der schmalen Straße dahin. Als sie an den schwarzen, verkohlten Überresten ihres Sommerhauses vorbeifuhren, warf Amanda einen Blick zurück.

Wer war das Mädchen, das dort in der Auffahrt stand? Sie trug ein weißes Strandkleid und ihr blondes Haar glänzte in der Sonne. Das Mädchen hob den Arm und winkte ihnen hinterher.

„Hey! Mom … Dad …!", rief Amanda atemlos.

Aber als sie sich umdrehte, war das Mädchen verschwunden.

Sonnenbrand

Ein fast perfekter Mord

1

Langsam tauchte Claudia Walker aus einem tiefen Schlaf auf. Sie spürte, dass etwas Kühles, Feuchtes ihren Oberkörper und ihre Beine niederdrückte. Die salzige Luft des Meeres drang ihr in die Nase.

In der Ferne hörte sie Wellen rauschen. Sie wollte sich wieder in den Schlaf sinken lassen, aber es gelang ihr nicht. Ihr Gesicht brannte.

Sie versuchte, die Augen zu öffnen, aber sie waren wie zugeschwollen. Mühsam versuchte sie, sich aufzusetzen. Aber irgendetwas – etwas Festes, Schweres – drückte sie nieder.

Ihre Augen öffneten sich einen Spalt. Dicht neben ihrem Kopf umschwirrten Sandfliegen einen mit trockenem Seegras bewachsenen Erdwall. Eine einzelne Fliege jagte im Zickzack über den Sand. Sie schwirrte auf sie zu, ihre grünen Augen zuckten. Ein dünnes, haariges Bein berührte ihr Kinn.

In aller Ruhe kroch die Fliege über ihre Lippen. Als Claudia sie verscheuchen wollte, merkte sie, dass sie ihre Arme nicht heben konnte.

Sie versuchte angestrengt, sich zu bewegen, während die Fliege über ihre Wange auf das geschwollene Auge zukrabbelte.

Unbarmherzig brannte die Nachmittagssonne hernieder. Claudia leckte sich über die Lippen. Sie waren blasig und aufgesprungen. Ihre Kehle war wie ausgetrocknet und das Schlucken tat ihr weh.

„Warum kann ich mich nicht bewegen?

Was für ein Gewicht liegt da auf mir?"

Schließlich zwang sich Claudia, die Augen ganz zu öffnen. Ein großer Sandhaufen bedeckte ihren Körper.

„Man hat mich begraben – lebendig begraben!", schoss es ihr durch den Kopf. Panik erfasste sie.

Mit größter Anstrengung gelang es ihr, den Kopf so weit hochzuheben, dass sie erkennen konnte, wie die Wellen immer dichter an sie heranrollten. Die Flut kam!

„Ich muss aufstehen! Ich muss hier raus!

Sonst werde ich ertrinken!"

Claudia ließ den Kopf auf den heißen Sand zurücksinken und rief mühsam um Hilfe. Ihre Stimme überschlug sich. Ihre ausgetrocknete Kehle schmerzte.

„Ist da niemand?", schrie Claudia. „Kann mir denn niemand helfen?"

Es kam keine Antwort.

Eine Möwe glitt hoch über ihr vorüber und schien sich mit ihrem Gekreische über sie lustig zu machen.

Die Sonne glühte erbarmungslos auf sie herab. Claudia versuchte mit aller Kraft, wenigstens einen Arm freizubekommen. Aber die Hitze hatte sie völlig entkräftet.

„Wie lange habe ich hier gelegen und geschlafen?

Wie lange bin ich schon begraben?

Wo sind meine Freundinnen?"

Ihre Schläfen fingen an zu pochen. Als sie in den hellen, wolkenlosen Himmel hinaufblickte, wurde ihr ganz schwindelig.

Verzweifelt versuchte sie, ihre Arme und Beine unter dem Gewicht des Sandes zu bewegen. Aber es hatte keinen Zweck, nichts rührte sich.

Ihr Herz pochte laut. Schweiß rann ihr über die Stirn. Sie rief noch einmal.

Keine Antwort. Nur das gleichmäßige Geräusch der he-

ranbrandenden Wellen und die schrillen Schreie der Seemöwen über ihr.

„Hört mich denn keiner?"

Angenommen, ihre Freundinnen waren zum Haus zu-
rückgekehrt, dann konnten sie sie unmöglich hören, so viel
war ihr klar. Sie reckte den Hals und konnte die steilen
Holzstufen erkennen, die den sechzig Fuß hohen Felsen
zum Haus hinaufführten.

Das Haus hatte dicke Steinwände wie ein Schloss. Niemand würde sie da oben hören können. Niemand würde
kommen.

Trotzdem schrie sie laut um Hilfe.

2

Liebe Claudia,

wie geht's dir denn so?

Um es kurz zu machen: Ich lade dich hiermit zum ersten Jahrestreffen von Zimmer 12 aus dem Ferienlager „Vollmond" ein.

Wir vier waren letzten Sommer nur so kurz zusammen, dass ich mir überlegt habe, es wäre doch toll, wenn wir uns wieder mal treffen würden. (Mit dem Briefeschreiben haben wir's wohl alle nicht so, ich schon gar nicht.)

Meine Eltern sind in der ersten Augustwoche weg. Sie meinten, ich könnte doch ein paar Freundinnen in unser Sommerhaus am Strand einladen, damit ich nicht so allein bin.

Also, wie sieht's aus, Claudi? Kommst du? Wir vier aus Zimmer 12 – du, ich, Sophie und Joy –, das wär doch was. Ich hoffe, dass es dir in Shadyside so richtig schön langweilig wird in den Ferien, dann sagst du bestimmt Ja. Ich verspreche dir, hier wird's garantiert nicht langweilig!

Bitte komm doch!

Marla

Dieser Brief war schuld daran, dass Claudia hier an diesem einsamen Strand gelandet war. Obwohl Marlas Einladung überraschend kam, hatte Claudia sofort zugesagt.

Der Sommer war bis dahin höchst unerfreulich verlaufen. Am vierten Juli hatte sie sich von Steven, mit dem sie zwei Jahre lang befreundet gewesen war, nach einem blödsinnigen Streit getrennt. Und eine Woche später verlor sie ihren Sommerjob als Kellnerin, weil das Restaurant zumachte.

„Das wird toll, die Mädchen wiederzusehen", dachte Claudia, als sie auf ihrer Veranda in der Fear Street stand und Marlas Einladung gleich mehrmals las.

Drei Wochen hatten sie letzten Sommer miteinander verbracht und waren dabei richtig gute Freundinnen geworden. Es war wirklich eine schöne Zeit gewesen, sie hatten so viel Spaß gehabt – bis zu dem Unfall …

Mit der Einladung in der Hand lief Claudia ins Haus, zeigte sie ihrer Mutter und stürzte in ihr Zimmer, um Marla anzurufen. „Ich kann es gar nicht erwarten, dich wiederzusehen!", rief sie. „Und euer Sommerhaus! So wie du es uns beschrieben hast, muss es ja eine richtige Villa sein!"

„Es ist schon 'ne ganz nette Hütte." Marla lachte. „Ich glaube, es wird dir gefallen."

Zwei Wochen später saß Claudia im Zug nach Summerhaven. Sie hatte sich für die lange Fahrt ein Buch mitgenommen, aber statt zu lesen, starrte sie aus dem Fenster und dachte an Marla und die anderen Mädchen und an ihre kurzen gemeinsamen Ferien im Sommerlager.

Viereinhalb Stunden später betrat Claudia den Bahnsteig von Summerhaven, blinzelte ins grelle Sonnenlicht und erkannte Joy und Sophie, die neben einem Kofferhaufen standen.

Joy hatte nur ein einziges Gepäckstück bei sich, eine glänzende Designertasche. Sophie dagegen gehörten die vier verschiedenen vollgestopften Taschen und Koffer. Claudia musste lachen. Das war genau wie im Ferienlager, wo Sophie mit zwei Koffern voller Kleider und einem ganzen Sack Kosmetika aufgekreuzt war. Sie hatte ihnen seufzend erklärt, dass sie sich nie entscheiden könne, was sie zu Hause lassen sollte.

Als Claudia ihnen winkte und auf sie zuging, fuhr ein silberfarbener Mercedes am Bahnhof vor. Marla sprang auf der Fahrerseite heraus, ließ die Tür offen stehen und rannte auf Joy und Sophie zu, um sie zu umarmen.

Claudia staunte von Weitem über Marlas neues Aussehen. Sie wirkte größer und noch schlanker als vor einem Jahr. Ihr rotblondes Haar hatte sie lang wachsen lassen und in ihrem türkisfarbenen Designertop und den weißen Tennisshorts sah sie richtig toll aus.

Joy wirkte genauso exotisch wie damals. Sie hatte leicht schräg stehende grüne Augen, einen olivfarbenen Teint, dunkle volle Lippen und glattes schwarzes Haar, das ihr fast bis zur Taille reichte.

Auch Sophie hatte sich nicht verändert, fand Claudia. Sie war immer noch die Kleinste von den vieren. Über ihrem runden Gesicht thronte ein krauser hellbrauner Haarschopf. Sie trug eine Brille mit Drahtgestell, um älter und klüger auszusehen, aber man hätte sie immer noch für zwölf halten können.

Joy entdeckte Claudia als Erste. „Claudi!", schrie sie so laut, dass alle Leute auf dem Bahnsteig sich nach ihr umdrehten.

Ehe Claudia antworten konnte, kam Joy schon auf sie zugerannt und fiel ihr so heftig um den Hals, als wäre sie eine Schwester, die sie jahrelang aus den Augen verloren hatte.

Sophie kam näher und umarmte Claudia flüchtig. Ihre Begrüßung war höflich und kühl und doch irgendwie ehrlicher.

Marla drückte Claudia kurz an sich und sagte: „Lasst uns gehen. Ich darf hier nicht parken."

Kurz darauf rollte ihr Wagen langsam durch den kleinen Badeort Summerhaven. Sie lehnten sich in den weichen Ledersitzen zurück und genossen die Kühle des klimatisierten Mercedes, während sie hinausschauten.

Marla fuhr an der Strandpromenade und den kleinen Läden vorbei, die Surf- und Angelbedarf verkauften, dann an einer Anlage von Ferienhäusern. Die Bungalows wurden von einer Reihe größerer Häuser abgelöst und dahinter war der Ort auf einmal zu Ende.

„Marla", sagte Sophie erstaunt, „ich dachte, ihr wohnt in Summerhaven."

„Nein", antwortete Marla, den Blick auf die schmale Straße gerichtet. „Unser Haus liegt draußen auf der Landzunge, ungefähr fünfzehn Meilen außerhalb der Stadt. Wir gehen nur in Summerhaven einkaufen und zur Post."

Die Straße schlängelte sich jetzt durch hohe, grasbewachsene Sanddünen. Jenseits der Dünen konnte Claudia das gleichmäßige sanfte Rauschen des Meers hören.

„Dieser Teil des Strandes ist gesperrt", erklärte Marla. „Es ist ein Vogelschutzgebiet."

Sie fuhren mehrere Meilen durch das Schutzgebiet. Als sie es hinter sich gelassen hatten, wurde die Straße noch schmaler und mündete schließlich in einen Kiesweg, der gerade breit genug für einen Wagen war.

Claudia stieß einen Schrei der Überraschung aus, als die Drexell-Villa sich plötzlich vor ihnen erhob. Marla hatte ihr im Ferienlager Fotos davon gezeigt, aber in Wirklichkeit war das Haus noch viel größer und schöner.

Marla öffnete ein Metalltor und zwängte den Wagen durch die schmale Lücke in der großen, perfekt zurechtgestutzten Hecke, die das Grundstück eingrenzte. Man hatte sie gepflanzt, um damit den Metallzaun zu verdecken. Das graue Steinhaus, das wie ein Märchenschloss am Ende eines weiten, gepflegten Rasens lag, war nun in voller Größe zu sehen.

Ein breiter Weg führte in sanftem Bogen hinauf zur linken Seitenfront des Hauses. Dort erblickte Claudia einen Wintergarten mit einer bemalten Kuppel. Hinter dem Haus erstreckte sich eine große Terrasse bis hin zu einem Tennisplatz, einem bunten Aussichtstürmchen, den wunderschönen Gärten, einem riesigen Swimmingpool und mehreren kleineren Gebäuden.

Marla erklärte ganz beiläufig: „Ach übrigens, das ist das Bootshaus und das da der Geräteschuppen, dann noch eine Kabine, falls jemand sich nicht im Haus umziehen will, das Gärtnerhäuschen, der Holzschuppen … Das größere Gebäude dort hinten ist das Gästehaus."

„He, Marla, hast du vielleicht 'ne Landkarte davon?", fragte Joy scherzhaft. „Hier kann man sich ja richtig verlaufen!"

„Keine Sorge", meinte Marla, während sie den Wagen in die große Garage fuhr, die Platz für vier Autos bot. „Wir bleiben zusammen. Ich freue mich so, dass ihr alle gekommen seid. Ich werde euch schon nicht aus den Augen lassen."

„Wir bleiben zusammen …"

Jetzt, während sie unter dem Sand begraben lag und die Wellen immer näher schwappten, fielen Claudia Marlas Worte wieder ein.

„Wir bleiben zusammen …"

Aber wo war Marla jetzt? Wo war Joy? Wo war Sophie?

Wie konnten sie sie einfach hilflos in der sengenden Sonne liegen lassen?

Claudia schloss die Augen. Ihre Kehle schmerzte. Ihr Gesicht brannte. Es juckte sie im Nacken, aber sie konnte sich nicht kratzen.

Wasser ergoss sich über den Sand, der plötzlich noch schwerer auf ihrer Brust lag.

Die Wellen kommen näher.

„Ich werde ertrinken", dachte Claudia.

Sie öffnete die Augen und spürte auf einmal einen Schatten.

Der Schatten des Todes.

Es wird dunkler. Immer dunkler.

Der Tod kommt und schließt die Tür hinter sich.

Während Claudia einen letzten verzweifelten Versuch unternahm, sich zu befreien, wälzte sich der Schatten leise über sie.

3

Claudia brauchte eine ganze Weile, um zu begreifen, dass der Schatten zu einem Jungen gehörte, der neben ihr stand. Seine nassen Beine und sandverkrusteten Füße waren das Erste, was sie von ihm sah.

Als sie in sein Gesicht hinaufblickte, stieß sie einen leisen Schrei aus.

Seine dunklen Augen starrten freundlich auf sie herab. Das kurze schwarze Haar war nass und klebte ihm an der Stirn. Seine muskulösen Arme hielt er vor der Brust verschränkt. Er trug eine lange, weit geschnittene orange Badehose.

„Brauchst du Hilfe?", fragte er sanft.

„Ja", sagte Claudia schnell und versuchte zu nicken. „Ich stecke fest."

Eine Welle klatschte ans Ufer. Die weiße Gischt wurde fast bis an Claudias Gesicht herangespült.

Der Junge begann, mit beiden Händen den schweren nassen Sand wegzuschaufeln. „Kannst du dich bewegen? Bist du verletzt?", fragte er. „Ich kam gerade vom Schwimmen zurück. Da hörte ich dich schreien. Bist du ganz allein?" Er schaute in beide Richtungen den Strand entlang.

Claudia bemühte sich zu antworten, aber ihre ausgetrocknete Kehle streikte. Sie nickte.

Schnell schaufelte er den größten Teil des Sandes beiseite und sein dunkles, hübsches Gesicht wirkte dabei völlig konzentriert. Er nahm ihre Hand und zog daran. „Kannst du aufstehen?"

„Ich ... ich glaube schon", stammelte Claudia. „Mir ist nur ein bisschen schwindelig."

„Du hast einen schlimmen Sonnenbrand", meinte der Junge stirnrunzelnd.

„Ich glaube, ich bin eingeschlafen", sagte Claudia schwach und ließ sich auf die Beine helfen. „Meine Freundinnen haben mich alleingelassen. Ich weiß nicht, wo sie hingegangen sind. Ich …"

Sie stand schwankend da und blinzelte in die Sonne, während sie sich an seinen Händen festhielt. Der Sand blitzte weiß im hellen Licht, fast so weiß wie der frisch gestrichene Anlegeplatz der Drexells weiter unten am Strand.

„Wenn du nicht vorbeigekommen wärst …" Ihre Stimme versagte. Sie schüttelte den Kopf, um ihr glattes kastanienbraunes Haar von dem nassen Sand zu befreien. „Sogar meine Haare tun mir weh!", rief sie aus.

Der feuchte Sand klebte an ihrer Haut. Ihr ganzer Körper war davon bedeckt. Es juckte sie überall. Sie versuchte, sich den Sand von den Beinen zu wischen.

„Ich muss mich abduschen", sagte sie resigniert.

„Wohnst du dort oben? Bei den Drexells?" Er zeigte den Felsen hinauf.

„Ja", sagte Claudia.

„Ich helfe dir", sagte er leise. „Leg deinen Arm um meine Schultern."

Gehorsam folgte sie seinen Anweisungen. Seine Haut fühlte sich erstaunlich kalt an. „Bestimmt noch vom Schwimmen", dachte sie. Sie stützte sich auf ihn. Seine Kühle war eine Wohltat für ihre brennend heiße Haut.

„Er sieht wirklich sehr gut aus", dachte Claudia unwillkürlich. „Und wie stark er ist." Seine dunklen Augen gefielen ihr. „Ich heiße Claudia", sagte sie zu ihm. „Claudia Walker. Ich bin zu Besuch bei Marla Drexell."

Den Arm um seine Schultern gelegt, ließ sie sich von ihm zu den steilen Stufen bringen, die die Felswand zum Grundstück der Drexells hinaufführten. Sie hoffte, dass auch er ihr seinen Namen sagen würde.

„Du solltest sofort etwas gegen den Sonnenbrand tun", meinte er nur. Er umfasste ihre Taille, um ihr die engen Holzstufen hinaufzuhelfen.

„Und wie heißt *du*?", fragte sie.

Er zögerte. „Daniel", antwortete er schließlich.

„Wohnst du hier in der Nähe?", fragte Claudia.

„Eigentlich nicht", sagte er mit einem seltsamen Lächeln.

„Macht er sich etwa lustig über mich?", fragte sie sich enttäuscht. Sie wollte doch, dass er sie mochte.

„Aber er findet mich wahrscheinlich nur lächerlich, so wie ich da bis zum Hals im Sand steckte mit meinem krebsroten Gesicht."

Am Ende der Treppe angekommen, standen sie vor einem verschlossenen Metalltor. Claudia rüttelte daran. Es rasselte, ließ sich aber nicht öffnen.

„Es ist immer abgeschlossen", erklärte Daniel. „Die Drexells sichern ihr Eigentum gut ab. Sie haben auch einen Wachhund." Er bückte sich und suchte in den niedrigen Sträuchern herum, bis er eine schwarze Blechdose fand. Er öffnete den Deckel und holte ein elektronisches Tastenfeld hervor. Claudia beobachtete, wie er eine Zahlenkombination eingab. Das Tor klickte und sprang dann auf.

„Woher weißt du denn die Codenummer?", fragte sie erstaunt und betrat unsicher den Rasen.

Ein merkwürdiges Grinsen huschte über sein Gesicht. „Ich weiß eine Menge Dinge."

Als Claudia sich etwas sicherer auf den Beinen fühlte,

ging sie am Tennisplatz und am Swimmingpool vorbei auf die Rückseite des Hauses zu. Sie hatte die Terrasse schon fast erreicht, als sie Marla erblickte, die sie durch die Glasschiebetür erschrocken anstarrte.

Die Tür glitt auf und Marla kam in Tenniskleidung herausgelaufen, hinter ihr Joy und Sophie. „Claudia – was machst du denn hier draußen?", rief Marla. „Wir dachten, du wärst oben in deinem Zimmer!"

„Was?", stieß Claudia fassungslos hervor. „Ihr … ihr habt mich doch da unten in der Sonne schmoren lassen!"

„Aber nein!", sagte Joy beschwichtigend. „Nachdem wir dich im Sand eingegraben hatten, haben wir einen Spaziergang gemacht. Als wir zurückkamen, sagte Marla, du wärst schon zum Haus zurückgegangen. Da sind wir auch reingegangen."

„Ich kann es einfach nicht fassen, dass ihr mich schlafend unter dem Sand habt liegen lassen!", rief Claudia wütend.

„Wir haben dich wirklich nicht gesehen", verteidigte sich Sophie.

„Oje! Seht euch bloß ihr Gesicht an", sagte Joy kopfschüttelnd.

„Wir wussten wirklich nicht, dass du noch dort bist. Wie bist du denn bloß allein hierher zurückgekommen?", fragte Marla.

„Daniel hat mir geholfen", erklärte Claudia.

„Wer?"

„Wenn Daniel nicht gewesen wäre …" Claudia drehte sich um, sie wollte ihn vorstellen.

Aber es war niemand hinter ihr.

Der Junge hatte sich in Luft aufgelöst.

Claudias „Begräbnis" war der erste „Unfall" in dieser Woche. Der nächste ereignete sich am folgenden Morgen.

Allerdings brauchten die Mädchen noch etwas länger, um zu begreifen, dass in der Drexell-Villa etwas nicht mit rechten Dingen zuging.

Im Augenblick hatte Claudia nichts anderes im Sinn, als sich um ihren Sonnenbrand zu kümmern. Sie nahm eine Dusche und zog sich dann ein lose sitzendes blau-gelbes Sommerkleid an.

Marla brachte Claudia eine Flasche Aloe-Lotion und einen Topf Heilsalbe herauf. Und eine Flasche Wasser, die Claudia ganz austrinken sollte.

„Es tut mir so leid. Ehrlich", versicherte Marla immer wieder. „Das werde ich mir nie verzeihen. Auf dem Rückweg von unserem Spaziergang haben wir den anderen Aufgang von den Dünen aus genommen. Ich bin einfach davon ausgegangen …"

„Ich kann mich noch nicht mal mehr daran erinnern, wie ich eingeschlafen bin", sagte Claudia und betrachtete besorgt ihr puterrotes Gesicht im Spiegel der Frisierkommode. „Bestimmt ist dieses neue Medikament schuld, das mir der Arzt gegen meine Allergie verschrieben hat", seufzte sie. „Das wird garantiert Blasen geben. Und die Haut wird sich schälen wie verrückt. Wie ein Monster werde ich aussehen!"

„Ich finde, du siehst großartig aus", sagte Marla wenig überzeugend. „Dein Haar gefällt mir. Lässt du es wachsen?"

„Ja." Claudia warf ihr kastanienbraunes Haar zurück. Dann schmierte sie sich noch mehr Creme ins Gesicht. „Nie wieder gehe ich in die Sonne!", schimpfte sie.

Das Abendessen wurde in dem großen, vornehmen Speisesaal serviert; die vier Mädchen hockten an einem Ende des langen Marmortisches. Ein riesiger Kronleuchter hing tief über einen Strauß weißer und gelber Blumen in der Tischmitte herab.

„Das ist ein bisschen ungewohnt für mich", gab Sophie zu und schaute sich unsicher um. „Du wirst mir sagen müssen, welche Gabel ich nehmen muss."

„Nicht nötig", sagte Marla trocken. „Heute gibt's Cheeseburger und Pommes frites."

Alle mussten lachen. Inmitten dieses Prunks Cheeseburger und Pommes frites zu essen kam ihnen ziemlich komisch vor.

„Alfred brät die Hamburger draußen auf der Terrasse", erklärte Marla. „Zumindest hoffe ich, dass es Hamburger sind. Alfred ist nämlich ziemlich kurzsichtig. Der bringt es glatt fertig und brät den Hund, ohne es zu merken."

Sophie und Claudia lachten, aber Joy gab einen unterdrückten Würgelaut von sich.

Die drei Mädchen hatten Alfred bei ihrer Ankunft kennengelernt. Er war ein lustiger, rundlicher Mann mittleren Alters mit einer rosaroten Glatze und einem winzigen grauen Schnurrbart unter seiner Knollennase. Er war der Einzige, der diese Woche Dienst hatte. Den anderen Hausangestellten hatten Marlas Eltern für diese Zeit freigegeben.

In diesem Moment betrat er den Speisesaal und brachte eine riesige silberne Salatschüssel herein.

„Ich teile den Salat aus, Alfred", sagte Marla zu ihm.

„Die Hamburger sind so gut wie fertig", informierte er sie und setzte die Schüssel neben ihr ab. Seine Schuhe quietschten, als er hinausging.

Marla stand auf und verteilte den Salat auf die dafür vorgesehenen Porzellanteller. „Wir müssen noch so viel nachholen", sagte sie aufgeregt. „Ihr glaubt gar nicht, wie ich euch vermisst habe! Tut mir leid, dass ich so wenig geschrieben habe."

Als sie die Teller herumgereicht hatte, ließ sich Marla auf ihren Stuhl zurücksinken.

Alle vier nahmen gleichzeitig ihre Salatgabeln zur Hand und fingen an zu essen.

„Also, wer macht den Anfang?", fragte Marla grinsend. „Was gibt es Neues bei euch?"

Keine sagte etwas.

„Antwortet jetzt bloß nicht alle auf einmal." Marla lachte und verdrehte dabei die Augen.

Claudia kaute auf einer Gurkenscheibe herum und dachte angestrengt nach. Was gab es da schon viel zu erzählen? Sie hatte kein besonders aufregendes Jahr hinter sich.

Sie sah die anderen Mädchen an.

Zu ihrer Verwunderung machte Joy ein ganz verzerrtes Gesicht. Was war denn mit ihr los?

„Joy …", begann Claudia.

Aber ihre Stimme wurde übertönt von Joys durchdringendem Schrei.

4

Schreiend und sich die Haare raufend, sprang Joy vom Tisch auf. Ihr Stuhl kippte nach hinten und krachte laut auf den Parkettfußboden.

„Joy, was hast du denn?", rief Marla erschrocken. „Was ist passiert?"

Am ganzen Körper zitternd, zeigte Joy mit dem Finger auf den Salatteller.

Claudia beugte sich vor und starrte auf den Teller. Sie machte ein angewidertes Gesicht, als sie den dicken braunen Wurm entdeckte, der über ein Salatblatt kroch.

Sophie war aufgesprungen, um Joy zu beruhigen. „Was hat dich denn so erschreckt?", fragte sie behutsam.

„Ein Wurm", sagte Claudia ruhig. „Ein großer brauner Wurm."

Joy schlug die Hände vors Gesicht. „Es … es tut mir leid", stammelte sie. „Ich wollte euch nicht erschrecken. Aber ihr kennt das ja. Ich meine, ihr wisst, dass ich vor Käfern und Würmern Angst habe."

Sophie nahm Joy fester in den Arm. Marla rief laut nach Alfred.

„Ich hab einfach Angst vor Käfern", wiederholte Joy. „Seit damals – seit dem Ferienlager."

„Keine von uns ist mehr die Gleiche wie vor dem Ferienlager", dachte Claudia traurig.

Seit dem Unfall letzten Sommer.

Aber daran wollte sie jetzt nicht denken. Sie wollte diese Woche genießen, Spaß haben mit ihren Freundinnen – und sich nicht damit beschäftigen, was letzten Sommer passiert war.

Alfred kam mit besorgter Miene hereingestürzt. „Gibt es ein Problem, Fräulein?"

„Joy hat einen Wurm in ihrem Salat gefunden", sagte Marla ungehalten und deutete auf den Teller.

Alfred blieb der Mund offen stehen. Doch er fasste sich schnell. „Das tut mir sehr leid", meinte er betreten und beeilte sich, den Teller an sich zu nehmen. Er hielt ihn nah ans Gesicht und suchte nach dem Wurm. „Das ist Freilandsalat", murmelte er und brachte den Teller eilig weg.

Als er draußen war, fing Sophie an zu lachen. „War das nicht eine tolle Erklärung? Freilandsalat?"

Claudia und Marla stimmten in ihr Lachen ein.

„Dann ist der Wurm wohl ein Freilandwurm", kicherte Claudia.

„Manchmal ist Alfred schon ein komischer Kauz", sagte Marla kopfschüttelnd. „Er sollte sich wirklich langsam mal eine Brille zulegen. Dann würde er auch weniger Würmer servieren."

Joy bückte sich und hob ihren Stuhl auf. Sie schien sich wieder gefangen zu haben. Sie warf ihr schwarzes Haar zurück und als sie sich wieder setzte, blitzten ihre grünen Augen lebhaft auf.

Joy war von Anfang an diejenige von ihnen gewesen, die ihren Gefühlen freien Lauf ließ und eine Vorliebe für dramatische Auftritte hatte, fiel Claudia jetzt wieder ein, während sie ihre Freundin beobachtete. Das war wohl auch der Grund, warum Claudia sie so gernhatte. Joy war so ganz anders als sie selbst. Claudia war eher ruhig und hatte sich immer unter Kontrolle. „Ich zeige nie meine wahren Gefühle", dachte sie.

Claudia war so in ihre Gedanken vertieft, dass sie zuerst gar nicht mitbekam, dass Marla ihr eine Frage gestellt hatte. Sie zuckte zusammen und meinte schuldbewusst: „Entschuldige. Was hast du gesagt?"

„Ich habe dich nach diesem Jungen gefragt", wiederholte Marla. „Du hast doch von einem Jungen gesprochen, der dich ausgegraben hat."

„Ja, erzähl uns von ihm", sagte Sophie neugierig und rückte ihre Brille zurecht. „Gibt's hier in der Gegend eigentlich Jungen?"

Alfred kehrte mit einem riesengroßen Silbertablett zurück, auf dem sich die heißen Cheeseburger türmten. Gleich darauf erschien er mit einer Schüssel Pommes frites und einer Ladung Gewürze für die Cheeseburger.

Die Mädchen bedienten sich, bevor Claudia Marlas Frage beantwortete. „Er sagte, sein Name sei Daniel. Er war schwimmen und dann sah er mich da unter dem Sand liegen."

„Schwimmen? An unserem Strand?", empörte sich Marla und kniff die Augen zusammen. „Wie sah er aus?"

„Nicht schlecht", antwortete Claudia. „Groß, schwarzes Haar – eigentlich sah er richtig gut aus. Ein netter Kerl, wie sich herausgestellt hat."

„Und er sagte, sein Name sei Daniel?", hakte Marla nach.

Claudia nickte.

„Komisch. Den hab ich hier noch nie gesehen", sagte Marla nachdenklich. „Genau genommen habe ich an unserem Strand noch nie irgendwelche Jungen gesehen."

„Du *musst* ihn aber kennen", beteuerte Claudia. „Er wusste doch die Zahlenkombination eures hinteren Tors."

Marla ließ ihren Cheeseburger auf den Teller sinken.

„Wie bitte?"

„Er hat mich reingelassen", sagte Claudia.

„Das gibt's nicht. Das ist unmöglich", behauptete Marla. Aber ihre blauen Augen verrieten, dass sie beunruhigt war. „Ein Fremder soll die Codenummer unseres Tors kennen? Also, Claudia, wirklich. Wie lange warst du eigentlich in der Sonne?"

„Lange, dank eurer Umsicht", antwortete Claudia bissig und wunderte sich darüber, dass ihr Ärger noch nicht verraucht war.

„Diesen Daniel hast du dir zusammengesponnen", sagte Marla.

„Spinn mir doch auch einen zusammen", bat Sophie scherzhaft. Alle prusteten los.

„Er war wirklich da", behauptete Claudia steif und fest. „Er hat mir das Leben gerettet." Sie biss energisch von ihrem Cheeseburger ab. Dabei rutschte die Tomate aus dem Brötchen und fiel ihr auf den Schoß. „Das ist wirklich nicht mein Tag heute", murmelte sie und bemühte sich, sie wieder aufzufischen.

„Aber es *gibt* keine Jungen hier", ereiferte sich Marla. „Da kann keiner gewesen sein, der die Nummer wusste. Woher sollte …"

Mitten im Satz hielt sie inne und hielt sich erschrocken die Hand vor den Mund. Sie riss ihre blauen Augen weit auf und runzelte die Stirn.

„Marla, was ist los? Hast du auch einen Wurm entdeckt?", fragte Joy besorgt, während sie sich ihren Cheeseburger mit beiden Händen vor den Mund hielt.

„O Mann", murmelte Marla vor sich hin, ohne auf Joys Frage zu achten, und schüttelte den Kopf. „Das ist vielleicht ein Ding."

Sie hob den Kopf und starrte Claudia unverwandt über den Tisch hinweg an.

„Was? Was denn?", fragte Claudia und streckte den Arm nach Marlas Hand aus.

„Das war kein Junge", flüsterte Marla geheimnisvoll. „Aber ich weiß, wer es war, Claudia."

„Wie meinst du das?"

„Das war ein Geist", sagte Marla und Claudia spürte, dass ihre Hand zitterte. „Das war der Geisterjunge."

5

Claudia musste lachen. „Nun hör aber auf, Marla. Der Junge war wirklich da. Er hat mir schließlich gesagt, sein Name sei Daniel."

„Das habe ich auch gedacht", sagte Marla mit ernster Miene. „Als ich ihn das erste Mal sah, habe ich auch gedacht, er wäre ein ganz normaler Junge. Aber das stimmt nicht. Er ist ein Geist."

Joys Augen funkelten vor Aufregung. „Du meinst ... du meinst, es spukt in eurem Haus?", stotterte sie.

Marla nickte und zeigte aus dem großen Fenster hinaus ins Freie. „Er wohnt im Gästehaus, glaube ich", sagte sie zu Joy. „Dort habe ich ihn am häufigsten gesehen."

„Du hast ihn öfter gesehen?", fragte Joy.

Sophie schob ihren Teller weg und starrte Marla fassungslos an. Claudia verzog den Mund zu einem ungläubigen Lächeln.

„Einmal habe ich ihn auf dem Tennisplatz getroffen", sagte Marla und blitzte die anderen der Reihe nach an. „Er war weiß angezogen und seine Kleidung war ganz altmodisch und steif. Er hielt einen merkwürdigen Tennisschläger in der Hand, aus Holz vermutlich. Und er sah so unglaublich traurig aus. Ich winkte ihm zu."

„Hast du dann mit ihm Tennis gespielt?", fragte Claudia bissig. Marla schüttelte den Kopf und ignorierte den ironischen Unterton in Claudias Bemerkung. „Er drehte sich zu mir um und merkte, dass ich ihn beobachtete. Er starrte mich einen Augenblick an, mit diesem traurigen Gesichtsausdruck – dann verschwand er." Sie schnippte mit den Fingern. „Puff, löste er sich in Luft auf."

Claudia kniff die Augen zusammen und sah Marla prüfend an. „Das meinst du doch nicht im Ernst – oder?", fragte sie.

„Doch. Genauso war es", behauptete Marla.

„Aber dieser Junge muss echt gewesen sein", verteidigte sich Claudia. „Er hat mich mit seinen Händen ausgegraben. Er hat mir auf die Beine geholfen. Ich habe ihn doch *berührt*, Marla! Ich habe meinen Arm um seine Schultern gelegt. Das waren reale, starke Schultern. Wirklich und leibhaftig!"

„Und er hat sich nicht irgendwie ungewöhnlich angefühlt?", fragte Marla.

„Nun ja …" Claudia zögerte. „Seine Haut war sehr kalt, zugegeben. Aber …"

„Siehst du?" Marla schlug triumphierend mit der Hand auf den Tisch. „Seine Haut war kalt, weil er tot ist, Claudi."

Claudia blieb vor Schreck der Mund offen stehen. „Er sagte mir, er wäre gerade schwimmen gewesen", sagte sie schließlich und dachte angestrengt nach. „Seine Haut war kalt vom Wasser."

„Nein." Marla schüttelte den Kopf. „Damit hat er sich herausreden wollen. Er ist tot, Claudi. Er ist seit hundert Jahren tot."

„Woher weißt du das?", fragte Joy aufgeregt, während sie sich eine Haarsträhne um den Finger wickelte. „Hast du etwa mit ihm gesprochen?"

„Nein", antwortete Marla und wandte sich ihr zu. „Der Immobilienmakler erzählte uns von ihm, als wir dieses Haus gekauft haben. Er sagte, vor hundert Jahren sei im Gästehaus ein Junge umgebracht worden. Der Mörder wurde nie gefunden. Seitdem spukt der Geisterjunge auf dem Gelände herum, geht allein im Meer schwimmen und wandert durch den Garten."

Marla nahm einen langen Zug von ihrem Eistee, dann fuhr sie mit geheimnisvoller Stimme fort: „Ich habe ihn dreimal gesehen. Das letzte Mal ist er ganz nah herangekommen. Ich glaube, er wollte mir etwas sagen, aber er war sehr scheu. Als ich Hallo zu ihm sagte, ist er verschwunden."

„Was du nicht sagst!", murmelte Joy kopfschüttelnd.

„Er ist sehr hübsch", sagte Marla, „auf eine altmodische Art und Weise."

„Richtig unheimlich", flüsterte Sophie ein wenig ängstlich.

„Ich will ihn unbedingt sehen", verkündete Joy. „Ich glaube an Geister, ganz ehrlich. Ich wollte immer schon mal einen sehen."

„Seine Haut war so kalt", gab Claudia nachdenklich zu. „Selbst bei dieser Hitze war seine Haut kalt. Kalt wie der Tod." Sie schauderte. „Ich kann einfach nicht glauben, dass es ein Geist gewesen sein soll, der mir heute Nachmittag das Leben gerettet hat."

Zu ihrer großen Überraschung fing Marla plötzlich an zu lachen. „Dann glaub es auch besser nicht!", rief sie.

„Was?", fragte Claudia verwirrt. „Wie meinst du das?"

„Ich hab mir alles nur ausgedacht", gab Marla zu und brach erneut in schallendes Gelächter aus.

„Was hast du?", riefen Claudia und Joy gleichzeitig. Sophie rückte ihre Brille zurecht und wusste nicht, was sie sagen sollte.

„Ich hab's mir ausgedacht", wiederholte Marla glucksend und konnte nicht verbergen, wie viel Spaß es ihr machte, die anderen an der Nase herumgeführt zu haben.

„Die ganze Geschichte. Es *gibt* keinen Geisterjungen. Keinen Mord im Gästehaus. Und auch keinen traurigen Jungen auf dem Tennisplatz."

„Marla!", schrie Claudia wütend. Sie stand auf, packte Marla am Schlafittchen und hätte sie am liebsten erwürgt. Marla kam aus dem Lachen gar nicht mehr heraus.

„Und ich habe ihr geglaubt. Ich hab ihr tatsächlich geglaubt!", beichtete Joy.

„Ich auch", sagte Sophie kleinlaut und schüttelte den Kopf.

„Wenn ich doch jetzt bloß meine Videokamera hier hätte!", rief Marla schadenfroh. „Ihr solltet mal eure Gesichter sehen! So was von todernst!" Sie wandte sich an Claudia. „Ich muss mich über dich wundern, Claudia. Im Ferienlager warst immer du diejenige, die uns mit solchen verrückten Gespenstergeschichten Angst gemacht hat. *Du* hattest von uns allen die lebhafteste Fantasie. Wie konntest du da auf meine alberne Geschichte hereinfallen?"

Claudia merkte, wie sie rot wurde. Ob aus Wut oder Verlegenheit, wusste sie selbst nicht. „Aber da war ein Junge, der mir geholfen hat!", rief sie mit schriller Stimme. „Daniel. Er hat mich wirklich gerettet. Und er hat sich wirklich in Luft aufgelöst!"

„So, so. Wirklich!", rief Marla und fing von Neuem an zu lachen.

„Hör zu, Daniel", dachte Claudia stirnrunzelnd, „wenn du kein Geist bist, wer bist du dann?"

Claudia schob die weißen Spitzengardinen zur Seite und spähte durch die Glastür ihres Zimmers hinaus in die Nacht. Selbst bei geschlossener Tür konnte sie das gleichmäßige Rauschen des Meers hören.

Mehrere Scheinwerfer sandten ihre gelben Lichtkegel über den Rasen hinter dem Haus. Der Tennisplatz und der rechteckige Swimmingpool waren fast taghell erleuchtet.

Nach dem Abendessen hatten sich die Mädchen einen Videofilm angesehen, den Marla besorgt hatte. „Dieser alte Musikfilm *Bye Bye Birdie* war doch echt zum Schreien gewesen", dachte Claudia. Die Mädchen hatten gegrölt vor Lachen über die komische Kleidung der Teenager aus den Fünfzigern und das verkrampfte Verhalten dem anderen Geschlecht gegenüber.

„Die Mädchen damals waren doch echt blöd", hatte Sophie sich aufgeregt. „Die hatten offensichtlich nichts anderes im Kopf, als den Jungen zu gefallen."

„Stimmt. Kein Vergleich mit heutzutage", sagte Claudia und verdrehte die Augen.

Nach dem Film sagten sich die Mädchen Gute Nacht und gingen nach oben in ihre Zimmer. Claudia war müde. Ihr Gesicht brannte und Kälteschauer liefen ihr über den Rücken. Nachdem sie ein heißes Bad genommen hatte, zog sie sich ein langes Nachthemd über und trug noch einmal sorgfältig Creme auf.

Jetzt lehnte sie gähnend an der Glastür und wollte einen letzten Blick auf den Rasen hinter dem Haus werfen, bevor sie sich in ihre Bettdecke hüllte. Es war alles so schön hier, so luxuriös. Wie sie so der schwachen Brandung des Meers jenseits der Klippen lauschte, hatte sie das Gefühl, in einer unwirklichen Welt zu sein.

Sie erschrak, als sie plötzlich Licht im Fenster des Gästehauses sah.

Sie legte die Hände an die Schläfen, kniff die Augen zusammen und starrte hinüber.

Tatsächlich.

Ein Schatten bewegte sich am Fenster des Gästehauses. Ein schwaches Licht flackerte dort drüben.

„Irgendjemand muss da sein", dachte Claudia und presste ihre Nase gegen die Scheibe.

Einen kurzen Augenblick lang meinte sie, die Schattenfigur zu erkennen.

„Ist das Daniel?", fragte sie sich.

„Ist das der Geisterjunge?"

Da berührte eine eisige Hand, so eiskalt wie der Tod, Claudias Schulter.

6

Claudia stieß einen Schrei aus. Sie fuhr herum und schnappte nach Luft, als sie Marla erkannte.

„Oh, Entschuldigung. Ich wollte dich wirklich nicht erschrecken", sagte Marla mit einer beschwichtigenden Handbewegung.

„Marla! Ich … ich …", stotterte Claudia keuchend. Sie konnte die Berührung von Marlas kalter Hand immer noch spüren.

„Du warst wohl so damit beschäftigt, nach draußen zu starren, dass du mich nicht hast rufen hören", sagte Marla und richtete ihre blauen Augen fest auf Claudia.

Claudia ging zum Fenster, um den Vorhang zuzuziehen. „Ich habe einen Schatten gesehen", sagte sie. „Im Gästehaus."

„Was?" Marla schien überrascht zu sein. Sie stellte sich an die Glastür und schaute hinüber.

„Da war Licht. Im Gästehaus", wiederholte Claudia.

„Aber nein", sagte Marla und schüttelte den Kopf. „Da drüben ist niemand, Claudi. Das Gästehaus steht schon den ganzen Sommer leer."

„Aber ich habe jemanden gesehen …", begann Claudia.

„Wahrscheinlich eine Reflexion", fiel Marla ihr ins Wort. „Diese Scheinwerfer sind so grell. Daddy hat sie anbringen lassen, um Diebe abzuschrecken. Aber sie sind viel zu hell. Das Licht hat sich wohl im Fenster des Gästehauses widergespiegelt. Das ist alles."

„Vermutlich, ja", murmelte Claudia zweifelnd.

„Ich bin nur gekommen, um zu fragen, ob du noch was brauchst", sagte Marla.

„Nein, danke. Es ist alles in Ordnung", antwortete Claudia. Sie gähnte. „Die Sonne hat mich echt geschafft."

„Dein Sonnenbrand sieht aber auch wirklich übel aus", bemerkte Marla.

„Wieso sagte sie das in einem so merkwürdigen Ton?", wunderte sich Claudia. „Das klang überhaupt nicht nach Mitleid. Sondern eher wie *Schadenfreude*.

Ach was. Ich bin bloß übermüdet", beruhigte sich Claudia. „Langsam fange ich wohl doch an zu spinnen."

Sie sagte Marla Gute Nacht, löschte das Licht und kletterte zwischen die seidenen Betttücher des riesigen Himmelbetts.

Wenige Sekunden später schlief sie ein, das dunkle, hübsche Gesicht von Daniel, dem Geisterjungen, noch vor Augen.

Als Claudia am nächsten Morgen erwachte, rekelte sie sich genüsslich in ihrem Bett.

Die Morgensonne fiel durch die Gardinen herein. Durch den offenen Spalt des Fensterflügels drangen die kräftige, salzige Luft und das Rauschen der Wellen herein, die sich am Ufer brachen. „Überall in diesem Haus kann ich das Meer rauschen hören", dachte sie und lächelte.

Sie schob Bettlaken und Steppdecke beiseite, setzte sich auf und sah sich staunend in dem elegant eingerichteten Zimmer um.

Gegenüber dem Bett standen ein Toilettentisch aus Kirschholz und ein Spiegel, daneben eine dazu passende Kommode. An der angrenzenden Wand befand sich ein kleiner, verzierter Schreibtisch, ausgestattet mit Schreibpapier und Füllfederhalter. Eine Vase aus Kristallglas mit einem frischen Blumenstrauß schmückte den Schreibtisch und auf dem Toilettentisch standen lauter kleine bunte Parfumfläschchen.

Eine Tür neben dem Schreibtisch führte zum Badezimmer. Dieses Badezimmer hatte es Claudia besonders angetan. Als sie es sich am Abend vorher in der großen Wanne bequem gemacht hatte, war ihr aufgefallen, dass die Decke mit lauter Meerjungfrauen bemalt war.

Das Gästezimmer war überhaupt nicht zu vergleichen mit ihrem engen Zimmer zu Hause in der Fear Street, das sie noch dazu mit ihrer jüngeren Schwester Cass teilen musste. „An so einen Luxus könnte ich mich glatt gewöhnen", dachte Claudia.

Wie mochte das wohl für Marla sein, die ständig in einer solchen Umgebung lebte? Ob sie überhaupt noch bemerkte, wie schön das alles war?

Claudia wusste nicht sehr viel über Marlas Familie, außer dass ihr Vater, Anthony Drexell, ein Experte in Geldangelegenheiten war, der sein Geld verdiente, indem er überall auf der Welt Handelsgesellschaften aufkaufte. Für Marla war es völlig normal, ihn in Wien, Stockholm oder Barcelona anzurufen, wenn sie mit ihm reden wollte.

Mrs Drexell war eine „Dame der Gesellschaft", wie Marla sich ausdrückte. Sie begleitete ihren Mann überallhin und verbrachte dann die meiste Zeit auf internationalen Wohltätigkeitsveranstaltungen.

„Marla muss sich bestimmt manchmal ganz schön einsam fühlen", dachte Claudia. „Kein Wunder, dass sie sich lieber jemanden einladen wollte, anstatt die ganze Woche allein in diesem großen Haus herumzusitzen. Alfred scheint zwar ein netter Kerl zu sein, aber er ist bestimmt keine ausreichende Gesellschaft für sie."

Claudia stand auf und setzte sich an den Toilettentisch,

um ihren Sonnenbrand zu inspizieren. Ihre Haut war immer noch erschreckend rot und es tat weh, wenn sie die Augenbrauen hob, die Nase hochzog oder auch nur lächelte.

„Was ist los mit dir, Claudia?", fragte sie ihr Spiegelbild. Seit Jahren hatte sie keinen Sonnenbrand mehr gehabt. Es war verrückt von ihr gewesen, sich von den anderen im Sand eingraben zu lassen, und noch verrückter, in der Sonne einzuschlafen – obwohl das bestimmt auch an dem neuen Medikament gelegen hatte.

Aber wieso hatte keines der Mädchen sie geweckt? Sie konnte nicht glauben, dass sie sie vergessen hatten. Sie wussten doch, wie leicht sie einen Sonnenbrand bekam. Wie konnten sie einfach weggehen, nachdem sie dort eingeschlafen war?

Claudia verteilte etwas Aloe-Lotion auf ihrem Gesicht und beeilte sich mit dem Anziehen. Sie schlüpfte in ein gelbes T-Shirt, schwarze Spandex-Shorts und weiße Turnschuhe und eilte auf dem Weg nach unten an Joys und Sophies Zimmern vorbei. Ihre Türen waren noch geschlossen.

Claudia sah auf die Uhr. Es war neun. Am Abend zuvor waren alle ziemlich früh zu Bett gegangen.

„Wie bringen sie es bloß fertig, so lange zu schlafen, noch dazu, wo die Sonne strahlend ins Zimmer scheint?", fragte sie sich.

Unten traf sie Marla in der Küche an; sie trug knapp sitzende weiße Shorts und ein blassrosa Oberteil.

„Alfred hat uns Obstsalat, Kekse und etwas Wurst bereitgestellt", sagte Marla und deutete auf eine Reihe Servierschüsseln aus blau-weißem Porzellan auf der Anrichte. „Bedien dich!"

„Joy und Sophie schlafen wohl noch", sagte Claudia.

„Joy steht nicht gern vor Mittag auf", erinnerte Marla sie.

„Und Sophie macht das, was Joy macht", fügte Claudia mit einem Grinsen hinzu.

Das stimmte. Im Ferienlager „Vollmond" war Sophie von Joy so angetan gewesen, dass sie ihr ständig alles nachmachte.

„Was hältst du davon, wenn wir eine Runde Tennis spielen, bevor die beiden aufstehen?", schlug Claudia vor, während sie eine Schüssel mit Obstsalat füllte. Claudia schwärmte für Tennis. Im Ferienlager waren sie und Marla etwa auf dem gleichen Stand gewesen. Aber Marla hatte ihr erzählt, dass ihr Vater einen Privattrainer für sie engagieren wollte; wahrscheinlich war sie inzwischen ein richtiges Ass.

„Na gut", antwortete Marla unwillig. „Aber nicht lange. Zu viel Sonne tut dir nicht gut, Claudia."

„Ich pass schon auf", sagte Claudia. Und wieder beschlich sie das ungute Gefühl, dass Marla sich hämisch über ihren Sonnenbrand freute. Sie stellte ihren Obstsalat hin und versuchte, es zu ignorieren.

Das Tennismatch entsprach in keiner Weise Claudias Erwartungen. Marla schlug ständig daneben. Im Ferienlager hatte sie nie Probleme mit Claudias Aufschlag gehabt, aber heute verfehlte sie einen Ball nach dem anderen.

„Die Sonne blendet mich", behauptete sie kopfschüttelnd und verpasste dem roten Tennisboden einen Fußtritt.

Sie tauschten die Seiten.

Zu Claudias Erstaunen schätzte Marla die Bälle falsch ein, holte weit aus und schlug den Ball hoch hinauf in die Luft wie eine Anfängerin.

„Diese Privatstunden haben ihr nicht gerade genützt", dachte Claudia. Sie gewann ohne Satzverlust und war dabei noch nicht mal ins Schwitzen geraten.

„Heute ist einfach nicht mein Tag. Meine Muskeln sind zu schlaff oder was weiß ich!", rief Marla entmutigt und warf ihren Schläger wütend zu Boden.

„Nächstes Mal wirst du mich bestimmt mit Leichtigkeit schlagen", sagte Claudia und joggte zu ihr hinüber.

Marla machte ein mürrisches Gesicht und musterte ihre Füße, um Claudias Blick zu entgehen. „Ich bin aus der Übung", murmelte sie. „Ich habe dieses Jahr keine Zeit zum Spielen gehabt."

Auf dem Weg zurück zum Haus ging Claudia neben Marla her. Sanft legte sie eine Hand auf Marlas Schulter. „Vielleicht hat dich unser Wiedersehen zu sehr aufgeregt", meinte sie mitfühlend.

Marla blickte sie mit weit aufgerissenen Augen an. „Aufgeregt?"

„Na ja, schließlich hast du uns seit dem Unfall nicht mehr gesehen", sagte Claudia. „Seit deine Schwester starb."

Marla wurde knallrot. Sie riss sich das Haarband vom Kopf und schüttelte das blonde Haar aus. „Ich will nicht über Alison sprechen", antwortete sie kurz angebunden und senkte den Blick.

„Wir alle müssen immer noch daran denken", sagte Claudia. „Wir wissen, wie dir zumute sein muss, Marla. Wir …"

„Hör zu!", schrie Marla sie an. „Ich habe dir gesagt, dass ich darüber nicht reden will!" Mit zusammengekniffenen Augen und rot vor Zorn wandte sie sich ab und stürmte zum Haus zurück.

Als Claudia nach einer Weile zum Haus zurückkehrte, hatte sich Marla zu ihrer Erleichterung beruhigt. Joy, Sophie und Marla saßen auf der Terrasse unter dem Sonnenschirm beim Frühstück und plauderten. Nicht weit von ihnen summte Alfred ein fröhliches Lied, während er eine Rhododendronhecke neben dem Gästehaus zurechtstutzte.

„Na, wie war euer Tennisspiel?", fragte Joy, während Claudia sich einen Segeltuchsessel unter den Sonnenschirm zog.

„Sie hat mich gewinnen lassen", sagte Claudia scherzhaft und warf Marla einen flüchtigen Blick zu. „Sie will mich so richtig siegesgewiss machen, damit sie's mir hinterher heimzahlen kann."

Marla zwang sich zu einem Lächeln. „Claudia hat sich wirklich verbessert", gab sie widerstrebend zu und goss sich ein Glas Orangensaft ein.

„Das wird bestimmt ein toller Badetag", wechselte Joy das Thema und blickte hinauf in den wolkenlosen blauen Himmel.

„Ich kann's gar nicht erwarten!", rief Sophie.

„Alfred hat uns für heute Mittag ein Picknick eingepackt. Wir können es mit an den Strand nehmen", schlug Marla vor.

„Hoffentlich gibt's heute ordentliche Wellen", sagte Joy zu Marla. „Ich möchte gern eines deiner Boogie-Bretter ausprobieren."

„Die Wellen sind immer ganz schön hoch", sagte Marla. „Es gibt hier keine Sandbänke oder so was, die sie abschwächen könnten." Sie nahm einen langen Zug aus ihrem Saftglas und wandte sich dann an Claudia. „Willst du lieber hier oben bleiben und die Sonne meiden?"

Claudia zögerte. „Nein. Ich dachte, ich nehme einen

Strandschirm mit nach unten und bleibe einfach im Schatten."

„Gute Idee", meinte Marla und rief Alfred zu, er solle einen Strandschirm aus dem Geräteschuppen holen.

Kurz darauf machten sich die vier Mädchen auf den Weg in Richtung Klippe. Claudia trug einen gelb-weiß gestreiften Schirm über der Schulter. Vor ihr liefen Marla und Joy, die zusammen die große Kühltasche mit dem Picknick schleppten.

Sophie ging voran.

Je mehr sie sich dem Rand der Klippe näherten, desto lauter wurde die Brandung. Claudia legte die Hand über die Augen und erblickte das dunkle V einer Seemöve, die hoch über ihnen am strahlend blauen Himmel entlangsegelte.

Es war noch nicht elf Uhr und schon mörderisch heiß. Die Luft war feucht und schwer, nicht die kleinste Brise lockerte die drückende Schwüle auf.

„Ich werde einmal kurz hinausschwimmen", dachte Claudia und verlagerte den Schirm auf ihrer Schulter. „Wenn ich mein Gesicht dick mit Sonnenschutzcreme einschmiere, wird sich der Sonnenbrand schon nicht verschlimmern."

Am Metalltor blieben sie zögernd stehen.

„Nur den Knauf drehen!", rief Marla Sophie zu. „Dann geht es auf."

Während Claudia den Schirm ins Gleichgewicht brachte, sah sie, wie Sophie zum Torknauf griff.

Plötzlich erstarrte Sophie. Gleichzeitig ging ein lautes Geknatter los.

Claudia stieß einen Schrei aus, als Sophie zurückzuckte und zu Boden stürzte.

7

Marla fasste sich als Erste. Sie bückte sich hastig nach einer Kontrolltafel, die hinter ein paar niedrigen Sträuchern versteckt war, und knipste den Schalter aus.

Claudia warf den Schirm ab und kniete sich neben ihrer Freundin nieder.

Sophie starrte sie mit ziellosem Blick an. Claudia hob die Brille auf, die ihr heruntergefallen war.

„Sophie? Ist alles in Ordnung?", fragte Claudia besorgt und hielt ihr die Brille hin.

„Ja, ich glaub schon." Sophie blinzelte ein paarmal. Ihr gespenstisch weißes Gesicht nahm langsam wieder etwas Farbe an.

Marla kniete neben Claudia nieder und beugte sich über Sophie. „Du hast einen elektrischen Schlag bekommen", sagte sie kopfschüttelnd.

Sophie wirkte verwirrt und zitterig, als sie versuchte, sich aufzusetzen. „Mein ganzer Körper surrt."

Marla half ihr vorsichtig auf. Sie wandte sich zum Haus um und legte die Hände an den Mund, um nach Alfred zu rufen.

Es kam keine Antwort; er musste wohl ins Haus gegangen sein.

„Ich versteh das nicht", sagte Marla zu Claudia. „Ich versteh das einfach nicht. Der Strom müsste sich eigentlich tagsüber automatisch ausschalten."

„Au!", stöhnte Sophie und rieb sich den Nacken. „Verflixt, da tut es höllisch weh. Ich kann den Hals kaum bewegen."

„Hoffentlich hast du nichts abbekommen", sagte Joy,

immer noch in sicherem Abstand. „Ist dir schwindelig oder so was?"

„Nein, ist schon okay", meinte Sophie und rieb sich immer noch den Nacken. „Aber das hat wirklich wehgetan."

„Du hättest tot sein können!", schrie Joy. Unter dem dünnen Trägerhemd, das sie über dem Badeanzug trug, fingen ihre Schultern an zu zittern.

„Joy, bitte!", protestierte Marla. „Sophie geht es gut. Reiß dich zusammen, sonst machst du's nur noch schlimmer."

Joy stammelte beschämt eine Entschuldigung.

„Wie geht's dir, Sophie?", fragte Claudia teilnahmsvoll. „Besser?"

„Ja." Sophie nickte. „Ich fürchte nur, dass mein Haar von dem Stromschlag noch wirrer geworden ist."

Alle lachten, außer Marla.

Sie stand auf und ging diesmal selbst voran, die Hände zur Faust geballt. „Ich verstehe das nicht", murmelte sie immer wieder. „Der Strom ist doch tagsüber ausgeschaltet. Das geht doch ganz automatisch."

„Vielleicht ist der Timer kaputt", meinte Claudia und half Sophie auf die Beine. Sophie nahm ihre Brille und setzte sie mit zitternden Händen auf.

„Sie hätte tot sein können!", fing Joy wieder an. Marla warf Joy einen wütenden Blick zu. Aber als sie sich zu Sophie umdrehte, nahm ihr Gesicht einen weicheren Ausdruck an. „Es tut mir leid. Ehrlich. Möchtest du lieber zum Haus zurückgehen?"

„Nein. Auf keinen Fall!", sagte Sophie und gab Marla zu verstehen, dass sie anhalten sollte. „Es ist alles in Ordnung. Wirklich. Mein Herz schlägt etwas schneller, aber das macht nichts. Lasst uns runtergehen zum Strand. Wir wollen uns doch diesen schönen Tag nicht verderben lassen."

„Aber der Schock …", fing Joy schon wieder an.

„Der hat mich bloß wach gemacht, das ist alles", sagte Sophie und zwang sich zu einem Lächeln. „Bestimmt. Wir sind doch nur eine Woche zusammen. Die möchte ich euch nicht verderben."

„Wenn du dir sicher bist …", meinte Marla zögernd und sah Sophie prüfend an.

„Wisst ihr was?", sagte Sophie. „Ich bleibe mit Claudia im Schatten und ruhe mich ein bisschen aus. Okay? Machen wir's nicht dramatischer, als es ist. Ich spüre nur noch ein leichtes Kribbeln überall und bin ein wenig zittrig, das ist alles."

Marla musterte Sophie nachdenklich. „Na gut", sagte sie dann schulterzuckend. „Aber du sagst uns Bescheid, wenn dir komisch zumute wird, ja?"

Sophie versprach es.

Joy hatte sich schließlich beruhigt und hob die schwere Kühltasche allein auf.

„Langsam, aber sicher verbrutzeln wir hier alle." Claudia lachte. „Erst schmore ich in der Sonne. Und jetzt wäre Sophie beinah am Tor geröstet worden."

Claudia hatte das nur so dahingesagt, aber Marla nahm die Bemerkung ernst. „Das waren beides Unfälle – okay?", fauchte Marla wütend, als wollte sie Claudia provozieren.

„Ja, natürlich", antwortete Claudia beschwichtigend. „Natürlich waren das nur Unfälle, Marla."

„Keine Sorge. Wenn wir zurück sind, werde ich ein ernstes Wort mit Alfred reden", sagte Marla mit drohendem Unterton.

Langsam stiegen die vier Mädchen die Holzstufen hinab, Marla vorneweg. Weit unten konnte Claudia das glitzernde blaugrüne Meer sehen, das als weißer Schaum am Strand auslief.

Die Luft wurde kühler und salziger, aber die Sonne brannte immer noch schmerzhaft auf Claudias Schultern herab.

Während Claudia noch die letzten Stufen hinunterkletterte, war Marla schon damit beschäftigt, die Decke auf dem Sand auszubreiten.

Joy hatte die schwere Kühltasche abgesetzt und ließ sich seufzend auf ihrem eigenen bunten Strandtuch nieder. Dann zog sie ihr Trägerhemd aus, unter dem ein glänzend grüner Bikini zum Vorschein kam. Sofort fing sie an, ihr langes schwarzes Haar auszubürsten.

„Genau wie damals im Ferienlager", dachte Claudia verdrießlich. „Da hatte Joy auch keine Gelegenheit ausgelassen, ihr Haar mit der Bürste zu bearbeiten."

Marla hatte die Decke in einiger Entfernung vom Stufenaufgang ausgebreitet. Als Claudia mit Sophie an ihrer Seite auf die anderen zuging, spürte sie den heißen Sand, der sich in ihren Sandalen sammelte.

„Ist das eine Affenhitze!", stöhnte sie und schaute hinauf in die Sonne, die den ganzen Himmel einzunehmen schien. Marla zeigte ihr, wo sie den Strandschirm abstellen sollte. Dann bohrte Claudia ihn mit aller Kraft in den Sand.

Kaum war der Schirm aufgespannt, streckte Sophie sich bäuchlings im Schatten aus. Claudia griff in die Strandtasche und fing an, ihr Gesicht mit einer dicken Schicht Sonnenschutzcreme einzuschmieren.

„Entzückend siehst du aus, Schätzchen!", trällerte Joy.

„Sei bloß still!", knurrte Claudia und musste dann doch

lachen. Sie schob die Träger ihres purpurroten Badeanzugs zur Seite und ging dazu über, sich von Kopf bis Fuß einzucremen.

Inzwischen hatte Joy ihre Haarbürste beiseitegelegt und rieb ihren ohnehin schon braunen Körper mit Sonnenöl ein.

Claudia richtete ihren Blick auf Marla, die immer noch damit beschäftigt war, die Decke glatt zu ziehen. „Merkwürdig", dachte Claudia, während sie Marlas schlanken Rücken betrachtete. „Marla ist kein bisschen braun. Sie ist sogar auffallend blass."

Claudia wunderte sich deshalb so darüber, weil Marla ihnen erzählt hatte, sie wäre schon fast den ganzen Sommer hier am Strand gewesen.

„Wie hat sie es bloß geschafft, die ganze Zeit die Sonne zu meiden?", fragte sich Claudia.

Ihre Gedanken wurden jäh unterbrochen, als Joy sich mit einem Ausruf des Erstaunens aufrichtete. Sie schirmte ihre Augen mit der Hand ab und spähte hinaus aufs Meer.

„Ich glaube, wir kriegen Gesellschaft", verkündete Joy. Tatsächlich, zwei Jungen kamen gerade aus dem Wasser. Beide hatten blaue, ärmellose Surfanzüge an und trugen schwarz und pink gemusterte Surfbretter unter dem Arm.

Claudia hätte beinah vor Schreck aufgeschrien, hielt sich aber schnell den Mund zu.

Sie hatte erkannt, dass einer der beiden Jungen Daniel war. Daniel, der Geisterjunge.

8

Tropfnass wateten die beiden Jungen an Land. Claudia legte den Arm über die Augen und erkannte jetzt, dass der eine Junge gar nicht Daniel war. Er hatte nur die gleiche Größe und ebenfalls dunkles Haar.

„Was ist bloß los mit mir?", fragte sie sich. „Fange ich jetzt wirklich an zu spinnen?", dachte sie, während die Jungen näher kamen.

Sie musterte die beiden, als sie neben ihnen ihre Surfbretter in den Sand warfen. Sie waren ungefähr siebzehn und von kräftiger, muskulöser Statur.

Der eine, den Claudia für Daniel gehalten hatte, war schlank und hatte dunkles, kurz geschorenes Haar und graue Augen. Er grinste die Mädchen an, dann blieb sein Blick auf Claudia haften. Sie hatte das dumme Gefühl, dass er womöglich wegen der rosaroten Paste auf ihrem Gesicht so grinste.

„Die müssen wir loswerden!", raunte Marla ihr zu, während sie das Oberteil ihres roten Bikinis zurechtrückte.

„Aber wieso denn?", flüsterte Joy. „Die sehen doch nett aus."

„Hallo, wie geht's euch?", rief der zweite Junge ihnen zu. Er hatte ziemlich langes, blondes Haar und war stämmiger gebaut als der andere. Er sah fast aus wie ein Ringkämpfer.

Sein Freund suchte mit dem Blick den Strand bis Summerhaven ab. „Ich hab das Gefühl, wir sind weit hinter dem Vogelschutzgebiet gelandet."

„He, ihr Mädchen, habt ihr hier irgendwelche Vögel gesehen?", fragte der blonde Junge. Claudia hatte den Eindruck, dass sein grinsender Mund mindestens vierhundert Zähne enthüllte.

„Nur ein paar Dodos", sagte Marla in unfreundlichem Ton.

Claudia konnte sich Marlas abweisendes Verhalten nicht erklären. Was hatte sie bloß gegen die beiden?

Joy war aufgestanden, bürstete ihr Haar zurück und lächelte die beiden Jungen an. Sophie blieb im Schatten unter dem Sonnenschirm, aber sie schien ebenfalls recht angetan von dem überraschenden Besuch.

Dann verschwand das Grinsen aus den Gesichtern der beiden Jungen.

Der Blonde schlenderte auf die Decke zu. „Wir wollten gerade ein bisschen surfen, da sind wir in einer ganz schönen Rückströmung gelandet." Er zeigte hinaus aufs Wasser. „Sie geht da am Ufer entlang. Das war vielleicht ein Ding. Ohne dass wir's merkten, zog sie uns bis hier raus zur Landzunge."

„Wie aufregend!", bemerkte Marla bissig.

Joy verdrehte die Augen. „Marla, jetzt reiß dich doch mal zusammen!", raunte sie ihr zu, ohne dabei den Blick von den Jungen zu wenden.

Der Dunkelhaarige kam nun auch näher. „Passt auf, wenn ihr schwimmen geht", sagte er ernst. „Wenn ihr in diese Strömung geratet, dann kann es euch noch weiter rausziehen."

Marla stemmte die Hände in die Hüften. „Danke für den Ratschlag", sagte sie kühl. „Nett, dass ihr uns gewarnt habt, aber das hier ist ein Privatstrand." Sie deutete auf das Vogelschutzgebiet und Summerhaven. „Wenn ihr surfen wollt, der öffentliche Strand ist dahinten."

Der Dunkelhaarige grinste Marla an. „Ich dachte, alle

Strände wären öffentlich", sagte er und musterte sie eingehend. Dann richtete er seinen Blick auf die Stufen, die zu ihrem Grundstück führten. „Haben deine Eltern vielleicht auch das Meer gekauft?"

Der andere Junge setzte sich auf die Stranddecke und lächelte Sophie an. „Hallo. Bist du immer so still?"

Sophie fing an zu kichern. Sie nahm die Brille ab und lächelte zurück. „Nicht immer."

„Findet ihr nicht, dass es langsam Zeit ist zu verschwinden?", fragte Marla und runzelte unwirsch die Stirn.

„Hängt ganz davon ab, was ihr zu essen dabeihabt", sagte der Blonde. Er zog die Kühltasche heran und hob den Deckel.

Sein Freund streckte Claudia die Hand hin. „Ich heiße Carl und das ist Dean – danke, dass ihr uns zum Essen einladet."

„Also …" Claudia wusste nicht, was sie sagen sollte. Sie warf Marla einen hilflosen Blick zu. Marla kochte vor Wut.

„Wieso ist sie nur so unfreundlich?", wunderte sich Claudia. „Weiß sie vielleicht etwas über die Jungen? Oder hat sie etwa Angst vor ihnen?"

„Mann, du scheinst die Sonne ja nicht gerade zu lieben!", rief Carl aus und starrte Claudias eingekleistertes Gesicht an. Er konnte sich kaum noch halten vor Lachen.

Claudia merkte, wie sie unter der dicken Cremeschicht rot wurde. „Ich … ich hab mir gestern einen schlimmen Sonnenbrand geholt", stammelte sie.

Dean kniete auf der Decke und fing an, die Kühltasche auszuräumen. „Sieh mal an, was da alles zum Vorschein kommt!", sagte er. „Brathähnchen. Tomatensalat. Haufenweise Sandwiches. Auf zum Picknick, Leute!" Er schaute auf und grinste Marla provozierend an; es sah aus wie das Grinsen eines Hais.

Carl gesellte sich zu seinem Freund und setzte sich auf der anderen Seite der Kühltasche nieder. „Gibt's denn auch genug für die Mädchen?"

„Klar. Wir können ja teilen", antwortete Dean und zeigte noch mehr Zähne.

Marla ballte wütend die Hände zur Faust und wollte etwas sagen. Joy kam ihr zuvor. „Es ist doch genug da", sagte sie beschwichtigend zu ihr. „Warum sollten wir ihnen da nichts abgeben?"

Carl nickte zustimmend und hielt ihr den Teller mit den Sandwiches hin. „Wie heißt du eigentlich?", fragte er.

„Joy. Joy Birkin." Sie nahm den Teller und setzte sich neben Carl.

„Und ich heiße Sophie Moore", verkündete Sophie, krabbelte unter dem Sonnenschirm hervor und kam zu ihnen hinüber. „Mmh. Das Hähnchen sieht aber lecker aus. Ich sterbe schon wieder vor Hunger, obwohl wir gerade erst gefrühstückt haben."

Marla stapfte wütend hinunter zum Wasser und nahm keine Notiz mehr von ihnen.

„Kümmert euch nicht um Marla. Sie ist bloß ein bisschen schüchtern", sagte Joy entschuldigend.

„Und du?", fragte Carl spöttisch in Richtung Claudia. „Bist du auch schüchtern?"

„Klar, deshalb versteckt sie sich doch hinter diesem rosa Zeugs", spottete Dean, während er an einem Hähnchenbein herumknabberte.

Eigentlich hätte sie das einfach überhören sollen, aber Claudia schämte sich zutiefst und wusste, dass sie völlig lächerlich aussah.

„Du solltest dieses rosa Zeugs auch mal ausprobieren",
sagte Dean zu Carl. „Das würde dir gut stehen." Er schleuderte sein Hähnchenbein in den Sand und griff nach einem
Sandwich.

„He, hier wird nichts in die Gegend geworfen", wies
Carl seinen Freund zurecht. „Du hast doch gehört, das hier
ist ein Privatstrand."

Die zwei Jungen brachen in schallendes Gelächter aus
und klatschten sich gegenseitig in die Hände.

Um die folgende peinliche Stille zu überbrücken, fragte
Joy sie über das Surfen aus. Claudia war sehr schnell klar,
dass Joy nichts gegen einen kleinen Flirt hatte. Die Jungen
merkten das natürlich auch.

Nach einer Weile krochen Sophie und Carl unter den
Sonnenschirm, wo sie sich leise miteinander unterhielten
und Sprudel aus Dosen schlürften.

Die Sonne stand jetzt höher und die Wellen sahen aus
wie gold umrandet.

„Gar kein so schlechtes Picknick", sagte Claudia und
fühlte sich etwas mulmig in ihrer Haut.

„Nur schade, dass die Prinzessin da drüben nichts von
uns wissen will", witzelte Dean.

Claudia sah, wie Marla mit großen Schritten und wüten-
der Miene zurückgestapft kam. „Habt ihr mir wenigstens
ein Sandwich oder so was übrig gelassen?", fragte sie ärgerlich.

„Ein paar sind noch da", antwortete Dean. „Aber du
musst uns schon höflich darum bitten."

Marla knurrte etwas vor sich hin und baute sich mit verschränkten Armen vor ihm auf. „Ich bitte euch noch einmal höflich darum zu verschwinden", sagte sie zähneknir-
schend und mit finsterer Miene.

Dean sprang auf und ging auf sie zu. „He, gönn uns doch ein kleines Päuschen", flehte er sie mit spöttischem Grinsen an und schob sich eine blonde Locke aus der gebräunten Stirn. „Carl und ich, wir sind doch nette Kerle. Warum bist du bloß so eklig zu uns?"

„Ich warne euch", schäumte Marla. „Ihr geht jetzt – okay?"

Dean trat trotzig vor sie hin. „Verdirb uns nicht die Party, Marla. So heißt du doch, nicht wahr?" Er blickte sich schnell nach seinem Freund um, der unter dem Sonnenschirm hervorgekrochen war. Carls Blick verriet, dass er mit Ärger rechnete.

„Carl und ich, wir haben uns gedacht, dass wir nach dem Essen alle zusammen nach oben in euer Haus gehen und – nun ja – eine Party steigen lassen." Dean trat noch einen Schritt näher auf Marla zu. Marla wich zurück.

„Oje!", dachte Claudia und stand langsam auf. „Jetzt wird's ernst."

„Verschwindet von hier! Haut ab!", schrie Marla und funkelte ihn verächtlich an.

„Nein", sagte Dean hartnäckig. „Wirklich, Carl und ich, wir sind nette Kerle. Lasst uns raufgehen ins Haus. Hier unten ist es viel zu heiß, findest du nicht?"

Carl stand wortlos da, sein Lächeln verschwand, und seine Gesichtszüge verhärteten sich.

„Spielen die beiden hier nur die harten Typen oder suchen sie ernsthaft Streit?", fragte sich Claudia und trat instinktiv ein paar Schritte zurück.

„Ich … ich habe einen Wachhund", drohte Marla und schaute zum Haus hinauf. „Einen irischen Wolfshund. Habt ihr schon mal einen irischen Wolfshund gesehen? Der ist riesengroß."

„Oh, ich erzittere vor Angst!", rief Dean und schüttelte sich übertrieben am ganzen Körper. „Was meinst du dazu, Carl?"

„Bin schwer beeindruckt", sagte Carl trocken. „Komm, wir gehen einfach, Dean."

„Ich brauche nur nach dem Hund zu rufen", warnte Marla.

„Hunde mögen mich", prahlte Dean. „Ich hab keine Angst vor ihnen."

Dann wandte er sich an Claudia und die beiden anderen Mädchen. „Ihr wollt doch, dass Carl und ich mit euch zum Haus raufgehen, oder?"

„Ich … ich glaube, ihr geht besser", stammelte Claudia und stellte sich neben Marla.

Dean kam mit drohender Miene näher. „Ihr wollt uns also nicht zu euch einladen?", fragte er Marla mit kaltem Blick und herausforderndem Ton.

„Auf keinen Fall", sagte Marla bestimmt. Bevor Claudia wusste, was los war, sah sie eine undeutliche Bewegung.

Und hörte einen lauten Schlag.

Marla schrie wütend auf und taumelte zurück.

Claudia brauchte eine Weile, bis sie begriff, dass Dean Marla geschlagen hatte.

„Oh nein", dachte Claudia und bekam es plötzlich mit der Angst zu tun. „Jetzt gibt es Ärger mit den Jungen!"

9

Marla fasste sich schnell wieder und starrte Dean mit zornrotem Gesicht an.

„Da saß eine Bremse", verteidigte er sich. „Auf deiner Schulter."

„Was?", rief Marla verdutzt.

„Eine ganz große Bremse", wiederholte Dean. „Die können stechen."

„Aber …", sagte Marla und machte ein nicht mehr ganz so böses Gesicht.

„Ich wollte nicht so fest zuschlagen", sagte Dean besänftigend. „Tut mir leid, wenn ich dich erschreckt habe."

Claudia atmete erleichtert auf. Hinter ihr fingen Joy und Sophie an zu kichern.

„Wir sollten uns lieber auf die Socken machen", sagte Carl und hob sein Surfbrett auf.

„Okay", sagte Dean und warf Marla noch einmal einen entschuldigenden Blick zu. „Ich wollte dich wirklich nicht erschrecken oder so was." Dann platzte er heraus: „Mein Vater hat früher für deinen Vater gearbeitet."

„Wie bitte?", fragte Marla ungläubig.

Aber die Jungen hatten sich schon ihre Surfbretter unter den Arm geklemmt und machten sich auf den Weg in Richtung Summerhaven. „Danke fürs Picknick!", rief Carl noch zurück.

„Hat toll geschmeckt!", fügte Dean hinzu.

Claudia sah ihnen nach, wie sie den Strand entlangmarschierten und dabei nasse Sandklumpen aus dem Weg stießen.

„Lasst uns zusammenpacken und zum Haus zurückgehen", sagte Marla mit besorgter Miene. „Es ist hier unten sowieso zu heiß."

„Warum bist du eigentlich so abweisend zu den beiden gewesen?", wollte Claudia wissen.

Marla, die gerade dabei war, die Stranddecke auszuschütteln, hielt inne und sah Claudia an. „Ich musste es meinen Eltern versprechen", sagte sie.

„Was versprechen? Dass du dich nicht mit Jungen einlässt?", fragte Joy.

„Ich musste meinen Eltern versprechen, dass wir vier unter uns bleiben", erwiderte Marla. „Wenn sie dahinterkämen, dass wir Jungen bei uns hatten, würden sie mich zu lebenslangem Hausarrest verdonnern."

„Aber sie wollten doch nicht bei uns übernachten", protestierte Joy. „Ich meine, sie sind doch zufällig hier gestrandet."

„Ich kann keinen Ärger gebrauchen", beendete Marla das Thema und faltete die Decke zusammen.

„Irgendetwas stimmt da nicht", dachte Claudia, während sie Sophie und Joy beim Einräumen der Kühltasche half. Aber dann fiel ihr ein, dass es im Ferienlager letzten Sommer auch nicht viel anders gewesen war. Auch mit den Jungen dort war Marla so umgesprungen, war sie genauso unzugänglich gewesen. Soweit Claudia wusste, hatte Marla bis jetzt erst einen Freund gehabt. Michael hieß er und sie waren nur ein paar Monate zusammen gewesen.

Joy dagegen war immer für einen Flirt zu haben. Und Sophie strengte sich an, es Joy nachzutun, obwohl sie nicht so leicht aus sich herausging.

Sie selbst, Claudia, war zwar schon mit ein paar Jungen ausgegangen, hatte aber bis jetzt nur einen richtigen Freund gehabt. Ihrer Meinung nach war das Problem, dass sie keinen großen Eindruck auf Jungen machte. Sie trafen sich einmal mit ihr und vergaßen sie dann.

Sie schmunzelte bei dem Gedanken, dass das zumindest bei Dean und Carl nicht zutraf. Bei denen hatte sie garantiert einen bleibenden Eindruck hinterlassen. Die würden sie so schnell sicher nicht vergessen – Claudia, das Mädchen mit der rosaroten Fettmaske im Gesicht.

Später trafen sich die drei Mädchen in Claudias Zimmer. Joy und Sophie, in Shorts und ärmellosen T-Shirts, hatten es sich auf Claudias Bett bequem gemacht. Claudia stand an der offenen Glastür und starrte hinaus, während sich die langen Schatten des Spätnachmittags über den Rasen ausbreiteten.

„Findet ihr nicht auch, dass Marla sich etwas seltsam benimmt?", fragte Joy. „Wenn ja, dann hebt die Hand."

Claudia und Sophie hoben gehorsam die Hand.

„Sie ist immer so verkrampft", sagte Sophie nachdenklich, die ausgestreckt auf Claudias Bett lag, die Hände im Nacken verschränkt.

„Im Umgang mit Jungen ist sie noch nie besonders locker gewesen", warf Claudia ein.

„Stimmt, aber es war nicht nur das", sagte Joy zögernd. „Sie war richtig böse. Sie schien sich darüber zu ärgern, dass sie überhaupt da waren."

„Sie hat ihnen doch von Anfang an überhaupt keine Chance gegeben", stimmte Sophie zu.

„Ich fand diesen Carl irgendwie ganz nett", sagte Joy und grinste.

„Irgendwie, ja", sagte Claudia vom Fenster aus. „Aber sie waren auch irgendwie draufgängerisch. Ich glaube, Marla hatte Angst vor ihnen. Ich eigentlich auch ein bisschen."

„Letztes Jahr im Ferienlager war Marla viel gelöster", stellte Sophie fest.

„Seitdem ist viel passiert", sagte Claudia nachdenklich. Sie ging hinüber und setzte sich auf die Bettkante zu Sophies Füßen. „Geht es dir besser?"

Sophie zuckte mit den Schultern. „Mir ist auch immer noch ein bisschen komisch. Ich fühle mich irgendwie benommen."

„Was war das denn überhaupt für ein Gefühl?", wollte Joy wissen. „Hat es wehgetan?"

„Ja", sagte Sophie. „Es war so, als ob einem jemand einen Stoß in den Magen versetzt. Ich bekam keine Luft mehr, und … ach, ich weiß auch nicht."

„Diese zwei Tage waren schon seltsam", überlegte Claudia laut. „Eigentlich sind wir doch zum Vergnügen hergekommen und wollten uns ein paar schöne Tage am Strand und in diesem tollen Haus machen. Aber besonders lustig war es bisher nicht. Du hättest fast einen tödlichen Stromschlag erlitten. Und ich wurde im Sand begraben und bin beinahe ertrunken …"

„Nicht zu vergessen dieser eklige braune Wurm in meinem Salat", fuhr Joy dazwischen. „So was von einem fetten Wurm!"

Claudia und Sophie prusteten los.

„Ich muss dir was erzählen, Claudi", sagte Sophie. Sie setzte sich abrupt auf und hörte auf zu lachen. „Ich wollte es dir eigentlich schon früher sagen, aber es war bis jetzt keine Gelegenheit dazu."

„Was ist los, Sophie?", fragte Claudia und fuhr mit der Hand über die glatte Bettdecke. „Wieso bist du auf einmal so ernst?"

„Na ja …" Sophie zögerte ein wenig, doch dann sprudel-

te es aus ihr heraus. „Joy und ich wollten gestern Nachmittag zu dir zurückgehen, aber Marla hat uns nicht gelassen."

Claudia starrte Sophie an, ohne richtig zu begreifen, was
sie gesagt hatte.

„Als wir von unserem Spaziergang zurückkehrten, behauptete Marla steif und fest, du wärst schon zum Haus
hinaufgegangen", fuhr Sophie fort, wobei sie die Stimme
dämpfte und vorsichtig zur Zimmertür spähte. „Wir haben
den anderen Aufgang von den Dünen aus genommen.
Aber Joy und ich wollten wirklich noch mal runtergehen,
um zu sehen, ob du tatsächlich nicht mehr im Sand vergraben liegst."

„Stimmt. Wir haben uns Sorgen um dich gemacht", fügte Joy hinzu.

„Aber Marla sagte, sie sei ganz sicher, dass du nicht
mehr am Strand bist, und bestand darauf, dass wir mit ihr
nach oben gehen", flüsterte Sophie.

„Merkwürdig", murmelte Claudia.

„Und dann tat sie völlig überrascht, als du total verbrannt
vom Strand heraufgewankt kamst", sagte Joy.

Claudia befühlte unwillkürlich ihr Gesicht. Ihre Wangen
und ihre Stirn waren heiß und immer noch ein wenig ge-
schwollen. Sie ging hinüber zum Toilettentisch und trug
noch mehr Aloe-Lotion auf.

„Marla war wohl etwas verwirrt", sagte Claudia nachdenklich. „Vom anderen Aufgang aus konntet ihr mich unmöglich sehen."

„Ich glaube auch, sie ist ziemlich durcheinander", sagte
Joy, während sie die Füße auf den Boden setzte und Claudia ins Gesicht sah. „Ich glaube, der Unfall letzten Sommer …"

„Da ist noch so eine Sache", unterbrach Sophie. „Nie erwähnt sie ihre Schwester. Nicht ein einziges Mal hat sie von Alison gesprochen. Findet ihr das nicht auch seltsam? Ich meine, wir waren doch alle dabei letzten Sommer. Wir haben es alle mitbekommen. Immerhin war sie doch ihre Schwester. Aber wir alle …"

„Arme Alison", sagte Joy leise. „Das arme Kind."

„Also, ich muss die ganze Zeit daran denken", sagte Sophie aufgebracht. „Ich bin sicher, *euch* geht es genauso. Aber Marla tut, als wäre nichts geschehen. Ich meine …"

„Sie hat zu mir gesagt, dass sie darüber nicht reden will", unterbrach Claudia. Die frische Lotion tat gut, sie kühlte und beruhigte ihre Haut.

„Du hast sie *gefragt*?", wunderte sich Joy. „Du hast sie auf Alison angesprochen?"

„Ja, beim Tennis heute Morgen, als ihr beide noch geschlafen habt. Da kam ich auf den Unfall zu sprechen – und Marla fiel mir gleich ins Wort. Sie sagte, sie will nicht davon sprechen."

„Aber das ist doch so – *unnatürlich*", ereiferte sich Sophie. „Ich fühle mich wie zugekorkt. Also ich …" Ihre Stimme verlor sich.

„Ich vermute, Marla will einfach, dass wir diese Woche genießen und das, was passiert ist, vergessen", sagte Claudia nachdenklich. Sie starrte ihr sonnenverbranntes Gesicht im Spiegel an. „Und wenn wir nicht ständig so vom Pech verfolgt würden, dann hätten wir bestimmt auch eine tolle Zeit …"

Zum Abendessen saßen die vier Mädchen wieder in dem großen vornehmen Speisesaal zusammen. Dadurch, dass sie sich auch heute alle an einem Ende des langen Tisches drängten, wirkte der riesige Raum noch größer, als er sowieso schon war.

Am Tisch herrschte eine ausgelassene Stimmung; die dunklen Schatten waren verflogen. Joy erzählte lustige Geschichten über ihre vergeblichen Versuche, mit einem liebeskranken Jungen Schluss zu machen, der absolut nicht von ihr ablassen wollte. Die Mädchen brüllten vor Lachen.

Dann gab Marla eine witzige Geschichte über ihren Vater zum Besten, der zu einer geschäftlichen Besprechung ins falsche Land gereist war und sich wunderte, wieso alle Leute Italienisch sprachen.

Nachdem Alfred den Tisch abgeräumt hatte, sagte Joy zu Marla: „Was kann man abends denn so in Summerhaven unternehmen?"

„Nicht viel", gab Marla ehrlich zu. „Wir könnten uns vielleicht einen Film ansehen. Es gibt ein altes Kino in der Stadt, das einzige übrigens. Es stinkt darin ganz erbärmlich, aber immerhin bringen sie manchmal gute Filme. Oder wir könnten uns auf der Strandpromenade herumtreiben."

„Strandpromenade? Ist das so was wie ein Vergnügungspark?", fragte Joy aufgeregt.

„Ja." Marla nickte.

„Nichts wie hin!", rief Joy. „Ich fahre so gern Karussell!"

„Ich auch", stimmte Sophie begeistert zu. „Wir müssen unbedingt Autoscooter fahren – und ins Spiegelkabinett gehen. Ich sehe mich so gern spindeldürr."

„Wie sieht's mit dir aus, Claudia?", fragte Marla.

„Klingt gut", antwortete Claudia. Die Idee, die Drexell-Villa eine Weile hinter sich zu lassen und andere Leute zu sehen, gefiel ihr. Sie überlegte, was sie am meisten an einem Vergnügungspark reizte. „Ich fahre am liebsten Riesenrad."

„Kommt nicht infrage! Ohne mich!", platzte Sophie heraus. „Seit letzten Sommer habe ich Höhenangst."

„Oh!", rief Joy erschrocken.

Augenblicklich merkte Sophie, was sie da gesagt hatte. Sie lief rot an. „Oh, es tut mir leid, Marla. Ich … ich habe mir nichts dabei gedacht", sagte sie verlegen und senkte den Blick.

„Schon gut", sagte Marla tonlos und mit unbewegtem Gesichtsausdruck.

Kurze Zeit später saßen die vier Mädchen im Mercedes und Marla fuhr in Richtung Summerhaven. Wieder fiel Claudia auf, wie abgelegen die Villa da draußen auf der Landzunge lag. Weit und breit war keine Menschenseele zu sehen.

Etwa zwanzig Minuten später stellte Marla den Wagen auf einem Parkplatz am Stadtrand ab und die vier machten sich auf den Weg zur Strandpromenade.

„Was für ein Unterschied!", dachte Claudia. Sie hatte das Gefühl, tausend Meilen vom Drexell-Grundstück entfernt zu sein. Der Strand in der Stadt war nur ein schmaler Sandstreifen. Er war flach, ohne Dünen, und sogar die Wellen wirkten weniger eindrucksvoll und viel zahmer als an „ihrem" Strand. Felsen gab es dort auch nicht. Die vielen Stimmen, das Lachen und Schreien, das von den Karussells herüberwehte, erstickte die Geräusche des Meeres und der Seemöwen.

Die Mädchen mischten sich unter die Menschenmenge, die den Vergnügungspark bevölkerte. Überall blitzten Neonlichter auf und der Geruch von Popcorn, Hotdogs und Zuckerwatte erfüllte die warme Abendluft.

„Es ist voll hier und laut – und freundlich", dachte Claudia unwillkürlich. Sie wunderte sich darüber, dass ausgerechnet dieser Trubel ihr ein Gefühl von Erleichterung und Geborgenheit gab.

Sie gingen zuerst zum Spiegelkabinett und brauchten fast eine Viertelstunde, bis sie den Spiegel gefunden hatten, der Sophie spindeldürr machte. Claudia musste über ihr eigenes Spiegelbild lachen. Sie und Marla schienen mindestens drei Meter groß zu sein. Joy dagegen wirkte sogar in diesen verzerrten Spiegeln wohlproportioniert und sexy.

Als Nächstes fuhren sie auf der Raupe und dann, nachdem sie fast zwanzig Minuten dafür anstehen mussten, Autoscooter. Mit wehenden Haaren steuerte Joy ihr Fahrzeug lässig und sicher durch sämtliche Hindernisse hindurch.

Zu Claudias Verwunderung entpuppte sich Sophie als wahrer Teufel und rammte alles, was ihr im Weg war.

Danach schlenderten sie an den Imbissständen am Rand des Parks vorbei.

Claudia blieb stehen, um sich eine riesige Tüte rosaroter Zuckerwatte zu kaufen.

Sie hatte gerade angefangen zu naschen, da hörte sie hinter sich eine vertraute Stimme. „Du hast wohl eine Schwäche für Rosa, wie?"

Als sie sich umdrehte, erblickte sie Carl, der sie anlächelte. Dean stand neben ihm und das Licht der Straßenlampe fiel auf sein blondes Haar. Die beiden trugen ausgewaschene Jeans mit Löchern an den Knien und ärmellose T-Shirts. Claudia fiel wieder auf, wie gut die beiden aussahen, wenn auch auf eine irgendwie raue Art.

Sie hielt die rosa Zuckerwatte hoch und sagte zu Carl: „Richtig, damit reibe ich mir gleich das Gesicht ein."

Die Jungen lachten.

„Was macht ihr beide denn hier?", fragte Marla, eher überrascht als feindselig.

„Wir wohnen hier", sagte Carl und grinste.

„Ja. Hier, mitten im Vergnügungspark", sprang Dean ein. „Das da drüben ist mein Zimmer." Er zeigte auf eine Bank zwischen zwei Imbissständen.

„Sehr gemütlich", sagte Joy und gesellte sich zu Carl.

Sophie machte es ihr auf der Stelle nach und schlüpfte neben Dean.

„Wollt ihr auch mal Autoscooter fahren?", fragte Joy. „Wir waren gerade eben dort. Macht echt Spaß."

„Klar", sagte Carl schnell.

Marla wollte widersprechen, doch schon wurde sie in Richtung Autoscooter mitgezerrt.

„Ich komme gleich nach!", rief Claudia ihr hinterher. Sie hatte für heute genug von diesen Dingern. Sie wollte lieber die Strandpromenade erkunden und sie brauchte auch ein bisschen Zeit für sich.

Außerdem, dachte sie, würden Joy und Sophie die beiden Jungen sowieso für sich in Beschlag nehmen. Marla ging bestimmt nur mit, um sicherzugehen, dass die beiden nicht etwa auf die Idee kamen, Carl und Dean mit nach Hause zu nehmen.

Also, warum sollte sie den anderen hinterhertrotten?

Claudia knabberte an ihrer Zuckerwatte und schlenderte an einer Reihe Spielbuden und einer kleinen Passage vorbei, wo es Videospiele gab. Obwohl der Strand gleich nebenan war, übertönte der Lärm des Vergnügungsparks das Rauschen des Meers.

Hinter der Passage verlief sich die Menschenmenge. Die Lichter wurden schwächer. Claudia pickte die letzten Reste der Zuckerwatte aus der Papiertüte und warf sie dann in einen Papierkorb.

Sie leckte sich die klebrigen Finger ab und blickte zum Himmel hinauf. Dünne graue Wolkenfetzen zogen am blassen Vollmond vorüber. Abseits der Spielbuden und Imbissstände, abseits der vielen Leute war die Luft kühl und feucht.

„Ich kehre besser um und suche meine Freundinnen", dachte sie.

Als sie sich umdrehte, sah sie, wie jemand ganz in ihrer Nähe stand und sie anstarrte.

Verwirrt blieb Claudia stehen und starrte zurück.

Sie erkannte ihn sofort an seinem glatten schwarzen Haar und seinen ausdrucksvollen dunklen Augen.

Daniel.

„Der Geisterjunge!", rief sie laut aus.

10

„Wie hast du mich genannt?" Er kam schnell auf sie zu und auf seinem gut aussehenden Gesicht breitete sich ein Lächeln aus.

„Ich – äh – ach, nichts", stotterte Claudia verwirrt.

„Hast du vielleicht was von einem Geist gesagt?", fragte er und schaute sie aus seinen schwarzen Augen durchdringend an, so als suche er in ihren Augen die Antwort auf seine Frage.

„Nein. Ich …" Claudia wusste einfach nicht, was sie sagen sollte.

Instinktiv griff sie nach seiner Hand und drückte sie.

Die Hand war kalt.

„Genauso kalt wie gestern am Strand", dachte sie ziemlich erstaunt.

„Kalt wie der Tod", schoss es ihr durch den Kopf.

„Nein. Du bist natürlich echt", sagte sie und ließ schnell seine Hand los. Sie lächelte ihn an, aber ihr Herz klopfte schrecklich laut. „Zumindest fühlst du dich echt an. Ich meine …"

„Ich nehme an, das soll ein Kompliment sein", sagte er schulterzuckend.

„Es ist nur – nachdem du mir zu Hilfe gekommen bist, da warst du plötzlich verschwunden, bevor ich mich bei dir bedanken konnte", sagte Claudia verlegen. „Du hast dich in Luft aufgelöst wie ein Geist, und – na ja …"

„Du heißt Claudia, stimmt's?", fragte er und schob seine Hände in die Hosentaschen. Er trug Jeansshorts und ein weißes Gap-T-Shirt, um die Taille hatte er ein graues Sweatshirt gebunden.

„Seine Kleidung ist auch echt", dachte Claudia und bekam ein schlechtes Gewissen.

„Wie bin ich überhaupt auf die Idee gekommen, er wäre ein Geist? Was habe ich mir bloß dabei gedacht?"

„Ja", sagte sie. „Claudia Walker."

„Dein Sonnenbrand sieht nicht mehr so schlimm aus", stellte er fest, während er ihr Gesicht betrachtete. „Machen deine Freundinnen eigentlich öfter solche Sachen mit dir? Dich im Sand vergraben und dich dann dort schmoren lassen?"

„Natürlich nicht", sagte Claudia. „Sie dachten, ich wäre zum Haus hinaufgegangen."

„Tolle Freundinnen", meinte Daniel kopfschüttelnd.

„Sie sind in Ordnung", verteidigte Claudia sie. Wie kam er dazu, ihre Freundinnen schlechtzumachen? Er kannte sie doch überhaupt nicht. „Es war ein Unfall, ein Missverständnis", sagte sie nachdrücklich.

Langsam näherten sie sich wieder dem Vergnügungspark. Claudia bestritt den größten Teil der Unterhaltung. Sie erzählte ihm, wie die Mädchen sich im Ferienlager im vorigen Sommer kennengelernt hatten und wie überrascht sie war, als von Marla die Einladung kam, sie für eine Woche zu besuchen.

Daniel hörte aufmerksam zu und machte hin und wieder eine leise Bemerkung. Er wirkte scheu auf Claudia. Aber nicht so, dass sie sich unbehaglich dabei fühlte. Während sie nebeneinanderher liefen, berührte sein Arm ab und zu den ihren. Er musterte sie mit seinen dunklen Augen.

Am Riesenrad blieben sie stehen. Während es sich drehte, blitzten die hellen gelben Lichter des Gerüsts wie Sternschnuppen vor dem dunklen Abendhimmel auf.

Eine kühle Brise wehte vom Meer herauf und fuhr Claudia durchs Haar. „Was für ein schöner Abend", murmelte sie und lächelte Daniel dabei an.

Er hob seine Hand. „Schau! Ich hab zwei Fahrkarten", sagte er und nickte zum Riesenrad hinüber. „Es stehen nicht viele Leute an. Komm!"

„Okay. Ich fahre so gern Riesenrad", sagte sie begeistert.

„Ich weiß", sagte er geheimnisvoll, nahm sie bei der Hand und stellte sich mit ihr in der Reihe an.

„Warum ist seine Hand bloß so kalt?", fragte sich Claudia erneut.

„Wie meinst du das? Woher willst du das wissen?", fragte sie ausgelassen.

„Ich bin doch ein Geist oder hast du das schon wieder vergessen? Ich weiß alles." Dabei grinste er sie an.

Kurz darauf reichte Daniel dem jungen Mann am Eingang die Fahrkarten. Eine leere Gondel kam herangefahren. Das Rad hielt an. Sie gingen ein paar Schritte die Rampe hoch und kletterten hinein.

Kaum war der Sicherheitsriegel geschlossen, taumelte die Gondel zurück und hob mit einem Ruck vom Boden ab. Claudia lehnte sich in den Sitz zurück. Sie war ein wenig erstaunt, als sie merkte, dass Daniel seinen Arm über die Rückenlehne gelegt hatte. Aber sie lehnte sich an, ließ sich die kühle Meeresbrise ins Gesicht wehen und blickte hinauf zum Himmel.

„Was für ein klarer Abendhimmel", sagte sie. „Wir werden von oben alles sehen können. Das Meer. Den ganzen Vergnügungspark …"

Er lächelte. „Es ist Vollmond", sagte er sanft und deutete nach oben.

„Dann verwandelst du dich wohl gleich in einen Werwolf?", fragte Claudia und lachte.

Er fing an zu knurren. „Was bin ich denn nun, ein Geist oder ein Werwolf?", fragte er.

„Wohnst du in der Stadt?", wollte Claudia wissen.

„Nein." Er schüttelte den Kopf; eine schwarze Locke fiel ihm in die Stirn.

„Wo wohnst du denn dann? Und was machst du hier?", fragte Claudia.

„Ich wohne überall. Ich schwebe über dem Abendhimmel", antwortete er und grinste. Er kam ganz nah heran und legte seinen Arm von der Rückenlehne auf ihre Schultern. „Ich spuke hinter den Leuten her", sagte er leise und unheimlich, ganz dicht an ihrem Gesicht.

„Bist du schon mal mit einem Geist allein im Dunkeln gewesen?", flüsterte er. „Bist du einem Geist schon mal so nah gewesen, Claudia?"

„Ob er mich jetzt küsst?", fragte sich Claudia.

„Will ich, dass er mich küsst? – Ja."

Sie war enttäuscht, als er zurückwich und sich wieder anlehnte. „Toll. Sieh mal das Meer", sagte er. „Es sieht richtig unwirklich aus."

Sie waren nun so weit oben, dass sie zu ihrer Rechten einen wunderbaren Blick über das Meer hatten. Der Vollmond warf einen schwachen Lichtschimmer darauf und ließ die Schaumkronen wie Silber glänzen.

Unter ihnen erstreckte sich der Vergnügungspark; der Lärm drang gedämpft zu ihnen herauf und es wimmelte nur so von Leuten. Zu ihrer Linken konnte Claudia die Lichter von Summerhaven erkennen; mit seinen winzigen blinkenden Lichtern sah es aus wie eine Spielzeugstadt.

„Du bist bestimmt schon länger hier als ich", sagte sie zu

Daniel; es gefiel ihr, seinen Arm auf ihrer Schulter zu spüren. „Zeig mir doch die Sehenswürdigkeiten."

„Gut – wenn du unbedingt willst", sagte er widerstrebend und beugte sich über sie, um nach links hinaussehen zu können. Dann zeigte er auf verschiedene Punkte. „Das da drüben ist irgend so ein Gebäude. Und das da ist ein rotes Licht. Und das dort eine Straße. Und da drüben ist ein gelbes Licht." Dabei grinste er ihr ins Gesicht.

„Na, du bist vielleicht ein toller Fremdenführer", spottete sie.

„Ich hab dir doch gesagt, dass ich nicht hier wohne", sagte er und blickte ihr fest in die Augen.

„Wie gut er aussieht", dachte Claudia. „Und wie lustig er ist. Und so nett."

Spontan beugte sie sich vor und küsste ihn.

Im ersten Moment schien er völlig überrumpelt zu sein, doch dann erwiderte er ihren Kuss.

„Er ist echt", dachte sie unwillkürlich. „Er ist kein Geist. Seine Lippen sind warm."

Plötzlich schwankte die Gondel und kam abrupt zum Stehen.

„Huch!", rief Claudia und zog sich von ihm zurück. Sie spähte nach unten. Sie waren jetzt ganz oben angelangt.

„Warum sind wir stehen geblieben?", fragte Daniel und beugte sich über den Sicherheitsriegel, um hinunterzublicken. Die Gondel schaukelte leicht.

„Sie lassen noch mehr Leute einsteigen", erwiderte Claudia und spürte noch den Geschmack seiner Lippen auf den ihren. Sie lachte ihn an. „Es gefällt mir hier oben. Schau mal, wie groß der Mond ist."

„Ich wette, ich kann ihn berühren", sagte er und folgte ihrem Blick. Er stand auf und die Gondel fing an, heftig zu schaukeln. „Hier. Gleich hab ich ihn", sagte er und streckte beide Hände aus.

„Daniel – setz dich hin!", schrie Claudia.

Er lehnte sich über die Absperrung hinaus und tat so, als wollte er nach dem Mond greifen.

Und während er so dastand und die Arme ausstreckte, fing die Gondel heftiger an zu schaukeln und kippte nach vorn.

Voller Entsetzen sah Claudia, wie Daniel, immer noch mit ausgestreckten Armen, über die Absperrung fiel und Hals über Kopf in den Tod stürzte.

11

Noch ehe sie schreien konnte – ja noch ehe sie Luft holen konnte, um zu schreien –, wurde Claudia bewusst, dass es gar nicht Daniel war, den sie da fallen sah.

Es war Alison.

Die arme Alison war Claudia seit ihrer Ankunft in Summerhaven nicht mehr aus dem Kopf gegangen.

Wie ein Blitz durchfuhr sie die Erinnerung an die Tragödie des vorigen Sommers und dasselbe blanke Entsetzen packte sie, als Daniel die Gondel zum Schwanken brachte.

Jetzt erlebte sie noch einmal den tragischen Unfall, bei dem Alison Drexell ums Leben gekommen war.

Claudia fühlte sich zurückversetzt in den Sommer des letzten Jahres, als sie im Ferienlager „Vollmond" war ...

Claudia streckte sich auf ihrem Wandbett aus; sie fühlte sich schlapp von der schwülen Hitze des Nachmittags. Träge holte sie aus, um nach einer Fliege zu schlagen. Dieses Insekt musste eine Vorliebe haben für die eigentümliche Duftkombination in Zimmer 12 – ein Gemisch aus Insektenspray, Deodorant und Marlas Rosenwasserparfum.

Es war die Zeit nach dem Mittagessen. Jetzt hatten sie „frei", das heißt, es wurde von den Mädchen erwartet, dass sie sich auf ihrem Zimmer aufhielten und Briefe nach Hause schrieben. Zum Glück hatte sich Caroline, Claudias Zimmeraufsicht, in den Jungen verliebt, der am Strand Aufsicht führte. Caroline war deshalb nie da und keine von ihnen brauchte Briefe zu schreiben.

An diesem Nachmittag beschäftigten sich Claudia, Marla, Joy und Sophie mit einem Spiel namens „Wahrheit oder Pflicht". Jetzt war Joy an der Reihe. Sie warf Claudia einen listigen Blick zu. „Wahrheit", sagte sie. „Sag uns, wie viele Pickel du heute hast."

Claudia wurde rot; Joy musste sie heute Morgen dabei ertappt haben, wie sie im Waschraum vor dem Spiegel stand und ihr Gesicht eingehend untersuchte.

„Möchtest du lieber die Mutprobe?", fragte Joy träge, während sie ihre Zehennägel mit rotem Nagellack bestrich.

„Drei", gab Claudia zu und starrte auf den Holzfußboden. „Na und? Ich hab eben nicht deinen makellosen Teint."

Aber dann stimmte sie auch in das Lachen der anderen ein. Plötzlich sprang die Tür auf und Alison, Marlas jüngere Schwester, kam hereingepoltert. Alison war ein Jahr jünger als Marla. Wie Marla war auch sie groß und schlank und hatte blondes Haar. Aber Claudia fand sie viel weniger interessant. Alison besaß weder den natürlichen Charme ihrer Schwester noch ihre sportliche Gewandtheit; sie hatte eigentlich überhaupt nichts Liebenswertes an sich.

„Na, was treibt ihr denn so?", fragte Alison.

„Nichts, was dich interessieren könnte", sagte Joy abweisend. Marla sah noch nicht mal auf. „Hau ab, Fischgesicht!", zischte sie.

Selbst Claudia, die eine Weile krampfhaft versucht hatte, Alison zu mögen, musste inzwischen zugeben, dass sie eine dumme Göre war. Alison gab sich nie mit den Mädchen in ihrem eigenen Zimmer ab, sondern wollte auf Teufel komm raus von Marlas Freundinnen akzeptiert werden und zu ihrer Gruppe gehören.

Das wäre auch nicht weiter schlimm gewesen, aber sie war eine Petze und eine Schnüfflerin. Alison erzählte die kleinsten „Sünden" der Aufsicht weiter und tat ihr Bestes, die Mädchen in Schwierigkeiten zu bringen.

„Ich will mitspielen", verkündete Alison und ließ sich auf Marlas Bett fallen. „Ich darf doch, oder? Mir ist so langweilig."

„Du weißt doch gar nicht, was wir spielen", sagte Joy stirnrunzelnd.

„Wahrheit oder Pflicht", sagte Alison selbstgefällig.

„Das kannst du noch nicht", gab Claudia ihr zu verstehen.

„Geh nach draußen und spiel mit den anderen", sagte Marla abweisend. „Du gehörst nicht hierher, Alison."

„Ich werd euch alle verpetzen", drohte Alison. „Ihr wisst genau, dass ihr jetzt eigentlich Briefe schreiben sollt."

„Schön", sagte Marla. „Du willst also mitspielen? Dann erzähl uns doch mal, wie Mutter dich dabei erwischt hat, als du in deinem Zimmer mit Michael Jennings geknutscht hast."

„Hä? Hab ich überhaupt nicht", behauptete Alison. „Das ist eine gemeine Lüge."

„Aber war das denn nicht *dein* Freund, Marla?", fragte Claudia und konnte ihr Erstaunen nicht verbergen.

„Er *war* mein Freund, bis Alison ihn mir weggeschnappt hat", sagte Marla mit finsterem Blick.

„Du lügst!", schrie Alison. „Du bist eine ganz gemeine Lügnerin!"

„Ja, ja. Natürlich", entgegnete Marla bissig und verdrehte die Augen. „Also komm, Ali. Du willst also mitspielen? Dann erzähl mal meinen Freundinnen, was du mir angetan hast. Los. Und vergiss nicht die Einzelheiten."

„Das mag ja ganz spannend sein", sagte Joy missmutig, „aber kann Alison nicht vielleicht doch verschwinden, damit wir in Ruhe weiterspielen können?"

„Genau. Also, verzieh dich, Alison", sagte Sophie.

„Na, komm schon, Alison. Wahrheit", drängte Marla. „Entweder du sagst die Wahrheit oder du nimmst die Mutprobe. Raus mit der Sprache, Ali. Was ist zwischen dir und Michael passiert?"

Alison starrte zu Boden, dann blickte sie ihre Schwester trotzig an. „Ich nehm lieber die Mutprobe."

„Musst du aber nicht. Du kannst auch gehen", sagte Claudia. Plötzlich bedrückte sie die gespannte Stimmung in der Enge des Zimmers. Ein ungutes Gefühl beschlich sie.

„Ich sagte, ich nehme die Mutprobe!", rief Alison hartnäckig und stand verärgert auf.

„Dann beweise deinen Mut, indem du in dein eigenes Zimmer zurückgehst und dort bleibst", schlug Claudia vor und grinste zu Joy und Sophie hinüber.

„Nein", warf Marla ein und ihre Augen leuchteten auf. „Ich hab eine bessere Idee. Entweder du sagst uns die Wahrheit oder du überquerst heute Abend bei Vollmond die Grizzlyschlucht."

Alison starrte ihre Schwester böse an und wurde ganz blass. Sie alle wussten, dass sie unter Höhenangst litt. Und ihr Gleichgewichtssinn war auch nicht übermäßig ausgeprägt. Wie sollte Alison da den Baumstamm, der über der Schlucht lag, überqueren – noch dazu bei Nacht?

Aber immerhin hatte Marla einen Weg gefunden, Alison loszuwerden.

„Na gut", sagte Alison leise und blickte ihre Schwester an. „Ich mach's."

„Das ist doch wohl nicht dein Ernst!", rief Sophie entsetzt aus. „Das kommt überhaupt nicht infrage, Alison!"

„Um wie viel Uhr soll ich dort sein?", fragte Alison, ohne auf Sophie zu achten.

Marla zuckte gleichgültig mit den Schultern. „Sobald die Lichter aus sind. Um zehn."

„Kein Problem. Bis dann also", sagte Alison und stolzierte aus dem Zimmer.

Am Abend, kurz vor zehn, als sie sicher sein konnten, dass Caroline mit ihrem Freund unten in der Kantine war, stahlen sich die vier Mädchen nacheinander aus dem Zimmer. Die Nacht war kalt und der helle Vollmond hing tief am purpurnen Himmel.

Sie hatten den Trampelpfad, der zur Schlucht hinabführte, schon halb hinter sich, als ein heller Lichtstrahl sich im Wald auf und ab bewegte und Marla erfasste. Und da hörten sie auch schon Carolines strenge Stimme. „Drexell, aha. Hab ich dich erwischt! Wo sind die anderen?"

Marla brummte etwas und trat dann ganz in den Lichtkegel der Taschenlampe. Die anderen verhielten sich mucksmäuschenstill und sagten keinen Ton.

Claudia hatte sich hinter einen Baum geduckt und fürchtete, dass ihr gepresster Atem sie verraten würde. Caroline suchte die Bäume am Wegrand mit der Taschenlampe ab. Aber sie gab es schnell wieder auf und begnügte sich damit, Marla abzuführen.

„Sollen wir auch zurückgehen?", flüsterte Sophie, als Caroline und Marla außer Sichtweite waren.

„Ja. Dieses Versteckspiel ist einfach zu blöd", sagte Claudia, die noch immer zögernd an der großen Eiche lehnte, die sie vor Carolines Blicken verborgen hatte.

„Nein", widersprach Joy. „Caroline lauert doch sowieso im Zimmer auf uns. Und Alison ist wahrscheinlich längst an der Schlucht. Gehen wir sie also lieber holen."

Tatsächlich trafen sie Alison an, wie sie am Rand der Schlucht stand und zum Grizzlyfluss hinabstarrte. Dort ging es mindestens zwanzig Fuß in die Tiefe, das wusste Claudia.

Ein Baumstamm lag quer über der Schlucht; seine raue Oberfläche schimmerte im hellen Mondlicht.

„Alison, geh zurück zum Lager, in dein Zimmer. Das ist doch verrückt", sagte Claudia und stellte sich neben sie. Ein Blick genügte, um zu erkennen, dass Alison schreckliche Angst hatte.

„Ja. Es ist völlig okay, wenn du aufgibst", sagte Joy und schob die Hände in die Gesäßtaschen ihrer Jeans. „Es ist viel zu gefährlich. Wenn du fällst …"

„Mach's nicht, Alison!", beschwor Sophie sie, die am Felsrand stand und in die weiße Gischt des tosenden Flusses hinabstarrte.

Alison schien gar nicht hinzuhören. „Wo ist meine Schwester?", fragte sie und blickte die drei mit starren Augen an.

„Caroline hat sie erwischt und zurückgebracht", antwortete Claudia. „Wir sollten auch besser umkehren."

„Ihr werdet Marla berichten, dass ich die Mutprobe bestanden habe", sagte Alison mit gepresster Stimme.

„Nein, bitte!", schrie Joy.

„Aber ihr habt es doch auch gemacht!", fauchte Alison. „Ihr habt doch auch alle den Baumstamm überquert. Wie kommt ihr darauf, dass ich es nicht schaffe?"

„Wir haben es bei Tag gemacht", erklärte Sophie. „Und wir sind alle sehr sportlich …"

„Und wir leiden nicht unter Höhenangst", fügte Claudia hinzu.

„Bitte, Alison!", flehte Joy sie an.

Alison schwieg. Sie biss sich auf die Unterlippe, kniff entschlossen die Augen zusammen und bestieg den Baumstamm.

„Nein!", stieß Claudia hervor.

Die Schlucht war zwar ziemlich schmal – nicht mehr als dreißig Fuß von einer Seite zur anderen. Aber wenn sie abstürzte, würde Alison auf den gewaltigen Felsen in dem flachen Fluss landen, dessen Strömung stark genug war, sie mitzureißen.

„Alison – um Gottes willen!", schrie Joy, die Hände an die Wangen gepresst.

„Ich kann nicht hinsehen", sagte Sophie und wandte sich ab.

Langsam, mit zitternden Beinen, tastete sich Alison auf dem Baumstamm vor.

„Alison, es reicht!", schrie Claudia. „Du hast die Mutprobe bestanden! Komm wieder zurück!"

„Ja. Komm zurück!", rief Joy flehend.

Alison hörte nicht auf ihre angstvollen Rufe und balancierte weiter auf dem Baumstamm.

Dann, als sie etwa zwei Drittel der Strecke geschafft hatte, blieb sie stehen; ihre Knie gaben nach. Sie bemühte sich, das Gleichgewicht wiederzufinden.

„Hilfe", rief sie in panischer Angst, „ich falle!"

„Nein, du fällst nicht!", sagte Claudia und bewegte sich auf den Baumstamm zu. „Gut so. Setz dich hin, dreh dich um und lauf vorsichtig zurück!"

In diesem Augenblick sah Claudia, wie Lichtkegel im Zickzack zwischen den Bäumen aufflackerten. Es dauerte einen Moment, bis sie begriff, dass es Taschenlampen waren. Dann hörte sie Schritte. Stimmen.

„Das ist Caroline!", rief Joy. „Und ein paar von den anderen Aufsehern!"

„Los, weg!", rief Sophie. „Kommt schon! Sonst schnappen sie uns!"

„Los, Alison, beeil dich!", drängte Claudia.

„Ich komme", antwortete Alison. Dann rannten die Mädchen davon, so schnell sie konnten, zurück durch den Wald, nichts wie weg vom Schein der Taschenlampen und weg von den Aufsehern.

Claudia war sich sicher, dass Alison dicht hinter ihr war. Sie musste doch kurz nach ihnen losgerannt sein.

Sie sah nicht, wie Alison fiel.

Sie hörte nicht den harten *Schlag*, als Alison auf den Felsen im Fluss aufschlug, nicht das Klatschen, als sie ins tosende Wasser geworfen wurde.

Sie war fest davon überzeugt, Alison sei direkt hinter ihr.

Und so lief sie vor den Lichtern davon, lief durch den dunklen Wald.

Lief durch die kalten schwarzen Schatten.

Lief …

Auf einmal spürte Claudia eine Hand auf ihrer Schulter.

Sie schluckte schwer und starrte in Daniels Augen.

„Alles in Ordnung?", fragte er sanft.

Sie blinzelte verdutzt, als sie feststellte, dass sie gar nicht im Ferienlager „Vollmond" war. Stattdessen saß sie neben Daniel im Riesenrad, das sich wieder ganz ruhig drehte und sie langsam zum hell erleuchteten Park hinabtrug.

„Du bist nicht hinausgefallen?", stieß sie hervor. Er schüttelte den Kopf und kniff verwirrt die Augen zusammen.

„Hinausgefallen? Du meinst, aus der Gondel?" Er lachte.

„Ich dachte ..." Claudia war ganz durcheinander. Der Boden schien auf sie zuzukommen. Sie begriff nicht sofort, dass das an der Bewegung des Riesenrads lag.

„Ich bin ein Geist, vergiss das nicht", neckte Daniel sie. „Ich bin zwar rausgefallen, aber ich bin wieder zurückgeschwebt."

Sie zwang sich zu einem Lächeln.

„Alison. Die ganze Zeit über warst du in meinem Kopf", dachte Claudia schaudernd.

„Deshalb habe ich dich eben gesehen. *Du* bist abgestürzt, Alison. Nicht Daniel. Was für ein schrecklicher Unfall ..."

Kurz darauf hielt die Gondel leicht schaukelnd auf der Plattform an. Daniel half Claudia beim Aussteigen. „Das war toll", sagte er und seine dunklen Augen leuchteten.

„Ja. Es war großartig", stimmte Claudia zu, immer noch ein wenig zittrig. „Danke, Daniel."

Als sie in Richtung Park gingen, stießen sie beinahe mit zwei Jungen zusammen, die auf Inlineskates herangerast kamen.

„Ich muss Marla und die anderen suchen gehen", sagte Claudia. „Kommst du mit? Ich will ihnen beweisen, dass ... He!"

Er war weg.

Hatte sich wieder in Luft aufgelöst.

„Was geht hier bloß vor?", fragte sich Claudia.

„Claudia! Claudia! Hier sind wir!", hörte sie vertraute Stimmen rufen.

Claudia fuhr herum und sah ihre Freundinnen, die ihr von einer hell erleuchteten Dartsbude aus zuwinkten. Joy hielt einen abscheulichen quietschrosa Teddybären im

Arm. Dean und Carl winkten Claudia im Weggehen zu. Ihre drei Freundinnen kamen auf Claudia zugelaufen.

„Claudia, wo hast du dich denn rumgetrieben?", fragte Marla.

„Ja, wo warst du bloß? Wir haben so viel Spaß gehabt", sprudelte Joy hervor. „Die Jungen sind wirklich nett, wenn man sie erst mal näher kennengelernt hat."

„Bist du einfach ein bisschen allein herumspaziert?", fragte Marla und sah Claudia prüfend an.

„Äh – ja", sagte Claudia. „Hat mir Spaß gemacht. Ich beobachte gern die Leute in solchen Vergnügungsparks, wisst ihr?"

„Schau mal, was Carl gewonnen hat!", rief Joy und hielt den hässlichen rosa Bären hoch. „Er hat ihn mir geschenkt. Ich werde ihn Carl nennen."

„Sieht ja auch genauso aus wie er", bemerkte Marla trocken.

Ausgelassen machten sich die vier Mädchen auf den Weg zum Wagen, um nach Hause zu fahren.

Später lag Claudia im Bett und dachte an Daniel. An seinen Kuss und daran, wie sympathisch und geheimnisvoll er war. Eine leichte Brise wehte durch die offene Glastür herein und kühlte sanft ihre Stirn.

Ihr fiel auf, dass sie überhaupt nichts über Daniel herausgefunden hatte. Sie wusste weder, wo er wohnte, noch was er diesen Sommer hier am Strand machte. Sie wusste noch nicht einmal seinen Nachnamen.

Sie war gerade eingenickt, als schrille Schreie sie weckten.

Entsetzt fuhr Claudia hoch.

Die Schreie kamen aus Joys Zimmer.

12

Joys Zimmer befand sich genau gegenüber auf dem Flur. Claudia stieß die Tür auf und tastete nach dem Lichtschalter.

„Hilfe! Helft mir doch!", schrie Joy aus Leibeskräften.

Claudia knipste das Deckenlicht an und sah Joy aufrecht im Bett sitzen.

Ihr schwarzes Haar fiel ihr wirr ins Gesicht. Sie war ganz außer sich vor Entsetzen und schlug wild mit den Armen um sich.

„Hilf mir! Claudia – hilf mir!"

Sophie und Marla kamen hinter Claudia ins Zimmer gestürzt.

„Igitt! Joy! Was hast du denn da am Arm sitzen?", schrie Sophie.

„Tut doch was! Bitte – helft mir!"

Die drei Mädchen liefen zu ihrem Bett.

„Blutegel!", bemerkte Claudia entgeistert.

Drei riesengroße schwarze Blutegel klebten an Joys rechtem Oberarm.

„Nehmt sie runter! Nehmt sie sofort runter!", kreischte Joy hysterisch.

„Joy, beruhige dich doch!", rief Marla.

„Wo hast du die denn her?", fragte Sophie, fast schon so hysterisch wie Joy.

„Hör auf, so rumzuzappeln, dann ziehen wir sie ab", sagte Claudia und packte Joy bei der Schulter.

„Helft mir! Hilfe!"

„Joy – hör doch endlich auf, um dich zu schlagen!", rief Claudia energisch.

„Wie kommen bloß diese Blutegel in ihr Bett, Marla?", fragte Sophie fassungslos.

„Woher soll ich das denn wissen?", rief Marla aufgebracht.

Sie packte Joys Handgelenke und hielt sie energisch fest.

Mit zitternder Hand bemühte sich Claudia, die Blutegel abzuziehen. Joy schrie und zappelte, bis Claudia schließlich einen nach dem anderen abgenommen und in den Papierkorb geworfen hatte.

„Aua! Ich blute! Ich blute!", schrie Joy.

„Es hört gleich auf zu bluten", versuchte Claudia, sie zu beruhigen.

Schauer der Angst und des Ekels durchzuckten Joys ganzen Körper. Heftig zitternd zog sie das Betttuch bis unters Kinn, die Tränen liefen ihr übers Gesicht.

„Weißt du noch, letzten Sommer, Claudia?", fragte Sophie und blinzelte nervös. In der Eile hatte sie vergessen, ihre Brille aufzusetzen. „Als Joy im See schwamm und sich ein Blutegel an ihrem Bein festsaugte?"

„Hör auf!", flehte Joy sie an. „Erinnere mich bloß nicht daran!"

„Es hatte den ganzen Tag gedauert, sie zu beruhigen", dachte Claudia seufzend.

„Wie sind die bloß hier hereingekommen?", fragte Marla ärgerlich. Sie starrte in den Papierkorb. „Wie kommen Blutegel in ein Zimmer im ersten Stock?"

„Irgendjemand muss hier drin gewesen sein!", rief Joy und wischte sich mit dem Betttuch die Tränen ab.

„Was?" Marla machte ein erstauntes Gesicht.

„Irgendjemand hat sie mir auf den Arm gesetzt!", rief Joy. „Sie waren noch nicht da, als ich ins Bett ging. Also muss jemand sie hereingebracht haben."

„Woher willst du das so genau wissen?", fragte Claudia und legte ihre Hand besänftigend auf Joys Schulter.

„Weil ich das Bett untersucht habe", erklärte Joy. „Du weißt, dass ich vor Käfern und Würmern Angst habe. Jeden Abend vor dem Schlafengehen ziehe ich Bettdecke und Bettlaken zurück und sehe nach, ob keine da sind."

Marla stellte sich ans Fenster und schaute hinaus. Sie war ganz blass geworden und machte ein besorgtes Gesicht. „Wer sollte hier hereinkommen und dir Blutegel auf den Arm setzen, Joy? Es gibt doch gar keinen Grund dafür."

Joy stöhnte leise vor sich hin. „So was Ekelhaftes! Ich habe gemerkt, wie mich etwas in den Arm zwickte. Sie haben mir das Blut ausgesaugt. Sie ..."

„Ist ja gut, Joy", sagte Claudia sanft, die Hand immer noch auf ihrer Schulter. „Jetzt können sie dir nichts mehr anhaben."

„Woher sollte denn jemand wissen, dass Joy Angst vor Würmern und Krabbeltieren hat?", fragte Sophie.

„Niemand war hier drinnen", versicherte Marla und drehte sich wieder vom Fenster weg. „Das Grundstück ist gut bewacht. Das weißt du doch, Sophie."

„Und wie kommen dann die Blutegel auf meinen Arm?", fing Joy wieder an zu kreischen.

Marla schüttelte den Kopf und schloss die Augen. Ihr blondes Haar fiel lose auf ihr weißes Nachthemd herab.

Sie zog eine Haarsträhne bis zum Mund und kaute darauf herum, während sie nachdachte.

„Im Sommer gibt es hier immer viel Ungeziefer", sagte sie schließlich wie zu sich selbst und wischte sich die Haarsträhne aus dem Gesicht. „Mäuse auch. Aber wie die Blutegel hier heraufgekommen sein sollen, ist mir schleierhaft. Blutegel leben schließlich nicht im Meer, also ..."

„Also muss sie mir jemand auf den Arm gesetzt haben", beendete Joy ihren Satz, immer noch völlig außer sich.

„Ich werde auf der Stelle mit Alfred darüber reden", sagte Marla. Kopfschüttelnd verließ sie das Zimmer.

Claudia hörte sie die Treppe hinuntergehen. „Das ist wirklich mysteriös", sagte sie zu Joy. „Geht es dir schon ein bisschen besser?"

„Wisst ihr, was ich glaube?", fragte Joy, ohne auf die Frage zu achten. Sie setzte sich auf und lehnte sich an das gepolsterte Kopfende. „Marla hat uns hierher eingeladen, um uns zu quälen!"

„Wie bitte?", fragten Claudia und Sophie erstaunt.

Sophie, die einen seidig glänzenden Streifenpyjama trug, ließ sich auf das Bett fallen und schaute Joy ungläubig an.

Claudia blieb wie vom Donner gerührt neben Joy stehen.

„Wie meinst du das denn, um Himmels willen?", fragte Sophie.

„Hast du doch gehört", schnauzte Joy sie an. „Diese Dinge, die hier passieren – das können doch nicht alles Unfälle sein."

„Joy – was erzählst du denn da?", fragte Claudia.

Joy wischte sich ihre laufende Nase am Betttuch ab. „Ich sagte, Marla hat uns hierher eingeladen, um uns zu quälen", wiederholte sie finster. „Wegen Alison."

„Aber Marla wird uns bestimmt nicht die Schuld an Alisons Unfall geben", sagte Sophie, doch ihre Stimme klang unsicher.

„Jetzt lasst uns nicht gleich durchdrehen", sagte Claudia ruhig.

„Durchdrehen? Ich dreh schon nicht durch", entgegnete Joy wütend. „Aber nennst du das allen Ernstes einen Unfall, wenn Marla dich im Sand vergraben unter der sengenden Sonne liegen lässt?"

„Ja", sagte Claudia.

„Und was ist mit Sophie?", fragte Joy schaudernd. „Marla war es doch, die Sophie aufgefordert hat, das elektrische Tor anzufassen. Der Stromschlag hätte tödlich sein können. Und jetzt ich! Die Blutegel an meinem Arm. Ich sag dir, Claudia – ich bin nicht verrückt. Ich …"

„Schsch!", flüsterte Sophie und legte den Finger an den Mund.

Sie hörten Marlas Schritte auf dem Flur. Marla kam herein und machte ein bekümmertes Gesicht. Sie warf die Haare in den Nacken und sagte mit gedämpfter Stimme: „Alfred ist genauso ratlos wie wir."

Ein bedrückendes Schweigen machte sich im Zimmer breit. Durch das offene Fenster drang das laute Zirpen der Grillen herein.

„Klingt genau wie im Ferienlager", dachte Claudia und zuckte zusammen.

Sophie gähnte laut.

Joy hatte aufgehört zu weinen und sich fest zugedeckt.

„Lasst uns ins Bett gehen", schlug Marla stirnrunzelnd vor. „Vielleicht wissen wir morgen mehr."

Nachdem Joy sich einigermaßen beruhigt und Claudia ihr Gute Nacht gesagt hatte, ging sie über den Flur in ihr Zimmer zurück. Sie fröstelte und schob die Glastür zu. Während sie ins Bett stieg, musste sie noch einmal an die drei großen Blutegel denken und merkte, dass sie einen ganz trockenen Mund hatte.

„Ich hab so einen Durst", sagte sie laut.

„Ein Glas kaltes Wasser aus dem Kühlschrank ist genau das, was ich jetzt brauche", dachte sie.

Mit äußerster Vorsicht, um die anderen nicht aufzuwecken, ging sie den Flur entlang. Dann schlich sie die Treppe hinunter in die Küche.

An der Tür blieb sie stehen und wunderte sich, dass ein schwaches Licht über der großen Anrichte brannte. Der Fliesenfußboden fühlte sich kalt an unter ihren nackten Füßen.

Da bewegte sich ein Schatten.

„Hier unten ist jemand", dachte Claudia.

„Marla? Bist du's?", flüsterte sie.

Nein.

Sie konnte nur eine große Gestalt erkennen, die neben dem Küchenschrank halb im Dunkeln stand.

„Daniel!", rief sie aus. „Was machst *du* denn hier?"

13

„Daniel – wie bist du denn hier reingekommen?", fragte Claudia im Flüsterton.

Sein dunkler Schatten bewegte sich an der Wand.

Frierend stand Claudia an der Türschwelle und blinzelte ins schwache Licht, um sein Gesicht erkennen zu können.

Niemand antwortete.

Für einen kurzen Augenblick streifte das Licht sein Gesicht. Claudia erkannte, dass er besorgt aussah. Erschrocken sogar.

„Daniel?", sagte sie fragend und ging ein paar Schritte auf ihn zu, zitternd von der Kälte des Fußbodens. „He, warte doch …"

Aber schon war er in der Dunkelheit verschwunden.

„Daniel …?"

Absolute Stille. Nicht einmal seine Schritte waren zu hören.

Nur ein Zweig klopfte im Wind ans Küchenfenster.

Claudia konnte ihr Herz pochen hören, während sie in der schwach beleuchteten Küche weiter nach ihm suchte.

„Warum hat er mir nicht geantwortet?", fragte sie sich.

„Warum hat er nichts gesagt? Warum sah er so erschrocken aus?"

„Er ist kein Geist", sagte sie laut. „Er *kann* gar kein Geist sein. Ich habe ihn doch berührt. Und ich habe ihn geküsst."

Aber wie war er ins Haus gekommen? Wie war er über den elektrischen Zaun gelangt?

„Oh!", rief Claudia erschrocken aus, als das helle Deckenlicht anging.

„Hallo?", sagte eine Stimme.

Claudia fuhr herum. Es war Alfred. Er stand da in Unterhemd und dunkler Hose, die Hosenträger hingen seitlich herab. Auch er wirkte ziemlich erschrocken.

„Oh, hallo", brachte Claudia mühsam hervor. „Ich wollte mir nur ein Glas Wasser holen."

Alfred nickte. „Ich auch. Ich werde uns beiden ein Glas einschenken." Er machte den Kühlschrank auf und suchte eine Weile im oberen Regal herum, bis er endlich eine Flasche Wasser fand.

„Ich … ich habe jemanden gesehen", stotterte Claudia verwirrt.

„Was haben Sie gesagt?" Er drehte sich zu ihr um und ließ den Kühlschrank offen stehen.

„Ich habe jemanden hier drin gesehen. In der Küche. Einen Jungen."

Er kniff argwöhnisch die Augen zusammen. „Sind Sie sicher?"

„Ja", versicherte sie und stützte sich mit dem Ellbogen auf der Anrichte ab. „Es war zwar ziemlich dunkel, aber ich habe ihn deutlich gesehen. Ich meine, ich habe ihn sogar erkannt. Er …"

„Aber das ist völlig unmöglich", sagte Alfred und kratzte sich an der Glatze. Er stellte die Wasserflasche ab und stieß die Kühlschranktür zu, während er Claudia nachdenklich ansah. „Hier kann niemand herein."

„Wohnt hier vielleicht noch jemand?", fragte Claudia.

Alfred schüttelte den Kopf. „Nein, niemand."

„Auch nicht im Gästehaus? Gestern Abend kam es mir so vor, als hätte ich dort Licht gesehen", sagte Claudia.

„Was für ein Licht?" Er starrte sie verwundert an. „Das ist unmöglich, mein Fräulein. Ich habe heute im Gästehaus sauber gemacht. Staub gewischt und gesaugt. Ich mache es jede Woche sauber. Es ist leer. Vollständig leer. Es gibt nicht das geringste Anzeichen, dass da jemand wohnt."

„Aber ich habe doch das Gesicht des Jungen gesehen", beteuerte Claudia erregt. „Sein Name ist Daniel. Ich habe ihn heute Abend im Vergnügungspark getroffen. Er ..."

„Wie soll denn ein Fremder hier hereinkommen?", fiel Alfred ihr ins Wort. Er kratzte sich wieder am Kopf, ging ans Fenster und blickte angestrengt nach draußen. „Der elektrische Zaun ist eingeschaltet. Den Wachhund habe ich vorhin aus seinem Zwinger gelassen. Und Miss Drexell hat heute Abend den Code der Alarmanlage geändert."

„Marla hat die Alarmanlage umgestellt?", fragte Claudia. Alfred nickte. „Ja. Deshalb kann unmöglich jemand unbemerkt hereingelangen."

„Wenn das so ist ...", sagte Claudia leise und stieß einen tiefen Seufzer aus.

Alfred füllte zwei Gläser mit Wasser und reichte ihr eines davon. Er schien sich unbehaglich zu fühlen und mied ihren Blick.

„Ob er mir etwas verheimlicht?", fragte sich Claudia.

„Ob er mehr weiß, als er zugibt?"

Während sie an dem kalten Wasser nippte, schoss ihr plötzlich ein erschreckender Gedanke durch den Kopf.

„War Daniel vielleicht oben gewesen? Hatte *er* Joy die Blutegel auf den Arm gesetzt?

Nur, warum? Warum? Warum?"

Nach einem unruhigen Schlaf eilte Claudia am nächsten Morgen hinunter zum Frühstück. Sie konnte es kaum erwarten, den anderen zu erzählen, dass sie Daniel in der Küche gesehen hatte.

Sophie fing gleich an, sie zu necken. „So, so, der Geisterjunge!", rief sie. „Claudi, also wirklich. Jetzt siehst du schon Gespenster im Haus?" Sophie wollte schon losprusten, beherrschte sich aber, als sie sah, dass die anderen ein ernstes Gesicht machten.

„*Irgendwer* hat diese Blutegel in mein Zimmer gebracht", sagte Joy schaudernd. „Das war kein *Unfall*. Vielleicht war es ja wirklich dieser Junge, den Claudia gesehen hat."

„Er machte eigentlich einen ganz netten Eindruck", sagte Claudia. „Aber …"

Marla unterbrach sie, indem sie vom Tisch aufsprang. „Ich glaube nicht an Geister. Wenn sich wirklich jemand hier im Haus versteckt, dann werde ich ihn finden", erklärte sie entschlossen und stapfte los.

An der Tür drehte sie sich noch einmal um. „Ich werde Alfred sagen, dass er die Polizei verständigen soll", sagte sie zu den anderen. „Sie sollen das ganze Grundstück von oben bis unten durchsuchen. Wir können ja in der Zwischenzeit Wasserski laufen."

Und nach Alfred rufend, verließ sie den Raum.

Claudia hatte sich schon die ganze Zeit aufs Wasserskilaufen gefreut. Aber ihr Gesicht war immer noch feuerrot und die Haut fing an, sich zu schälen. Deshalb beschloss sie, ihre Haut noch besser zu schützen als sonst.

Zunächst trug sie eine Sonnenschutzcreme mit Faktor 30 auf. Dann zog sie einen glänzenden blauen Badeanzug an und darüber eine bequeme Hose und ein langärmeliges T-Shirt. Zum Schluss setzte sie noch eine Baseballkappe von ihrem Bruder auf, die ihre Mutter ihr mitgegeben hatte.

„So", dachte sie zufrieden. „Ich sehe zwar reichlich blöd aus, aber die Sonne kann mir jetzt nichts mehr anhaben."

Bis sie den Anlegeplatz der Drexells erreicht hatte, saßen die anderen drei schon im Boot; sie hatten leuchtend orangefarbene Schwimmwesten angelegt. Marla saß vorn am Steuerrad, Joy hinten auf dem Beobachtungsposten und Sophie beugte sich seitlich aus dem Boot und ließ die Hand durchs Wasser gleiten.

„Claudia! In diesem Aufzug wirst du garantiert zerschmelzen", prophezeite Marla, als Claudia ins Boot kletterte.

„Kann sein", sagte Claudia achselzuckend, während sie sich eine Rettungsweste über das T-Shirt zog. Ein kühler Wind strich über das Wasser, aber die Sonne brannte heiß vom wolkenlosen Himmel. Sanfte Wellen plätscherten leise gegen den Steg. Das Boot schaukelte leicht hin und her und zerrte an der Leine.

„Wer will als Erste Wasserski fahren?", fragte Marla.

„Ich", meldete sich Sophie freiwillig und hob die Hand wie ein Schulmädchen.

Marla und Joy wunderten sich.

„Aber du hattest doch noch nie was übrig für Wasserski", sagte Joy entgeistert.

„Ja, und außerdem hast du doch immer Wasser verabscheut, das kälter ist als deine Körpertemperatur", spottete Marla.

„Ich hab mich eben geändert", versicherte Sophie. „Ich bin inzwischen eine viel bessere Schwimmerin geworden. Seitdem ich mein Sternzeichen kenne und weiß, dass ich ein Fisch bin, habe ich eine ganz andere Einstellung zum Schwimmen. Ihr werdet ja sehen. Ich bin eine richtig gute Schwimmerin geworden. Echt!"

„Diese Erklärung war mal wieder typisch für Sophie", dachte Claudia schmunzelnd. „Sophies nächste Entdeckung würde wahrscheinlich sein, dass sie in einem früheren Leben ein Adler gewesen war und sie deshalb wie geschaffen sei fürs Drachenfliegen."

„Willst du lieber vom Steg aus losfahren oder im Wasser?", fragte Marla.

„Im Wasser", sagte Sophie. „Ich bin ein bisschen aus der Übung."

„Okay", sagte Marla. „Aber hör zu: Wenn du ins Wasser fällst, dann heb die rechte Hand, damit wir wissen, dass dir nichts passiert ist."

„Kein Problem", sagte Sophie. Sie kletterte aus dem Boot und setzte sich ans Ende des Stegs, um die langen Skier anzuziehen. Claudia half ihr beim Festmachen und überzeugte sich, dass sie richtig saßen.

Sophie schwenkte die Beine herum, sodass sie mit den Skiern aufs Wasser kam. Dann stieß sie sich vom Steg ab und kreischte auf, als ihr Körper mit dem kalten Wasser in Berührung kam.

Claudia machte das Boot los und hüpfte hinein. Dröhnend sprang der Motor an. Marla steuerte das Boot ein Stück vom Anlegeplatz weg und Joy warf Sophie das Zugseil zu.

Langsam lenkte Marla das Boot weiter hinaus, bis das Seil straff gespannt war. Claudia sah, wie Sophie hochkam und dann richtig auf den Skiern stand, die Skispitzen über dem Wasser und den Holzgriff des Zugseils fest in den Händen.

„Fertig?", rief Marla nach hinten.

Sophie nickte Joy am Bootsende zu und Joy gab an Marla weiter: „Fertig!"

Nach kurzem Zögern schoss das Boot kraftvoll vorwärts, wobei es mit dem Boden gegen die dunkelgrünen Wellen klatschte.

Claudia schaute gespannt nach hinten, wo Sophie elegant auf den Skiern stand und nicht einen Augenblick aus dem Gleichgewicht geriet, wenn sie auf den Wellen aufkam.

„Sie hat sich *wirklich* verbessert!", überschrie Joy das Dröhnen des Motors.

„Und wie!", stimmte Claudia zu, während Sophie kühn mit einer Hand das Seil losließ und ihnen zuwinkte.

Marla schwenkte das Boot in weitem Bogen herum und Sophie lehnte sich fröhlich lachend in die Kurve. Ihr kurzes krauses Haar wehte im Wind.

Als Claudia ihr so zusah, konnte sie es kaum erwarten, selbst an die Reihe zu kommen.

Als ob sie ihre Gedanken erraten hätte, fragte Joy: „Willst du als Nächste fahren?"

Claudia nickte. Eilig streifte sie Baseballkappe und Schwimmweste ab, um ihre Hose und ihr T-Shirt ausziehen zu können.

„Bloß schnell ins Wasser!", dachte sie. „Ich schwitze mich sonst noch zu Tode in dieser Kluft."

Sie wollte gerade die Schwimmweste wieder anlegen, als sie Joy rufen hörte: „Marla – halt an! Sophie ist untergegangen!"

Claudia wandte sich um.

Sophie war tatsächlich nirgendwo zu sehen.

Eigentlich müsste jetzt ihr rechter Arm auftauchen, wenn alles okay war.

Aber es kam kein Zeichen.

Claudia blinzelte und schirmte die Augen mit den Hän-

den vor der Sonne ab. Da sah sie unter der Wasseroberfläche etwas auf und ab tanzen.

Claudia merkte, wie sich ihr der Hals zuschnürte, als sie
erkannte, dass es ein Ski war. Ein einzelner Wasserski.

„Wo ist sie denn nur?", rief Joy.

„Da!", schrie Claudia und deutete auf die Stelle, wo sie
jetzt Sophies Kopf an der Wasseroberfläche auftauchen
sah.

Während Claudia noch hinzeigte, versank Sophie erneut
und tauchte kurz darauf wieder auf, wobei sie wild mit
Armen und Beinen ruderte.

„Marla – wende das Boot!", schrie Claudia. „Sophie ist
in Gefahr! Sie muss in die Rückströmung geraten sein!"

„Sie … sie reißt sie fort!", schrie Joy und riss die Augen
weit auf vor Entsetzen.

Claudia erschrak, als sie die plötzliche Stille bemerkte.

Das Boot wurde langsamer, dann trieb es mit den Wellen
dahin. Sie konnte sehen, wie Sophie verzweifelt versuchte,
sich aus der starken Strömung zu befreien.

„Marla – fahr ihr nach!", schrie Claudia aus Leibeskräften.

„Es geht nicht!", rief Marla zurück und machte sich hektisch am Motor zu schaffen. „Das Boot – es steht! Ich
kriege es nicht wieder in Gang!"

14

„Sophie ertrinkt!", schrie Joy. Sie hatte sich über den Bootsrand gebeugt und schirmte ihre Augen mit einer Hand vor der gleißenden Sonne ab. „Marla – tu doch was!"

„Das Boot fährt nicht!", rief Marla und versuchte verzweifelt, den Motor in Gang zu setzen. „Was soll ich tun? Was soll ich bloß tun?"

Das Boot tanzte hilflos auf den schaukelnden Wellen. Claudia sah, wie Sophie sich verzweifelt wehrte, während die Strömung sie immer weiter mit sich fortriss.

„Dieser verdammte Motor springt einfach nicht an. Was machen wir denn jetzt bloß?"

Die Panik in Marlas Stimme spornte Claudia an zu handeln. Ohne weiter nachzudenken, machte sie einen Kopfsprung ins Wasser.

Der Schock des kalten Wassers raubte ihr für einen Moment den Atem. Keuchend tauchte sie auf.

„Meine Schwimmweste!", schoss es ihr durch den Kopf. „Sie ist noch im Boot!"

Die Wellen um sie herum funkelten in der Sonne. Claudia wirbelte herum, um nach Sophie Ausschau zu halten.

„Wo bist du? Wo bist du?"

Das Herz schlug ihr bis zum Hals, als sie endlich Sophie in der Nähe entdeckte, die immer noch wild um sich schlug.

Claudia holte tief Luft und kraulte mit aller Kraft gegen die Wellen an. Sie wusste, dass sie parallel zur Strömung bleiben musste, wenn sie nicht auch hineingezogen werden wollte.

Sophies Kopf tauchte unter. Dann, endlose Sekunden später, erschien er wieder an der glitzernden Wasseroberfläche.

„Sophie! Ich komme!", schrie Claudia. Aber Wind und Wellen verschluckten ihre Rufe. „Sophie!"

Sie versuchte, schneller zu schwimmen, aber die Strömung zog mit aller Kraft in die entgegengesetzte Richtung.

„Marla – wo bist du? Marla, beeil dich doch!", keuchte sie.

Sie horchte auf das Geräusch des Bootsmotors. Aber alles, was sie vernahm, waren das gleichmäßige Rauschen der Wellen und ihr keuchender Atem, während sie sich vorwärtsarbeitete.

Als Claudia den Kopf wandte, sah sie das Boot, wie es weit hinter ihr geräuschlos auf und ab tanzte.

„Marla – *bitte!*"

Wie konnte der Motor bloß einfach so stehen bleiben? Claudias Schultern taten weh. Sie schrie auf, als plötzlich ein Krampf in ihr rechtes Bein fuhr.

Das Salzwasser brannte in ihren Augen und sie musste sie zukneifen, um über die glitzernde Wasseroberfläche blicken zu können.

„*Wo bist du? Wo bist du, Sophie? Gib nicht auf! Kämpf weiter!*"

„Ja! Dort hinten!" Ein ganzes Stück entfernt entdeckte sie Sophies Kopf.

„*Ich komme! Ich komme, Sophie!*"

Plötzlich bemerkte Claudia, dass sie auf einmal viel schneller schwamm und ganz leicht über die Wogen hinwegglitt.

Der Wadenkrampf ließ nach. Sie schien sich jetzt mit dem Strom zu bewegen statt gegen ihn.

Mit dem Strom.

Der Strom.

Entsetzt stellte Claudia fest, dass sie in den Rückstrom hineingeschwommen war.

„Oh nein! Nein – bloß das nicht!"

Sie war gefangen.

Gefangen in der reißenden Strömung.

Hilflos.

Wurde fortgerissen, hinaus aufs Meer.

15

„Ich ertrinke", schoss es Claudia durch den Kopf.

Sie fuhr herum und hielt verzweifelt nach dem Boot Ausschau.

„Marla, wo bist du?"

Sie konnte das Boot nirgends entdecken.

Eine riesige Welle erhob sich über ihr und warf sie vorwärts. Sie keuchte und bekam keine Luft mehr. Sie spürte, wie sie unter Wasser gezogen wurde.

„Es tut mir leid, Sophie. Ich habe es versucht. Es tut mir so unendlich leid …"

Sie schlug mit den Armen um sich und versuchte, sich mit aller Kraft aus der Strömung zu befreien. Der Krampf kehrte zurück, ein lähmender Schmerz schoss ihr in die ganze rechte Seite.

„Jetzt ertrinke ich", dachte sie und schluchzte auf.

„Ich muss sterben."

Das Rauschen des Meers wurde zu einem lauten Summen.

Das Summen steigerte sich zu einem tiefen, anhaltenden Dröhnen.

„Ich versinke", dachte Claudia. „Ich versinke in diesem Dröhnen."

Ihre Arme waren zu schwer, um noch Schwimmzüge zu machen.

Stechende Schmerzen durchjagten ihre Beine.

Sie fühlte, wie sie langsam tiefer sank.

Und dann, völlig unerwartet, umfassten Hände ihre Arme.

Sie spürte, wie starke Hände sie packten und hochzogen.

Das Dröhnen war gar nicht in ihrem Kopf.

Es war das Geräusch eines Motors. Eines Bootsmotors.

Dann wurde sie aus dem Wasser gehoben. Zwei Leute zogen sie mühsam heraus und hievten sie an Bord. Als sie die Augen öffnete, erblickte sie Sophie.

Sophie lächelte sie an. Am ganzen Körper zitternd und triefend vor Nässe, kniete Sophie mit verschränkten Armen neben ihr – und lächelte sie an.

„Alles in Ordnung? Claudia, ist alles in Ordnung mit dir?", fragte jetzt eine andere Stimme.

Claudia starrte in ein besorgtes Gesicht, das sich über sie beugte. Sie versuchte, sich zu konzentrieren: schwarzes Haar, das im Wind wehte, und dunkle Augen.

„Carl!", rief sie aus.

„Carl und Dean, die Retter in der Not", sagte er ruhig und ein Lächeln breitete sich über sein sonnengebräuntes Gesicht aus.

Claudia wandte sich um und sah Dean am Steuer des Bootes. Als sie sich umdrehte, um auf die Knie zu kommen, fiel ihr das nasse Haar ins Gesicht. Mit zitternder Hand schob sie es zurück. „Sophie, ist alles okay?"

Sophie nickte. „Ja. Es schüttelt mich nur andauernd."

„Das war verdammt knapp", murmelte Claudia mühsam.

„Wir bringen euch zum Anlegeplatz zurück", sagte Carl und seine Hand auf ihrer Schulter fühlte sich ganz warm an.

Claudia wäre fast nach hinten gepurzelt, als das kleine Boot losbrauste. Sie hatte Mühe, das Gleichgewicht zu halten. Als sie sich das Salz aus den Augen gerieben hatte, sah sie, dass sie sich auf einem kleinen Kunststoffboot befanden.

Sie suchte den Horizont nach Marlas Boot ab, konnte es aber nicht entdecken. Mit lautem Getöse klatschte das winzige Boot auf die Wellen.

„Was ist eigentlich passiert, Sophie?", fragte Claudia. „Hast du die Leine losgelassen?"

„Keine Ahnung", sagte Sophie, immer noch zitternd, trotz der senkrecht herabbrennenden Sonne. „Es ging plötzlich rauf und runter. Dabei hielt ich mich immer noch an der Stange fest. Aber … aber das Zugseil – ich weiß auch nicht! Ich war auf einmal nicht mehr mit dem Boot verbunden. Ich weiß nicht genau, was passiert ist, Claudia. Ich bin in die Rückströmung geraten und … und …"

Claudia legte ihren Arm besänftigend um Sophies zitternde Schultern. Von Weitem konnte sie schon den weißen Steg erkennen.

„Wir sind gerettet", dachte sie.

„Wir sind gerettet!"

Auch Claudias Beine zitterten, als Carl und Dean ihr wenig später an Land halfen. Sophie lächelte die beiden dankbar an, als sie sie aus dem Boot holten. „Ihr zwei seid richtige Helden", sagte sie.

„He, wir machen so was doch ständig", sagte Dean und grinste.

Alle drehten sich um, als plötzlich das Dröhnen eines anderen Motorboots zu hören war. Es war Marlas Boot. Als es den Anlegeplatz erreicht hatte, winkten Marla und Joy ihnen heftig zu.

Gleich darauf sprang Joy von Bord und kam mit einem Freudenschrei angelaufen, um Sophie und Claudia zu umarmen.

Nachdem Marla das Boot festgebunden hatte, kam sie mit einem erleichterten Grinsen im Gesicht auf sie zu. „Ich bin ja so froh!", rief sie aus. „Dieses verdammte Boot! Ich muss mir unbedingt einen neuen Motor besorgen. Joy und ich haben gesehen, dass ihr in Sicherheit seid. Schließlich habe ich den Motor wieder zum Laufen gebracht. Ich glaube, ich hatte ihn unter Wasser gesetzt oder so was."

Auch die beiden Jungen wurden stürmisch und dankbar umarmt. Carl und Dean versuchten, sich lässig zu geben, aber Claudia sah, wie stolz sie auf sich selbst waren. Sogar Marla dankte ihnen überschwänglich, und das schien ein ganz besonderer Triumph für sie zu sein.

„Wir sollten das Boot zurückbringen", sagte Carl schließlich. „Wir haben es – äh, wie soll ich sagen – ausgeliehen."

Alle mussten lachen.

„Vielleicht treffen wir euch später", sagte Dean mit einem Lächeln, das Sophie galt.

„Ja. Bis später", sagte Carl.

Die vier Mädchen schauten zu, wie die Jungen in dem winzigen Sportboot davonbrausten.

„Lasst uns ins Haus hinaufgehen", sagte Sophie und lachte Marla an. „Ich verhungere gleich."

„Solche Abenteuer machen mich auch immer hungrig", erklärte Joy, den Arm um Sophies Schulter gelegt.

„Was ist denn bloß passiert, Sophie?", fragte Marla mit schwindendem Lächeln. „Ist dir der Griff entglitten oder was war los?"

„Ich weiß nicht …", sagte Sophie, wurde aber von Claudia unterbrochen, die ins Wasser griff und das Ende des Nylonseils herausfischte. „Seht euch das an!", rief sie den anderen zu. Sie hielt das Seilende in die Luft. Ihre Hand fing an zu zittern, als ihr klar wurde, was sie da entdeckt hatte.

„Was hast du denn da?", fragte Marla, als die drei anderen Claudia umringt hatten.

„Seht euch das Zugseil doch mal an", sagte Claudia leise. „Es ist kein bisschen abgenutzt. Zerrissen kann es also nicht sein."

„Was? Wie meinst du das, Claudi?", fragte Joy verwirrt.

„Das Seil muss angeschnitten worden sein. Seht doch mal, wie glatt das Ende ist. Es muss so angeschnitten worden sein, dass es bei Belastung abreißt."

„Du meinst …", sagte Sophie und hielt sich erschrocken die Hand vor den Mund.

„Ich meine, jemand hat das mit Absicht gemacht", sagte Claudia und sah Marla an.

Marla warf ihr blondes Haar nach hinten und starrte auf das Ende des Seils. „Das ist unmöglich", sagte sie mit schriller Stimme. „Mein Vater und ich sind erst letzte Woche mit dem Boot Wasserski gefahren. Das Seil war in Ordnung. Ich kann mir einfach nicht vorstellen, dass …"

Marla blieb der Mund offen stehen, als ihr Blick auf das Boot fiel. „Na so was!", rief sie. „Wartet mal eben …"

„Was ist?", fragte Sophie. „Was meinst du, Marla?"

„Der Junge, den du in der Küche gesehen hast, Claudi. Ich frage mich …"

„Daniel?", fragte Claudia. „Warum sollte er das Seil angeschnitten haben?"

„Da kommt mir noch eine andere Idee", sagte Marla nachdenklich und zeigte in die Richtung, in die die beiden Jungen verschwunden waren. „Carl und Dean. Sie waren doch gestern am Strand. Es würde mich nicht wundern, wenn *sie* das Seil angeschnitten hätten."

„Wie bitte?", rief Joy aus. „Wie kommst du bloß darauf, ausgerechnet ihnen die Schuld zu geben, Marla?"

„Ja, sie haben uns doch gerettet", ereiferte sich Sophie.

„Wir wären sonst ertrunken", stimmte Claudia zu. „Diese Jungen …"

„Wieso waren die überhaupt hier?", unterbrach Marla. „Findet ihr das nicht auch ein bisschen zu auffällig? Wie kommt es, dass sie genau zur richtigen Zeit zur Stelle waren, um uns zu helfen?"

„Marla …" Sophie wollte etwas sagen.

Marla unterbrach sie einfach. „Sie haben das Seil angeschnitten, nachdem wir gestern den Strand verlassen hatten. Dann haben sie wahrscheinlich bei der Landzunge auf der Lauer gelegen und darauf gewartet, dass jemand Wasserski fährt und untergeht. Ich sage dir, Sophie, sie haben es getan, damit sie nachher als Helden dastehen können. Es kann unmöglich reiner Zufall sein, dass sie genau zum richtigen Zeitpunkt aufgetaucht sind."

„Ist es auch nicht", sagte Joy mit funkelnden Augen.

„Wie? Was soll das heißen?", fragte Marla.

„Es war kein Zufall", gab Joy zu. „Ich habe sie gefragt, ob sie nicht heute vorbeikommen wollen."

„*Was* hast du?", rief Marla und stemmte empört die Hände in die Hüften.

„Können wir nicht endlich ins Haus gehen?", fragte Sophie. „Ich muss mich unbedingt umziehen. Und ich *sterbe* vor Hunger."

„Ja. Lasst uns gehen", stimmte Joy ungeduldig zu und marschierte in Richtung der Treppe, die zum Haus hinaufführte. Marla folgte ihnen mit nachdenklicher Miene.

Nur Claudia blieb noch zurück und betrachtete ratlos das glatt durchtrennte Ende des Zugseils.

„Jetzt weiß ich, dass ich recht habe", flüsterte Joy.

„Womit?", fragte Claudia.

Es war kurz nach dem Mittagessen. Sie hielten sich in einem dunklen, holzverkleideten Zimmer auf, wo sie auf einem riesigen roten Ledersofa zusammenhockten. Marla hatte sich verzogen, um ein paar Telefongespräche zu erledigen. Gegenüber dem Sofa hing ein Elchkopf über einem Backsteinkamin und starrte sie aus traurigen braunen Augen an.

„Wovon sprichst du eigentlich?", fragte Sophie, ebenfalls im Flüsterton und mit Blick auf die offene Tür.

Joy stand energisch auf, ging durch den Raum und schloss die Tür. Sie trug ein weißes, ärmelloses T-Shirt und weiße Tennisshorts, wodurch ihre braune Haut besonders gut zur Geltung kam.

„Ich habe es euch doch schon einmal gesagt", flüsterte sie mit besorgter Miene. „Das ist der wahre Grund für unser Wiedersehen. Marla hat uns eingeladen, um uns zu quälen." Sie musste schlucken. „Vielleicht sogar, um uns zu … töten."

„Joy – also wirklich! Jetzt geht aber echt deine Fantasie mit dir durch", sagte Sophie und verdrehte die Augen. Sie warf Claudia einen ermunternden Blick zu, aber Claudia sagte nichts. „Ein Unfall beim Wasserskilaufen kann jedem passieren", versicherte Sophie. „Du kannst Marla nicht die Schuld geben …"

„Doch, das kann ich sehr wohl. Claudia hat recht, was dieses Zugseil betrifft", fuhr Joy fort. „Du hast es doch gesehen, Sophie. Das Seil war angeschnitten."

„Aber, Joy …"

„Und glaubst du wirklich, dass Marlas Boot ausgerechnet in dem Moment den Geist aufgegeben hat, als es benötigt wurde, um dich zu retten?", fuhr Joy zornig fort. „Hältst du es für einen Zufall, dass der Motor genau dann streikte, als du kurz vor dem Ertrinken warst?"

„Ich ... ich weiß nicht", antwortete Sophie kopfschüttelnd. Sie schubste ihre Brille zurecht und runzelte die Stirn.

„Ich habe recht. Ich *weiß*, dass ich recht habe. Die Blutegel auf meinem Arm waren auch kein Zufall. Alle diese sogenannten Unfälle sind nicht zufällig passiert. Marla muss dafür verantwortlich sein. Alfred hat erzählt, dass die Polizei alles abgesucht und keine Spur von Claudias Geisterjungen gefunden hat. Es *muss* Marla sein. Marla hat uns herkommen lassen, um uns zu quälen."

Claudia blickte zu Joy auf. „Aber warum?", fragte sie. „Was für einen Grund hat sie, Joy? Warum will sie uns das antun?"

Joy beugte sich vor und wurde ganz blass. „Weil", flüsterte sie, „weil Marla offensichtlich weiß, dass Alisons Tod kein Unfall war."

16

Joys Worte trafen Claudia zutiefst und sie seufzte auf. Sie ließ sich gegen die weiche Rückenlehne des roten Ledersofas sinken und schloss die Augen.

Alisons Tod – es musste einfach ein Unfall gewesen sein, dachte sie.

Ein schrecklicher Unfall.

Und doch hatte Joy das ausgesprochen, was Claudia seit dem vorigen Sommer vor sich selbst zu verheimlichen suchte.

Joys Worte enthüllten mit einem Schlag diese schreckliche Erinnerung, die sich in einer dunklen Ecke in Claudias Gedächtnis versteckt hatte.

Zum ersten Mal seit fast einem Jahr ließ Claudia die Erinnerung an das zu, was sich tatsächlich in jener Nacht an der Grizzlyschlucht ereignet hatte …

Claudia, Joy und Sophie beobachteten mit Schrecken, wie Alison im Schein des Vollmonds auf dem Baumstamm balancierte. Sie hatte schon über die Hälfte des Weges hinter sich. Das Tosen des Flusses unter ihr hallte bis zu ihnen herauf. Mit ausgestreckten Armen tastete sich Alison Zentimeter für Zentimeter auf dem dicken Baumstamm vor.

Claudia, Sophie und Joy standen dicht beieinander am Waldrand.

„Ich kann es nicht glauben, dass sie das wirklich tut", flüsterte Sophie.

„Wir haben doch versucht, sie davon abzuhalten", flüsterte Claudia zurück. „Aber sie war einfach zu stur."

„Ich bin bloß froh, dass Marla nicht hier ist", sagte Joy

und verschränkte die Arme vor der Brust. „Die würde bestimmt einen Herzanfall kriegen."

„Machst du Witze?", rief Sophie, ohne Alison aus den Augen zu lassen. „Marla würde sogar noch nachhelfen und an dem Baumstamm rütteln. Die kann doch ihre Schwester nicht *ausstehen*."

„Das stimmt nicht", beteuerte Claudia. „Marla mag ihre Schwester. Aber ihr kennt ja Marla. Sie zeigt es nicht gern, wenn sie jemanden mag."

In diesem Angenblick schrie Alison auf. Sie war anscheinend gestolpert und warf die Arme in die Luft, um das Gleichgewicht wiederzufinden. „Hilfe, ich falle!", rief sie verzweifelt.

„Geh schnell weiter!", forderte Sophie sie auf. „Du bist doch schon fast drüben."

„Nicht umkehren!", rief Joy. „Geh weiter!"

„Nein!", schrie Alison, jetzt in Panik. „Ich … ich kann nicht! Ich falle!"

„Alison – hör jetzt auf mit dem Unsinn! Beeil dich, bevor jemand kommt!", rief Joy ungeduldig.

Und dann sahen die drei Mädchen das blitzende Licht der Taschenlampen im Wald. Schritte kamen näher. Und die Stimmen der Aufsicht.

„Mach schon, Alison!", rief Sophie. „Sonst kriegen sie uns!"

„Schnell! Weg hier!", spornte Claudia die anderen an.

Und dann rannten die drei Mädchen los in die Dunkelheit des Waldes, um nicht von den Taschenlampen erfasst zu werden.

Rannte Alison auch? Folgte sie ihnen zurück zum Lager?

Claudia hielt sich nicht damit auf, sich zu vergewissern.

Zweige und trockene Blätter knackten und raschelten unter ihren Füßen. So laut, dass sie Alisons schrillen Hilfeschrei kaum hören konnte. Und sie hörte weder den *Aufprall* ihres Körpers auf dem Felsen noch das Klatschen des Wassers, das sie mit sich fortriss.

Als Alisons Zimmeraufsicht bemerkte, dass sie nicht da war, wurde eine Suchaktion gestartet. Am nächsten Morgen entdeckte man ihr blutgetränktes T-Shirt; es hing an einem Felsvorsprung am Flussufer.

Ihre Leiche wurde nie gefunden.

Claudia, Joy und Sophie hatten nie jemandem davon erzählt, dass sie in der Nähe gewesen waren, als Alison in den Tod stürzte. Und genauso verschwiegen sie, dass Alison um Hilfe gerufen hatte und sie stattdessen weggerannt waren und dass sie sich auch nicht davon überzeugt hatten, ob Alison festen Boden erreicht hatte oder nicht.

„Vielleicht hätten wir sie retten können", dachte Claudia, überwältigt von Schuldgefühlen.

„Vielleicht hätten wir ihr entgegengehen und ihr vom Baumstamm herunterhelfen können. Vielleicht hätte sie dann nicht sterben müssen."

„Es war alles in Ordnung, als wir losrannten", erzählten sie Marla später. „Wir dachten, sie wäre direkt hinter uns. Ja, wir waren ganz sicher."

Marla nahm ihren Freundinnen die Geschichte ab.

Und schon bald glaubten die drei Mädchen selbst an ihre Geschichte.

Es war ja auch leicht, daran zu glauben.

Leichter als an die Wahrheit.

Es war die sympathischere Version eines entsetzlichen Todes.

Außerdem, stellte Claudia fest, hatten sie sich alle an diese Geschichte geklammert, weil sie selbst dadurch besser dastanden.

„Wahrscheinlich hätten wir Alison retten können", das gestand sich Claudia jetzt ein.

„Stattdessen haben wir zugelassen, dass sie in den Tod stürzt."

Die Erinnerung an diese schreckliche Nacht rauschte schneller durch Claudias Gedächtnis als der Fluss durch die Grizzlyschlucht. Es schien alles so lange her zu sein.

Claudia öffnete die Augen und beugte sich auf der weichen Ledercouch vor. Sie schaute ihre beiden Freundinnen an. „Wir müssen hier weg", sagte sie ruhig und entschlossen. „Ich glaube, Joy hat recht. Ich glaube, für Marla steht fest, dass wir Alison in jener Nacht hätten retten können, aber es nicht getan haben. Ich glaube inzwischen auch, sie hat uns hierherkommen lassen, um uns zu quälen. Wenn nicht gar Schlimmeres."

Sophie schnappte mit weit aufgerissenen Augen nach Luft. „Aber wie? Wie sollen wir denn hier wegkommen?"

„Marla wird uns nicht fortlassen", murmelte Joy, die jetzt unruhig im Zimmer auf und ab ging. „Sie wird uns nicht gehen lassen, Claudi. Das weiß ich."

Claudia stand auf und ging zum Schreibtisch hinüber. Sie nahm den Telefonhörer ab. „Ich werde meine Mutter anrufen und sie bitten, uns abzuholen", schlug sie vor. „Wenn sie hier auftaucht, wird Marla uns schon gehen lassen müssen."

Claudia wählte ihre Telefonnummer und drehte sich dann um, um mit ihrer Mutter zu sprechen.

Als sie sich zu ihren Freundinnen umwandte, machte sie

ein besorgtes Gesicht. „Sie kann erst übermorgen kommen", sagte sie.

„Und was machen wir so lange?", fragte Joy mit schriller Stimme.

„Am besten verstecken wir uns", antwortete Claudia und legte den Hörer auf.

„Einen Tag werden wir schon noch durchhalten", sagte Sophie. „Wir müssen einfach vorsichtig sein. Kein gefährlicher Wassersport mehr. Und wir tun so, als ob alles in Ordnung wäre."

„Sophie hat recht", stimmte Claudia zu. „Wir verhalten uns ganz vorsichtig, bis meine Mutter kommt. Und wir packen schon mal die Sachen, damit wir gleich startbereit sind. Und …"

Sie brach mitten im Satz ab, als sie Marla entdeckte, die in der Tür stand. Claudia erschrak. Marla stützte sich mit einer Hand gegen den Türrahmen und starrte sie durchdringend an.

„Wie viel hat Marla wohl mitbekommen?", fragte sich Claudia.

„Hatte sie vielleicht alles mit angehört?

Wusste sie, dass sie vorhatten, zu verschwinden?"

Als Marla ins Zimmer trat, machte sie ein freundlicheres Gesicht. Sie hielt eine flache goldene Schachtel in die Luft und ging auf die drei Mädchen zu.

„Möchte jemand Schokolade?", fragte sie und setzte die Schachtel ab. „Schmeckt prima."

17

Claudia blickte in den grellen Glanz des Nachmittagshimmels hinauf, zupfte ihren leuchtend roten Badeanzug zurecht und wischte sich den Sand vom Rücken.

Sie blickte den Strand entlang und beschloss, einen Dauerlauf zu machen.

Die drei Mädchen fanden, dass der Tag bis dahin trotz der unterschwelligen Spannung ganz erfreulich verlaufen war. Joy und Sophie hatten fast den ganzen Vormittag Tennis gespielt. Marla hatte lange geschlafen und sich dann mit Hausarbeit beschäftigt.

Nach dem Mittagessen war Joy mit Carl in die Stadt gegangen. Sophie wollte ein ausgedehntes Mittagsschläfchen machen und Marla musste ein paar Briefe schreiben. Claudia fasste sich ein Herz und ging allein an den Strand.

„Es ist sicher nicht schlecht, wenn wir heute getrennte Wege gehen", dachte Claudia. „Diesen Tag werden wir auch noch überstehen. Und morgen früh kommt meine Mutter und bringt uns von hier weg."

Claudia lief barfuß in südlicher Richtung, dort, wo Summerhaven lag. Sie hielt sich nah am Rand des Wassers, wo der Sand nass und fest war. Die kalten, salzigen Wellen spritzten gegen ihre Beine.

Sie merkte gar nicht, wie die Zeit verging, als sie so draufloslief und die Seemöwen beobachtete, die am grauweißen Himmel segelten. Die Wellen klatschten gegen ihre Beine und mit jedem Schritt stieß sie nasse Sandklumpen vor sich her.

Schon bald hatte Claudia jenes Stück Strand erreicht,

das zum Vogelschutzgebiet gehörte. Jetzt merkte sie auch, dass sie die Intensität der Sonne wieder einmal unterschätzt hatte.

Obwohl die Sonne nur spärlich durch die hohe Wolkendecke drang, spürte Claudia, wie ihre Haut brannte. Wenn sie wenigstens eine Flasche Wasser mitgenommen oder etwas Schützenderes angezogen hätte als diesen Badeanzug. Warum musste sie aber auch zu den Leuten gehören, die, statt braun zu werden, immer gleich einen Sonnenbrand bekamen?

„Vielleicht sollte ich besser umkehren?", dachte sie.

„Nein. Das Laufen tut so gut. Nur noch ein kleines bisschen."

Eine Reihe dunkler Felsbrocken ragte ein Stück weiter hinten ins Wasser. Sie beschloss, bis dorthin zu laufen und dann umzukehren.

Als Claudia zum Vogelschutzgebiet hinüberblickte, merkte sie, dass irgendetwas nicht stimmte. Sie konnte ihre eigenen Schritte hören, ihren keuchenden Atem und die Brandung.

Sogar die Luft schien plötzlich stillzustehen.

Claudia hielt an.

Wieso war ihr plötzlich so unheimlich zumute?

Erst nach einer Weile wurde ihr klar, dass es die ungewohnte Stille war.

Wieso waren auf einmal die Möwen und Schnepfen und die anderen Seevögel verstummt?

Sie lauschte.

Stille.

Dies war doch ein Vogelschutzgebiet, oder nicht?

Aber wo waren die Vögel?

Sie blinzelte in die Ferne und sah zu ihrer Überraschung

noch jemanden am Strand entlanglaufen. Das musste Marla sein – wer sonst hatte so rotblondes Haar und eine so perfekte, schlanke Figur?

„Marla!", rief Claudia laut.

Aber das Mädchen blieb nicht stehen, es sah sich noch nicht einmal um.

„Das muss wohl doch jemand anders sein", dachte Claudia.

Sie dachte nicht weiter darüber nach, sondern suchte mit ihren Blicken die Bäume ab.

Kein Vogel war zu sehen.

Kein Zwitschern und kein Pfeifen war zu hören.

Wieso bloß waren plötzlich alle Vögel verschwunden? Wieso?

Claudia wusste darauf nur eine Antwort.

Und bei diesem Gedanken fuhr ihr trotz der Sommerhitze ein eiskalter Schauer über den Rücken.

Irgendetwas musste die Vögel erschreckt haben.

Ein Raubtier.

Es musste ein Raubtier – ein großes Raubtier – in der Nähe sein.

Sekunden später wurde Claudias Vermutung durch ein leises Knurren direkt hinter ihr bestätigt.

Als sie sich umdrehte, sah sie einen riesigen weißen irischen Wolfshund unmittelbar hinter sich. Er blickte ihr direkt in die Augen. Er hielt die schmale Schnauze bedrohlich gesenkt und sein mattes, drahtartiges Fell sträubte sich.

Der Hund starrte sie an und fletschte die Zähne, sodass seine langen spitzen Reißzähne zum Vorschein kamen. Er ließ ein warnendes Knurren hören.

„Leg dich hin, Junge", murmelte Claudia mit leiser, zittriger Stimme. „Ganz ruhig. Geh weg. Geh nach Hause, Junge, okay?"

Das Knurren wurde lauter.

„Guter Hund", versuchte Claudia es noch einmal verzweifelt und das Herz klopfte ihr bis zum Hals. „Gutes Hundchen. Geh nach Hause!"

Speichel tropfte aus dem Maul des Wolfshundes. Sein Knurren wurde zu einem lauten, beängstigenden Grollen.

Ohne den Hund aus den Augen zu lassen, wich Claudia langsam zurück.

Der Hund sprang los und rannte mit alarmierender Geschwindigkeit auf sie zu.

Claudia drehte sich blitzschnell um und fing an zu rennen, große nasse Sandklumpen vor sich herstoßend.

Der Hund rannte ihr mit gefletschten Zähnen und glühenden Augen nach.

Das Einzige, was sie über irische Wolfshunde wusste, war, dass sie größer waren als dänische Doggen und aufgrund ihrer antrainierten Schnelligkeit und Aggressivität als hervorragende Jagdhunde galten.

Sie wurden gezüchtet, um Wölfe zu zerreißen.

Der Hund war schneller als sie.

Er kam näher.

Immer näher.

Bis sie seine Zähne zuschnappen hörte und seinen heißen Atem an ihren Beinen spürte.

„Was soll ich tun? Was soll ich nur tun?"

Es blieb ihr keine andere Wahl.

Mit einem verzweifelten Schrei stürzte sie sich ins Wasser. Sie holte tief Luft und tauchte unter.

Kurz darauf tauchte sie wieder auf und schwamm, so schnell sie konnte, vom Ufer weg.

Nur weg von hier.

Wegschwimmen, so weit wie möglich!

Sie schrie auf, als ihr der Schmerz ins Bein schoss.

Sie schlug um sich und starrte nach unten – und sah, wie der Hund mit seinen Zähnen ihr Fußgelenk umklammert hielt.

18

Claudia schrie auf, als ihr der Hund noch tiefer ins Fußgelenk biss.

„Lass los! Lass los!"

Sie versuchte, ihn mit dem anderen Bein zu treten, was ihr aber nicht gelang. Sie tauchte mit dem Kopf unter und schlug verzweifelt auf ihn ein.

Der Hund ließ los, aber der heftige Schmerz blieb und durchfuhr ihre ganze Körperseite.

Knurrend und wütend nach ihr schnappend, ging der Hund wieder auf sie los.

Claudia versuchte, im Wasser Halt zu finden und das Tier abzuwehren.

„Hilfe!"

Mit einem angsterfüllten schrillen Schrei fiel sie erneut hin.

Hustend und nach Luft ringend, trat sie nach dem knurrenden Tier.

Blut färbte das Wasser. *Ihr* Blut! Claudias Knöchel pochte vor Schmerz.

„Ich werde ohnmächtig. Ich kann diesen Schmerz nicht aushalten", fuhr es ihr durch den Kopf.

„Hilfe! Hilfe!"

Ihre Schreie hallten bis zum Strand hinüber. Zum menschenleeren Strand.

Wieder schnappte der Hund nach ihrem Bein.

Sie versuchte, ihm zu entkommen, aber jede ihrer Bewegungen verursachte einen stechenden Schmerz im ganzen Körper.

Claudia geriet mit dem Kopf unter Wasser. Sie kämpfte

sich zurück an die Wasseroberfläche und schnappte nach Luft.

„Hilfe! Hilft mir denn keiner!"

Mit einem verzweifelten Sprung warf sie sich erneut in die tosenden Wellen.

Knurrend vor Wut schnappte der Hund nach ihrer Hand. Er verfehlte sie nur knapp und schnappte noch einmal zu.

Weg hier! Nichts wie weg von diesem Hund!

Mit pochendem Herzen tauchte Claudia unter die Wasseroberfläche und schwamm los. Während sie das verletzte Bein hinter sich herzog, schwamm sie mit aller Kraft vom Ufer weg, weg von diesem gefährlichen Vieh.

Sie blieb unter Wasser, bis sie das Gefühl hatte, dass ihre Lungen kurz vorm Platzen waren. Dann tauchte sie auf und schnappte keuchend nach Luft.

Die Wunde schmerzte im Salzwasser und ihr Bein brannte wie Feuer.

Nach Atem ringend schaute sie sich um und sah, wie der Hund auf sie zupaddelte, seine dunklen Augen starr auf sie gerichtet.

„Ich muss weg hier. Ich muss ihn dazu bringen aufzugeben."

Sie wandte sich wieder der offenen See zu und tauchte unter.

Das Bein hinter sich herziehend, schwamm sie, so schnell sie konnte.

„Ich bin schneller als er. Ich kann es schaffen. Das weiß ich. Wenn ich nur weit genug hinausschwimme, wird der Hund umkehren."

Claudia versuchte, sich selbst anzutreiben, während sie mit aller Kraft weiter durch das dunkle Wasser schwamm.

Als Claudia auftauchte, um tief Luft zu holen, bemerkte

sie nicht weit entfernt eine Bewegung. Sie zwinkerte das Wasser aus ihren Augen, um besser sehen zu können – und verlor den letzten Hoffnungsschimmer.

Eine blaugraue Rückenflosse zog gleichmäßig durch das Wasser. Die Flosse drehte weder nach links noch nach rechts ab, sondern bewegte sich mit furchterregender Geschwindigkeit zielstrebig auf sie zu.

Ein Hai!

19

„Neiiin!"

Claudias lang gezogener Schrei übertönte das Tosen der Wellen.

Als sie die dunkle Flosse auf sich zugleiten sah, geriet sie in Panik.

Sie versuchte zu schwimmen, aber ihre Arme versagten ihr den Dienst. Salzwasser strömte ihr in Mund und Nase und raubte ihr den Atem.

Hustend und nach Luft schnappend merkte sie, wie sie langsam, aber sicher vom Sog unter die Wasseroberfläche gezogen wurde.

Nein!

Nur nicht die Kontrolle verlieren!

Nur nicht aufgeben!

Spuckend und schluchzend kämpfte sich Claudia wieder an die Wasseroberfläche. Ihre Kehle und ihre Nase brannten vom Wasser, das sie eingeatmet hatte. Vom Bein schoss ihr ein stechender Schmerz bis in den Kopf.

„Ich muss denken. Einen klaren Kopf bewahren."

Sie atmete tief ein und hielt die Luft an, um so gegen die Panik anzukämpfen, die ihren Körper erfasst hatte.

„Denken. Denken!"

Sie hatte gelesen, dass Haie von heftigen Bewegungen angezogen wurden.

Sie musste also aufhören zu zappeln.

Der Hai würde sie vielleicht trotzdem angreifen, weil das Blut ihn anlockte, aber sie konnte immerhin versuchen, sich langsamer zu bewegen. Vielleicht konnte sie so einem schnellen Tod entrinnen.

Erschöpft und voller Angst zwang sich Claudia, langsam und gleichmäßig auf dem Bauch zu schwimmen. Sie erinnerte sich, wie Steve, der Strandaufseher im Ferienlager „Vollmond", ihnen eingeschärft hatte: „Ihr müsst ganz ruhig schwimmen, sodass sich die Wasseroberfläche kaum bewegt."

Ganz ruhig.

Ganz ruhig …

Schwimmen, ohne das Wasser zu kräuseln, das war das Einzige, woran Claudia sich in dieser Situation noch klammern konnte.

Ruhig.

Noch ruhiger.

Sie achtete nicht darauf, wie ihr Herz pochte, wie das Blut in den Schläfen pulsierte.

Sie versuchte, den hämmernden Schmerz in ihrem Knöchel zu ignorieren; sie schwamm so ruhig und gleichmäßig wie nur möglich und fing an, im Rhythmus ihrer Bewegungen zu zählen.

Eins, zwei, drei, vier … Eins, zwei, drei, vier … Eins, zwei, drei …

„Ich bin zu müde. Ich kann keinen einzigen Zug mehr weiterschwimmen. Ich werde sterben."

Sie war mit ihrer Kraft am Ende. Ihre Arme fühlten sich plötzlich an wie Blei.

„Ich schaffe es nicht.

Ich kann nicht mehr.

Der Hai wird siegen …"

Jetzt musste sie um jeden Atemzug kämpfen. Darum kämpfen, sich über Wasser zu halten.

Auf einmal merkte sie, dass das Schwimmen leichter ging.

„Was ist passiert? Es geht wieder vorwärts!"

Es dauerte eine ganze Weile, bis sie begreifen konnte, was geschehen war. Ein spöttisches Lachen entschlüpfte ihren Lippen.

„Ich bin mitten in die Strömung hineingeschwommen! Sie trägt mich weg von dem Hai."

Aber würde die Strömung sie auch schnell genug wegtragen?

Claudia holte mehrmals tief Luft und wagte nicht, sich umzusehen. Mit neuer Energie schwamm sie weiter, heilfroh, dass die Strömung sie mit sich zog.

Ein quiekender, qualvoller Laut ließ sie plötzlich aufhorchen.

„Was war denn *das*?", murmelte sie.

Als sie sich umdrehte, sah sie, wie der Wolfshund seine lange weiße Schnauze wild hin und her warf und wie seine Vorderbeine in die Höhe schnellten.

Das blanke Entsetzen packte Claudia.

Wieder quiekte der Hund jämmerlich.

Da begriff Claudia, dass der Hai ihn von unten her angriff.

Ihr wurde plötzlich übel.

Der Hund jaulte ein letztes Mal kraftlos auf.

Claudia schloss die Augen und ließ sich eine Weile vom Wasser treiben.

Eine Seemöwe schrie.

Claudia blickte sich um, aber weder Hund noch Hai waren zu sehen.

Sie konnte den Schrei des Entsetzens nicht zurückhalten, der jetzt unerwartet aus ihr herausbrach. Die schreckliche Angst und Anspannung der letzten zwanzig Minuten kamen mit einem Mal zum Ausbruch.

Wieder geriet sie unter Wasser. „Ich werde nie mehr ans Ufer zurückkommen", dachte sie. „Wenn der Hai mich nicht erwischt, dann wird mich die Strömung aufs offene Meer hinaustragen. Ich muss schwimmen, muss mich zwingen zu schwimmen."

War der Hai weg?

War er wirklich verschwunden? Hatte er seinen Appetit mit dem Hund gestillt? Ein Satz aus einem Biologiebuch fiel ihr plötzlich wieder ein: „Haie gehören zu den unersättlichsten aller Raubtiere."

Den Satz hatte Claudia damals auswendig gelernt, aber erst jetzt verstand sie seine wirkliche Bedeutung.

Wenn der Hai ihr folgte, hatte sie keine Chance. Claudia ließ ihren Blick suchend über die dunklen, bewegten Wellen gleiten und holte dann noch einmal tief Luft.

„Einfach nur schwimmen", sagte sie sich. „Ganz gleichmäßig schwimmen."

Sie war jetzt so müde, dass jede Armbewegung sie anstrengte. Aber sie wandte sich in Richtung Strand und zwang sich zu schwimmen, auch wenn jeder einzelne Zug schmerzte.

Ihr ganzer Körper pochte. Ihr Fuß war inzwischen völlig taub und sie hatte das Gefühl, als ob ein eiserner Ring um ihren Brustkorb lag. Ihre Lungen schienen kurz vor dem Platzen zu sein.

Die Wellen schlugen über ihr zusammen.

Der Strand. Wo war der Strand?

Tödliches Entsetzen packte sie, als sie auf einmal das furchtbare Gefühl überkam, dass sie in die falsche Richtung geschwommen war.

„Warum kann ich den Strand nicht sehen?"

Sie wirbelte im Wasser herum, von Panik ergriffen.

„Wo ist der Strand?"

Ihre Arme versagten ihr den Dienst. Sie konnte sich nicht mehr bewegen.

Die Strömung trug sie jetzt mit sich.

Alles wurde rot. Rot wie Blut.

Und dann schwarz.

20

„Claudia? Claudia?"

Jemand rüttelte sie heftig an der Schulter.

„Claudia? Kannst du mich hören?"

Noch wie betäubt merkte Claudia, dass sie ausgestreckt auf dem Bauch lag.

Sie versuchte, den Kopf zu heben und durch das durchnässte, verfilzte Haar, das ihr vor den Augen hing, hindurchzusehen.

„Claudia, ist alles in Ordnung mit dir? Was ist passiert?", fragte die Stimme.

Ächzend versuchte Claudia, sich aufzurichten. Ihr Kopf dröhnte.

„Claudia?"

„Lebe ich denn noch?", fragte Claudia schwach und drehte sich auf den Rücken.

Sie wischte sich das Haar aus der Stirn und kniff die Augen zusammen, um die Gestalt, die vor ihr stand, erkennen zu können. „Marla?"

Marla kniete neben ihr nieder und machte ein erschrockenes Gesicht. „Ist wirklich alles in Ordnung mit dir? Du siehst furchtbar aus!"

„Marla, was machst du denn hier?", stieß Claudia hervor. Sie rückte das Oberteil ihres Badeanzugs zurecht und sah, dass die Sonne hinter dicken Gewitterwolken verschwunden war. Es war Spätnachmittag und der Himmel hatte sich deutlich verfinstert. Kühle Windböen wirbelten über den Strand.

Sie zitterte und ihr Fuß schmerzte höllisch.

„Ich ... ich habe dich gesehen", stammelte Marla und

legte ihre warme Hand auf Claudias kalte nasse Schulter. „Ich bin hergerannt, so schnell ich konnte. Du bist an Land gespült worden. Du hast so reglos dagelegen. Ich dachte …" Ihre Stimme versagte.

„Mein Fuß", sagte Claudia. Sie setzte sich mühsam auf, um ihn genauer zu untersuchen. Die Wunde war tief, aber nicht so groß, wie sie zuerst gedacht hatte, als sie mit dem Hund kämpfte. Das Salzwasser hatte die Blutung zum Stillstand gebracht.

„Was für ein Glück, dass ich hier vorbeigekommen bin", tönte Marla. „Ich wollte gerade schwimmen gehen und da sah ich, wie du an Land gespült wurdest."

Mit einem lauten Stöhnen quälte sich Claudia auf die Beine.

„Kannst du laufen?", fragte Marla und bot ihre Hand an, damit sie sich abstützen konnte.

Claudia fasste sich ein Herz und belastete vorsichtig den verletzten Fuß. „Ich denke, schon", sagte sie unsicher. Doch auf einmal schien ihr der Sand entgegenzukommen. Lange blaue Schatten bewegten sich auf sie zu. „Mir … mir ist ein bisschen schwindelig", gestand sie.

„Was ist denn bloß passiert?", erkundigte sich Marla noch einmal. „Woher hast du die Wunde an deinem Fuß?"

„Es war so schrecklich!", rief Claudia aus. „Ein Hund hat mich verfolgt. Und dann ein Hai …" Die Worte blieben ihr im Hals stecken. „Mein Knöchel …"

„Das sieht schlimmer aus, als es ist. Ich werde sofort Alfred bitten, die Wunde zu versorgen", sagte Marla beruhigend.

Dann fiel ihr plötzlich ein: „Oh. Ich habe vergessen, dass Alfred heute frei hat. Egal – wir werden uns selbst darum kümmern."

Sie half Claudia bis zu den Stufen.

Auf Marla gestützt sah Claudia, wie sich die schwarzen Gewitterwolken immer dichter zusammenbrauten, und dabei gingen ihr alle möglichen dunklen Gedanken durch den Kopf.

„Marla war bestimmt nicht rein zufällig am Strand", dachte Claudia, während sie die ersten Stufen erklommen. Sie war sich sicher, dass Marla das Mädchen war, das sie hatte davonlaufen sehen.

Und der irische Wolfshund war bestimmt Marlas Wachhund.

Marla hatte ihn zum Strand gebracht und war dann weggelaufen.

Der Hund wurde tagsüber in einem Maschendrahtzwinger gehalten und nur nachts herausgelassen, um das Grundstück zu bewachen. Sonst nie!

Claudia schauderte, während sie sich die Holzstufen hinaufquälte. „Wir sind gleich da", sagte Marla aufmunternd. Claudia hörte ein Donnergrollen hinter sich über dem Meer. „Es wird wohl gleich einen Sturm geben", bemerkte Marla.

„Sie hat den Hund an den Strand gebracht, damit er mich angreift", dachte Claudia. „Sie wollte, dass der Hund mich tötet. Sie wollte, dass ich sterbe."

Oben angekommen, teilte Marla das Gebüsch, drückte auf das Tastenfeld in der Blechdose, und schon öffnete sich das Tor.

Claudia stützte sich wieder auf Marla, als sie an Swimmingpool und Tennisplatz vorbei den Weg zum Haus einschlugen.

Kurz vor dem Gästehaus blieb Claudia stehen. „Ich … ich muss mal kurz verschnaufen", sagte sie zu Marla.

Marla sah Claudia aufmerksam an. „Du Ärmste. Ich kann es gar nicht glauben, was dir da passiert ist", sagte sie leise. „Wenn wir drin sind, musst du mir die ganze Geschichte erzählen."

Wieder donnerte es über dem Meer, diesmal schon viel näher.

„Ich laufe schon mal vor ins Haus und sehe nach, ob ich eine antiseptische Salbe und Verbandszeug finde", sagte Marla mitleidig. „Schaffst du's allein?"

„Ja, ja. Kein Problem", sagte Claudia, während sie gleichzeitig vor Schmerz zusammenzuckte. „Ich will mich bloß für einen Moment hier ausruhen, dann komme ich gleich nach."

Sie schaute Marla nach, bis sie durch die Glastür ins Haus verschwunden war. Als sie sicher sein konnte, dass Marla außer Sichtweite war, humpelte Claudia entschlossen zurück über den Rasen.

Der Zwinger, in dem der irische Wolfshund gehalten wurde, befand sich neben der großen Vierergarage. Claudia hinkte, so schnell es ging, darauf zu.

Sie musste sich selbst davon überzeugen.

„Ich muss wissen, ob meine Vermutung richtig ist", dachte sie und näherte sich vorsichtig.

Kurz vor dem Maschendrahttor hielt sie inne. Das Tor stand ein paar Zentimeter offen. Das Vorhängeschloss hing geöffnet neben dem Tor.

Ja, sie hatte recht gehabt! Claudia schüttelte wütend den Kopf.

Der Hund war nicht ausgebrochen. Er war herausgelassen worden.

Das Schloss war entfernt und das Tor von irgendjemandem geöffnet worden.

Es gab keinen Zweifel … Marla hatte den Wachhund absichtlich auf sie gehetzt!

„Das ist der eindeutige Beweis. Wir sind hier in höchster Gefahr", murmelte Claudia.

Dann eilte sie zum Haus zurück, auf die Terrasse zu. Wieder war ein dumpfes Grollen am Himmel zu hören. Claudia spürte ein paar kalte Regentropfen auf ihrer nackten Schulter.

„Wir können nicht länger warten", dachte sie verzweifelt. „Wir müssen hier weg – und zwar sofort!"

Joy, Sophie und sie durften keine Sekunde länger warten.

Atemlos humpelte Claudia ins Haus. Sie zog die Schiebetür hinter sich zu und hielt nach Marla Ausschau. Sie war nirgends zu sehen.

Claudia hastete durch den Flur auf die Treppe zu. Mühsam zog sie sich an dem blank polierten Treppengeländer die Stufen hoch.

„Wo stecken bloß Joy und Sophie?", fragte sie sich.

„Wir müssen uns fertig machen. Und dann nichts wie raus hier. *Sofort!*"

Sophies Zimmer war das erste auf der rechten Seite. Claudia klopfte vorsichtig an die Tür. „Sophie – bist du da?"

Sophie machte die Tür auf, bevor Claudia ein zweites Mal klopfen konnte. „Was ist denn mit dir passiert?", fragte sie verwundert, als sie Claudias verfilztes, sandverklebtes Haar erblickte.

„Das ist jetzt nicht so wichtig", flüsterte Claudia ungeduldig und schob sich hinter ihr ins Zimmer. „Pack zusammen, Sophie. Schnell. Wir müssen hier weg!"

„Was?" Sophie starrte sie mit offenem Mund an.

„Wir müssen uns beeilen! Glaub mir!", drängte Claudia. „Fang an zu packen!"

„Aber Claudia – was ist mit deiner Mutter? Ich dachte, morgen …"

„Wo ist Joy?", fragte Claudia atemlos. „Wir müssen Joy Bescheid sagen."

„Das … das …", stammelte Sophie. „Das geht nicht, Claudia", sagte sie mit leiser, zittriger Stimme. „Joy ist weg."

21

„Joy ist weg? Aber wo ist sie denn?", fragte Claudia aufgeregt.

Sophie starrte sie immer noch mit weit aufgerissenen Augen an.

Der Regen prasselte ans Fenster. Ein Blitz durchzuckte den fast schwarzen Himmel.

„Sie ist noch in der Stadt", sagte Sophie. „Mit Carl."

„Was, so lange? Wann kommt sie denn zurück?", fragte Claudia, ganz außer sich.

Sophie zuckte mit den Schultern. „Vor dem Abendessen, nehme ich an."

„Also, dann fang du schon mal an zu packen", forderte Claudia sie auf.

Sophie runzelte die Stirn. „Ich versteh das nicht. Was ist denn nur passiert?"

Noch ehe Claudia antworten konnte, sprang die Tür auf und Marla platzte herein, beladen mit Verbandszeug und allen möglichen Salben.

„Hier steckst du also", sagte Marla zu Claudia. „Ich hab dich überall gesucht. Setz dich!"

Sie marschierte auf Sophies Bett zu. „Du darfst das Bein nicht belasten."

Claudia setzte sich gehorsam aufs Bett. Sie spürte Sophies fragenden Blick, der auf sie gerichtet war. Aber es war jetzt keine Zeit mehr für Erklärungen.

Es war überhaupt keine Zeit mehr.

Alle drei mussten sofort weg von hier.

Sobald Joy zurück war, würde Claudia Marla bitten, sie zum Zug oder zur Bushaltestelle zu fahren. Und wenn Marla sich weigerte, würden sie eben in die Stadt *laufen* – egal, ob es stürmte oder nicht. Oder sie würden die Polizei rufen.

Während ihr noch einmal die „Unglücksfälle" der letzten Tage durch den Kopf gingen, ließ sich Claudia von Marla den Knöchel säubern und verbinden.

Marla schüttelte besorgt den Kopf, während sie damit beschäftigt war – aber sie fragte nicht, wie sie zu der Wunde gekommen war.

„Weil sie es nämlich genau weiß", dachte Claudia zornig.

Heftige Windstöße trieben den Regen gegen die Fensterscheiben.

„Was für eine herbe Enttäuschung für Marla, als sie mich am Strand liegen sah und feststellen musste, dass ich noch lebe", dachte Claudia erbittert.

Ein greller Blitz ließ die Schatten im Zimmer aufzucken.

„Bitte, Joy, komm doch endlich", dachte Claudia voller Angst. „Bitte beeil dich!" Sie sah aus dem Fenster und überlegte, ob Joy bei dem Sturm und dem Regen womöglich in Summerhaven blieb. Sie zuckte zusammen, als der Donner loskrachte.

„So. Das sieht schon besser aus", sagte Marla und lächelte Claudia an. „Gut so?"

„Ja", antwortete Claudia geistesabwesend.

Marla sah auf die Uhr. „Es ist fast Zeit zum Abendessen. Alfred hat heute frei, aber er hat uns einen Picknickkorb gerichtet. Wir könnten doch zum Essen auf den Aussichtsturm gehen, das macht bestimmt Spaß."

„Aber es regnet in Strömen", protestierte Sophie.

„Macht nichts", sagte Marla und ging zur Tür. „Wir sitzen doch drinnen. Es wäre bestimmt aufregend, bei Kerzenlicht zu Abend zu essen und dabei den Sturm über dem

Meer zu beobachten." In der Tür blieb sie stehen und drehte sich um. „Hoffentlich ist Joy bald zurück. Also, wir treffen uns dann nachher drüben, okay?"

Kurz darauf kam Joy in Sophies Zimmer geplatzt, mit angeklatschten Haaren und völlig durchnässt.

„Wie geht's, wie steht's? Alles okay?", fragte sie.

„Ich bin mit knapper Not davongekommen", sagte Claudia und deutete auf ihren verbundenen Knöchel.

Joy erschrak. „Hat Marla etwa …?"

„Pack zusammen, Joy. Schnell. Du hattest recht mit Marla", sagte Claudia und rappelte sich auf. „Sie hat heute Nachmittag den Wachhund auf mich gehetzt."

„Nein!", rief Joy entsetzt.

„Ich habe sie am Strand gesehen, aber sie weiß nicht, dass ich sie bemerkt habe. Dein Verdacht war richtig. Sie will uns umbringen."

Joy stand da und zitterte. „Ich muss mich erst umziehen. Dann können wir gehen."

„Mach das und beeil dich!", sagte Claudia. „Dann werden wir Marla bitten, uns in die Stadt zu fahren."

„Und wenn sie sich weigert? Wenn sie versucht, uns aufzuhalten?", fragte Sophie verzweifelt. „Wenn sie …"

„Wir sind drei gegen eine", sagte Joy und eilte zur Tür, während ein heftiger Blitz den Himmel erleuchtete. Die Wolken hatten sich inzwischen so weit zusammengezogen, dass draußen eine gespenstische Dunkelheit herrschte.

„Wenn sie uns nicht fährt, dann laufen wir eben", sagte Claudia bestimmt.

Ein ohrenbetäubender Donner schien ihre Worte noch zu unterstreichen.

Die drei Mädchen setzten ihre Koffer im Hausflur ab. Claudia schob die Tür des Garderobenschranks auf und holte drei Schirme hervor.

Auf dem Weg zur Hintertür fing plötzlich das Licht an zu flackern.

„Oje", flüsterte Sophie. „Hoffentlich fällt jetzt nicht der Strom aus."

„Bist du sicher, dass Marla im Aussichtsturm ist? Ich finde es reichlich verrückt, sich während eines Gewitters dort aufzuhalten", sagte Joy leise.

Wieder flackerte das Licht, aber es ging nicht aus.

„Sie meinte, es wäre doch aufregend, da draußen zu sitzen und den Sturm zu beobachten", sagte Claudia.

„Wahrscheinlich hat sie sich genau überlegt, wie wir am besten vom Blitz getroffen werden", murmelte Joy.

„Ich glaube nicht, dass sie uns gehen lässt", sagte Sophie düster.

Sie schoben die Glastür auf, die auf die hintere Terrasse führte.

Der Rasen war von den Scheinwerfern erleuchtet, die sich automatisch im Dunkeln einschalteten. Der Regen schimmerte im hellen Licht.

Die drei Mädchen traten eilig auf die Terrasse und öffneten die Regenschirme. Die Terrasse war eine einzige Pfütze. Der Sturm blies Claudia beinah den Schirm aus der Hand.

Ein langer Blitzstrahl zuckte auf und dann krachte ein ohrenbetäubender Donnerschlag nieder. Die Scheinwerfer flackerten kurz auf.

„Ist sie dort drüben? Im Aussichtsturm?", fragte Sophie mit besorgter Stimme, während sie zögernd den beiden anderen folgte.

„Ich kann kaum was sehen bei dem Regen", sagte Claudia.

„Ich glaube, da ist Licht im Turm", berichtete Joy und hielt ihren Schirm krampfhaft umklammert.

„Der Wind ist ja mörderisch. Ich werde ganz nass", jammerte Sophie. Ihre Turnschuhe patschten im Gras, als sie am Gästehaus und am Tennisplatz vorbeihasteten. Die grellen Scheinwerfer oben auf den Pfosten erleuchteten den roten Platz taghell.

Ein Licht flackerte im Aussichtsturm, der sich in der Nähe des hinteren Zauns befand. Das Prasseln des Regens übertönte das Tosen des Meers unterhalb der Klippen.

Claudia blieb zögernd in der Nähe eines kleinen weißen Schuppens am Zaunende stehen. Die Tür des Holzschuppens war leicht angelehnt.

„Komisch", bemerkte Claudia. „Ich dachte, Alfred schließt immer alles sorgfältig ab."

„Jetzt komm schon!", sagte Joy. „Los, auf zum Aussichtsturm und dann nichts wie weg hier!"

„Nein, warte. Was riecht hier so?" Claudia hielt Joy zurück.

Einer plötzlichen Eingebung folgend, ging sie auf die Schuppentür zu. Die beiden anderen Mädchen folgten ihr dicht auf den Fersen.

Je näher sie kamen, desto unerträglicher wurde der Gestank.

Claudia hatte Mühe, den Schirm mit einer Hand festzuhalten, während sie mit der anderen die Schuppentür aufzog.

Alle drei schrien entsetzt auf, als Marlas lebloser Körper ihnen entgegenfiel.

22

Das grelle Licht eines Scheinwerfers fiel genau auf Marla.

„Neiiin!", schrie Sophie ungläubig und zu Tode erschrocken.

Joy konnte den grauenhaften Anblick nicht ertragen und verbarg ihr Gesicht an Claudias Schulter. „Das kann nicht sein. Das kann einfach nicht sein", wiederholte sie immer wieder.

„Wir haben sie doch vorhin noch gesehen", sagte Claudia nachdenklich. „Wie kann sie jetzt tot sein?"

„Sie ist erm-mordet worden!", stammelte Sophie. Sie hatte den Regenschirm fallen lassen und stand im strömenden Regen, die Hände vors Gesicht geschlagen.

„Alfred!", rief Joy plötzlich und löste sich von Claudias Schulter. „Wir müssen es Alfred sagen!"

„Er ist doch nicht da. Er hat heute seinen freien Tag", erinnerte Sophie sie.

„Aber wer hat Marla umgebracht?", fragte Claudia, die sich benommen und zittrig fühlte. Sie starrte in den grellen Lichtkegel des Scheinwerfers und beobachtete nachdenklich den strömenden Regen, der alle anderen Geräusche übertönte und die Situation noch unheimlicher erscheinen ließ.

„War es Daniel?", fragte sich Claudia und bekam es mit der Angst zu tun. „Ist er vielleicht noch in der Nähe?"

„Außer uns ist doch niemand hier!", rief Sophie.

„Aber wer hat dann Marla umgebracht?", wiederholte Claudia und versuchte, das flatternde Panikgefühl und das Herzrasen zu unterdrücken.

„Wir müssen die Polizei verständigen – und zwar sofort!", erklärte Joy. Sie blickte kurz auf Marlas reglosen Körper und wandte sich dann ab.

„Ja. Kommt schon!", drängte auch Sophie.

Hinkend und den tiefen Pfützen im Rasen ausweichend, folgte Claudia den beiden anderen zum Haus. An der Tür warf sie den Regenschirm hin und trat ein. Sie schüttelte heftig den Kopf, als könnte sie so das abscheuliche Bild von Marla loswerden.

Zitternd und nass bis auf die Haut, humpelte Claudia zur Küche.

An der Tür blieb sie stehen. Wieder flackerte das Licht, aber es ging nicht aus.

Joy stand vor der Anrichte, den Telefonhörer in der Hand. Bestürzt schluchzte sie auf.

„Was ist?", fragte Sophie, während sie ihre Brille mit einem Papiertuch trocken wischte.

„Die Leitung ist tot", sagte Joy tonlos. Sophie erschrak. „Heißt das, wir können die Polizei nicht rufen?"

Joy nickte benommen und legte den Hörer auf. „Wir müssen hier weg", sagte Claudia mit einem flüchtigen Blick von einer zur anderen. „Wer auch immer Marla umgebracht hat – als Nächstes sind wir vielleicht dran!"

„Nein!", schrie Sophie auf; ihr Gesicht wirkte im Schein der Leuchtstofflampe totenblass.

„Wir müssen in die Stadt. Wir müssen unbedingt die Polizei benachrichtigen", sagte Claudia. Panik schnürte ihr die Kehle zu.

„Wie ist es bloß möglich, dass Marla tot ist?" Joy fing an zu weinen und hielt sich an einer Stuhllehne fest. „Wir haben sie doch vorhin noch gesehen. Wie konnte das nur passieren?"

Ein ohrenbetäubender Donnerschlag ließ alle drei hochfahren.

„Wir holen uns am besten Regenmäntel aus dem Garderobenschrank", sagte Claudia. „Dann sehen wir zu, dass wir zur Straße kommen, und laufen einfach los. Oder weiß eine von euch, wo der Autoschlüssel ist?" Joy und Sophie schüttelten den Kopf. „Vielleicht hält ja auch jemand an und nimmt uns mit in die Stadt."

„Ihr Gesicht – es war so furchtbar!", rief Joy. „Und ihr Mund sah aus, als wenn er mitten im Schrei erstarrt wäre."

„Joy – hör doch auf!", flehte Sophie sie an, noch blasser als zuvor.

„Ja. Hör auf", bat auch Claudia. „Versuch, nicht an Marla zu denken. Wir müssen hier so schnell wie möglich verschwinden und die Polizei holen."

Ein Blitz knisterte draußen vor dem Küchenfenster. Als der Donner loskrachte, machten sich die drei Mädchen auf den Weg zur Haustür und suchten im Garderobenschrank nach Regenkleidung.

Claudia fand einen gelben Regenmantel, der ihr zwei Nummern zu klein war, aber sie zog ihn trotzdem an. Joy holte sich ein langes Seidentuch vom Regal und wickelte es sich um den Kopf. Sophie zog eine hellblaue Regenjacke über ihr nasses Sweatshirt.

„Fertig?", fragte Claudia.

„Ich glaub, schon", sagte Joy leise.

„Dann los", murmelte Sophie mit ängstlichem Blick.

Claudia machte die Haustür auf und spähte über den weitläufigen Vorgarten hinweg. Es regnete nicht mehr ganz so stark, obwohl es immer noch heftig blitzte und donnerte.

„Also los!", rief Claudia. „Wenn wir erst mal auf der Straße sind, kommt bestimmt jemand vorbei."

„Hauptsache, raus hier!", sagte Joy mit gepresster Stimme.

Gebeugt liefen sie in den Regen hinaus und mitten durch die Pfützen über den aufgeweichten Rasen.

Am Ende des Rasens war ein hoher Metallzaun, der zur Straße hin von einer großen zurechtgestutzten Hecke verdeckt war.

Claudia streckte die Hand nach dem Torknauf aus. „Halt!", schrie Joy und riss Claudias Arm zurück. Joy nahm das Tuch ab, das sie sich um den Kopf gebunden hatte, und warf es gegen das Tor.

Funken sprühten, als das Tuch an dem elektrischen Zaun kleben blieb.

„O Schreck! Das hatte ich ganz vergessen!", rief Claudia. „Danke, Joy!"

„Was jetzt?", rief Sophie verzweifelt. „Was sollen wir jetzt machen? Wir wissen nicht, wo die Schalttafel ist, die zu dem Tor gehört."

„Wir sind gefangen", murmelte Joy mutlos.

„Wir kommen hier nicht raus", stimmte Claudia zu und starrte auf den elektrischen Zaun. „Wir müssen warten, bis sich der Strom morgen früh abschaltet."

„Aber … was ist mit dem Mörder?", stammelte Sophie.

23

Im grellen Scheinwerferlicht schimmerte der Regen wie eine Flut von Silbermünzen. Blitze zuckten hoch über ihren Köpfen. „Wir müssen unbedingt die Kontrolltafel finden", sagte Joy atemlos. „Es muss doch einen Weg geben, den Strom abzuschalten."

„Aber das geht doch alles automatisch", gab Sophie zu bedenken. „Der Strom schaltet sich ab, wenn es hell wird." Regentropfen schimmerten auf ihrer Brille.

„Dann müssen wir eben die Schaltuhr finden", sagte Joy entschlossen.

„Die ist wahrscheinlich im Keller", überlegte Claudia und schauderte.

„In den Keller geh ich nicht!", kreischte Sophie. „Auf keinen Fall!"

Claudia hatte eine Idee. „Aber den Zaun hinter dem Haus, den können wir bestimmt ausschalten", sagte sie. „Für das Tor hinter dem Grundstück gibt es eine Art Schalter. Ich erinnere mich, wie Marla ihn betätigt hat. Man muss etwas auf dem Tastenfeld eingeben und dann geht das Tor auf."

„Du meinst, wir sollen zum Meer runtergehen?", fragte Sophie entgeistert. „Bei dem Sturm?"

„Nein", sagte Claudia und zog sich die Kapuze des gelben Regenmantels über den Kopf. „Wir gehen nur durch das Tor. Und wenn wir draußen sind, folgen wir dem Zaun ums Haus herum, bis wir an die Straße kommen."

„Okay", sagte Joy. „Das hört sich gut an."

„Bist du sicher, dass wir das Tor dahinten aufkriegen?", fragte Sophie skeptisch.

„Ich bin nicht sicher, aber wir können's wenigstens versuchen", sagte Claudia.

Tief gebeugt gegen den strömenden Regen und im Schlamm versinkend, gingen sie ums Haus herum. Joy rutschte aus und fiel gegen die Mauer, rappelte sich aber schnell wieder auf.

Jetzt hatten sie die Rückseite des Hauses erreicht. Der Regen platschte auf die Terrasse. Wie ein Wasserfall schoss das Wasser aus der Dachrinne.

„Müssen wir wieder an dem Schuppen vorbei?", fragte Sophie zaghaft.

„Nein. Wir können auch auf der anderen Seite des Gästehauses entlanggehen", sagte Claudia. Ihr Bein brannte inzwischen vor Schmerz, jeder Schritt war eine Qual.

Joy sagte etwas, aber ihre Worte gingen im prasselnden Regen unter.

Sie hatten schon fast das Gästehaus erreicht, als plötzlich eine Gestalt im Scheinwerferlicht auftauchte.

„Oh!", rief Claudia erschrocken aus.

Die drei Mädchen erstarrten.

Die Gestalt trug einen Trenchcoat mit fest zugebundenem Gürtel. Ein breitkrempiger Strohhut bedeckte ihren Kopf, sodass das Gesicht im Schatten lag.

Sie hielt etwas Schimmerndes in der Hand. „Was kann das sein?", fragte sich Claudia.

Doch nicht etwa eine Pistole?

Die Gestalt schob den Hut in den Nacken, sodass nun das Gesicht zu erkennen war. In ihren kalten blauen Augen spiegelte sich das Scheinwerferlicht, als sie die drei Mädchen zornig anstarrte.

„Marla!", keuchte Joy. „Aber Marla – du bist doch tot!"

24

Sie wichen zurück bis unter das überhängende Dach des Gästehauses. Die Pistole schimmerte immer noch im grellen Licht. Marla hielt die Waffe in Taillenhöhe. „Da staunt ihr, was?", fragte sie grimmig.

„Aber wir haben doch deine Leiche im Schuppen gefunden", brachte Claudia mühsam hervor. „Wir dachten …"

Marla grinste böse. „Ich weiß, dass du an Geister glaubst, Claudia. Ich bin dann wohl auch ein Geist, was?"

Claudia ging einen Schritt auf Marla zu. „Die Waffe …", stieß sie hervor und beim Anblick der Pistole lief ihr ein kalter Schauer über den Rücken.

Der Donner grollte über dem Meer. Der Wind blies den Regen gegen die Rücken der Mädchen.

„Was macht ihr denn alle für ein dummes Gesicht?", bemerkte Marla mit einem bösen Grinsen. Ihre blauen Augen funkelten bedrohlich im Licht.

„Wir sind so froh, dass du am Leben bist!", rief Joy.

„Aber Marla ist nicht mehr am Leben", kam es tonlos und unheimlich zurück. „Marla ist tot. Ich habe sie vor einer Woche getötet. Noch bevor ihr hierhergekommen seid."

„Was?", rief Claudia aus.

Joy schrie erschrocken auf. Sophie war starr vor Schreck und konnte den Blick nicht von der Pistole abwenden.

„Marla ist seit einer Woche tot!"

„Aber dann … dann …" Claudia wusste nicht, was sie sagen sollte. Sie bekam plötzlich weiche Knie und fühlte das Blut in ihren Schläfen pulsieren.

„Richtig. Ich bin nicht Marla. Ich bin Alison." Sie stieß sich den Strohhut vom Kopf. Das blonde Haar fiel ihr wild ins Gesicht. Sie sah Claudia durchdringend an. „Ich bin von den Toten auferstanden. Und jetzt ist Marla diejenige, die tot ist. Da seid ihr platt, was?"

Claudia und die beiden anderen Mädchen starrten Alison schockiert an.

Keine von ihnen rührte sich.

Die Schweinwerfer flackerten.

Alison umklammerte die Pistole und zielte auf Joy.

„Was macht ihr denn alle für ein Gesicht!", rief Alison und ihre Stimme übertönte den Regen. „Gar nicht wie im Ferienlager, wo ihr euch für so klug und toll gehalten habt." Wie böse ihre Worte klangen!

„Aber Alison …", fing Claudia an.

„Vielleicht sollte ich euch ein wenig auf die Sprünge helfen", fuhr Alison fort, ohne auf sie zu achten. „Marla wusste nicht, dass ich am Leben bin. Sie dachte, ihre arme Schwester wäre in der Schlucht umgekommen. Sie hielt mich für tot, bis ich letzte Woche hier aufgekreuzt bin und sie umgebracht habe."

„Aber warum?", fuhr Joy dazwischen, völlig außer sich. „Warum hast du Marla umgebracht?"

„Weil sie gesehen hat, wie ich in die Schlucht gestürzt bin. Nachdem ihr drei weggerannt wart. Marlas Gesicht war das Letzte, was ich gesehen habe. Sie starrte mich vom Waldrand aus an, *mit einem Lächeln* im Gesicht!"

„Nein!", rief Claudia. „Das kann doch nicht …"

„Marla hat gelacht!", rief Alison und schwang die Pistole. „Ich war ihr völlig egal. Meiner ganzen Familie war es egal, ob ich lebe oder tot bin. Niemand hat sich je um mich gekümmert. Als Leute herbeikamen und mich aus dem Fluss zogen, mit Knochenbrüchen und kurz vor dem Ertrinken, da beschloss ich, bei ihnen zu bleiben; sie waren so nett zu mir und so fürsorglich. Ich hab so getan, als hätte ich eine Amnesie …"

„Eine *was*?", unterbrach Joy und starrte Alison verständnislos an.

„Ich hab ihnen vorgemacht, ich hätte das Gedächtnis verloren", rief Alison, „damit ich nicht zu meiner abscheulichen Familie zurückmusste! Das war die Gelegenheit für mich, ein neues Leben anzufangen. In einer glücklichen Familie zu leben. Deshalb tat ich so, als wüsste ich nicht, wer ich bin, und blieb bei ihnen."

„Aber w-was hast du mit uns vor? Warum machst du das?", stammelte Claudia.

„Weil der Hass wieder hochkam!", rief Alison erbittert. „Mein Zorn ging nicht weg. Er wurde im Lauf des Jahres immer schlimmer. Ich konnte Marlas Lächeln nicht vergessen, dieses entsetzliche Lächeln, als ich abstürzte. Ich musste zurückkehren, um sie zu töten.

Ich kam also hierher zurück, ohne zu wissen, was mich erwartete", fuhr Alison fort, nachdem sie tief Luft geholt hatte. „Mutter und Vater waren natürlich fort. Wie immer. Ich versteckte mich in der Speisekammer. Da hörte ich, wie Marla mit Alfred sprach und ihm erzählte, sie hätte euch drei zu einem Wiedersehensfest eingeladen."

Alison grinste. „Das kam mir sehr gelegen. Ich tötete Marla, versteckte ihre Leiche im Schuppen und nahm ihren Platz ein. Der arme Alfred mit seiner Kurzsichtigkeit hat nichts gemerkt. So, ihr drei, das ist nun also unser tolles Wiedersehensfest. Hat es euch gefallen bis jetzt?"

„Alison – leg die Pistole weg! Bitte!", flehte Claudia sie an.

„Nichts da. Kommt nicht infrage." Alisons Grinsen verblasste. Die Hand, in der sie die Pistole hielt, zitterte.

„Alison, hör zu …", versuchte es Claudia erneut.

„Ihr hättet nicht zulassen dürfen, dass ich abstürze!", brauste Alison auf. „Ihr hättet nicht wegrennen dürfen! Ihr hättet mir helfen müssen! Wenigstens eine von euch hätte mir helfen müssen. Wenigstens eine von euch hätte sich ein *bisschen* um mich kümmern müssen."

Mit lautem Schluchzen richtete sie die Pistole auf eine nach der anderen. „Okay. Die Party ist aus. Sie war großartig. Wirklich."

„Alison – hör auf! Wir werden dir helfen! Wir kümmern uns um dich!", rief Joy, den Blick auf die Pistole geheftet.

„Diesmal bin *ich* an der Reihe", sagte Alison und achtete nicht auf Joys Flehen. „Diesmal werde ich dastehen und zusehen, wie *ihr* sterben müsst." Sie kniff die Augen zusammen und machte ein entschlossenes Gesicht. „Wer will als Erste sterben? Wie steht's mit dir, Claudia?"

Claudia schnappte nach Luft, als Alison die Pistole auf ihre Brust richtete.

25

Ein greller Blitz zuckte direkt hinter dem Tennisplatz auf. Claudia hörte einen lauten Knall, als er in die Erde einschlug.

Sie schrie auf, weil sie dachte, Alison hätte auf sie geschossen.

Der nachfolgende Donner erschütterte die Erde.

Claudia strich sich das nasse Haar aus der Stirn und starrte auf die zitternde Pistole in Alisons Hand.

Da sprang plötzlich die Tür des Gästehauses auf.

„Oh!", rief Claudia aus und alle drehten sich um.

Eine dunkle, von einer Kapuze verhüllte Gestalt trat hinaus ins Licht.

Claudia blinzelte durch den Regen und sah, dass die Gestalt eine blaue Plastikwindjacke und dunkle Jeans trug.

Ein Windstoß blies die Kapuze herunter. Claudia sah die dunklen Augen, das dichte schwarze Haar.

Sie erkannte ihn sofort. Der Geisterjunge!

„Daniel!", rief sie aus.

Alison starrte ihn verblüfft an und richtete die Pistole auf den Neuankömmling. „He, wer bist du?"

Er antwortete nicht. Seine dunklen Augen auf Alison gerichtet, ging er langsam auf sie zu.

„Wer bist du?", kreischte Alison und fuchtelte mit der Waffe in seine Richtung.

Er trat einen weiteren Schritt auf sie zu.

„Das ist der Geisterjunge!", rief Claudia. „Der Geist aus dem Gästehaus!"

„Was?", rief Alison verächtlich. „Ich hab die Geschichte doch bloß erfunden. Bist du verrückt?"

Daniel kam immer näher, mit vor Nässe triefender Jacke, den Blick fest auf Alison geheftet.

„He, bleib, wo du bist! Bleib stehen!", rief Alison und ihr Zorn wich schlagartig panischer Angst. „Komm ja nicht näher! Ich warne dich!"

Doch der Geisterjunge ging langsam weiter auf sie zu.

„Ich warne dich!", schrie Alison mit schriller Stimme. „Bleib stehen!"

Ihre Augen waren vor Angst weit aufgerissen.

Mit einem lauten Schrei warf sich der Geisterjunge auf Alison und hielt sie fest.

Claudia erstarrte. Als sie sah, dass Alison das Gleichgewicht verlor, sprang sie vor und riss ihr die Pistole aus der Hand.

Wieder ging ein Blitz nieder, diesmal ganz nah am Schwimmbecken.

Mit einem Schlag gingen alle Lichter aus. Die Mädchen kreischten auf vor Schreck, als es plötzlich dunkel war.

Claudia drehte sich zum Haus um. „Der Strom ist ausgefallen!", rief sie.

Sie hörte Kampfgeräusche auf dem Boden.

„Lass mich!", hörte sie Alison rufen.

Dann, als sich ihre Augen an die Dunkelheit gewöhnt hatten, sah Claudia Alison über den Rasen davonrennen, vorbei an Tennisplatz und Swimmingpool, in Richtung auf das hintere Tor.

„Nein, Alison!", schrie Claudia und rannte ihr hinterher.

„Es ist geladen!", schrie Joy. „Bleib stehen! Das Tor ist geladen!"

„Der Strom ist doch ausgefallen, du Dummkopf!", schrie Alison zurück.

Alle drei rannten jetzt hinter Alison her.

Zu spät.

Claudia hörte, wie der Generator ansprang – genau in dem Augenblick, als Alison das Tor anfasste.

Ein Stromstoß schleuderte Alison vom Zaun weg; sie stürzte mit dem Gesicht nach unten in den Schlamm und blieb lang ausgestreckt liegen.

Dann war es still.

Als die Mädchen sich neben sie knieten, lag Alison regungslos am Boden.

Die grellen Scheinwerfer fingen an zu flackern, das Licht ging wieder an. Das Gras schimmerte so grün wie zuvor.

Claudia starrte auf Alison hinab, die so klein und zerbrechlich wirkte. Ihr blondes, wirres Haar glänzte golden im grellen Licht.

„Sie war so ein hübsches Mädchen", dachte Claudia. „Wie schrecklich musste es sein, wenn man seine eigene Familie so sehr hasste. Was für ein schreckliches Leben musste das für Alison gewesen sein."

Claudia schaute zum Haus hinüber und atmete schwer.

Den Geisterjungen hatte sie ganz vergessen. Er kam auf die drei Mädchen zu, mit dunklen, unheimlich blickenden Augen.

26

„Ist sie … ist sie tot?", fragte der Junge, als er Alison reglos auf dem Boden liegen sah.

Claudia schüttelte den Kopf und sah ihm ins Gesicht, als er näher kam. „Nein, nur bewusstlos." Hinter ihr fielen sich Joy und Sophie in die Arme und versuchten, sich nach all den Schrecken gegenseitig zu trösten.

„Wer bist du? Was machst du hier?", fragte Claudia, während sie aufstand und sich das nasse Haar aus der Stirn strich.

„Ich bin kein Geist", antwortete er mit einem finsteren Grinsen in seinem hübschen Gesicht. „Ich sagte dir doch, mein Name ist Daniel."

„Und wie weiter?", fragte Claudia argwöhnisch.

Joy und Sophie wurden aufmerksam.

„Daniel Ryan", antwortete er. „Ich bin Alfreds Sohn."

Die drei Mädchen stießen einen Schrei der Überraschung aus.

Daniel zeigte auf das Gästehaus. „Ich habe gerade Semesterferien und besuche hier meinen Vater. Er hat mich im Gästehaus untergebracht, aber es sollte niemand erfahren. Die Drexells sind nicht gerade besonders großzügige Leute. Es wäre ihnen bestimmt nicht recht gewesen. Und ich wollte nicht, dass mein Vater seinen Job verliert." Und zu Claudia gewandt, sagte er: „Deshalb habe ich so geheimnisvoll getan. Tut mir leid."

„Schon in Ordnung", antwortete Claudia und atmete erleichtert auf.

„Das Gewitter zieht langsam ab. Vielleicht geht das Telefon ja wieder", sagte Joy.

„Wir müssen unbedingt die Polizei und einen Kranken-
wagen rufen", erinnerte Sophie die anderen.

Joy und Sophie liefen durch die Pfützen aufs Haus zu.

Claudia zögerte noch. Sie schaute Daniel an.

Daniel legte ihr tröstend den Arm um die Schultern. „Ein
schrecklicher Abend. Wirklich schrecklich", murmelte er.

Claudia nickte wortlos.

„Hast du tatsächlich geglaubt, ich wäre ein Geist?",
fragte er und zog sie näher zu sich heran.

„Vielleicht", sagte sie leise.

Er lächelte. „Wie kann ich dir beweisen, dass ich kein
Geist bin?", fragte er und seine dunklen Augen leuchteten.

Claudia sah zu ihm auf und gab ihm einen Kuss.

„Test bestanden. Du bist kein Geist", sagte sie. „Aber
jetzt lass uns zusehen, dass wir endlich ins Trockene kommen."

Seite an Seite schlugen sie den Weg zum Haus ein.

Über den Autor

„Woher nehmen Sie Ihre Ideen?"
Diese Frage bekommt R.L.Stine besonders oft
zu hören. „Ich weiß nicht, wo meine Ideen herkommen",
sagt der Erfinder der Reihen *Fear Street*
und *Fear Street Geisterstunde*. „Aber ich weiß,
dass ich noch viel mehr unheimliche Geschichten im Kopf
habe, und ich kann es kaum erwarten,
sie niederzuschreiben."
Bisher hat er mehrere Hundert Kriminalromane
und Thriller für Jugendliche geschrieben, die
in den USA alle Bestseller sind.
R.L.Stine wuchs in Columbo, Ohio, auf.
Heute lebt er mit seiner Frau Jane und seinem Sohn Matt
unweit des Central Parks in New York.

FEAR STREET

Noch mehr Spannung mit den Hardcovertiteln

ISBN 978-3-7855-7086-9

ISBN 978-3-7855-7560-4

ISBN 978-3-7855-7592-5

- Der Aufreißer
- Der Augenzeuge
- Blutiger Kuss
- Blutiges Casting
- Eifersucht
- Eingeschlossen
- Eiskalte Erpressung
- Eiskalter Hass
- Die Falle
- Falsch verbunden
- Das Geständnis
- Jagdfieber

- Die Mitbewohnerin
- Mörderische Gier
- Mörderische Krallen
- Mörderische Verabredung
- Mordnacht
- Die Mutprobe
- Ohne jede Spur
- Racheengel
- Rachsüchtig
- Schuldig
- Das Skalpell
- Teufelskreis

- Teuflische Freundin
- Teuflische Schönheit
- Die Todesklippe
- Das Todeslos
- Die Todesparty
- Tödliche Botschaft
- Tödliche Liebschaften
- Tödliche Lüge
- Tödlicher Beweis
- Tödlicher Tratsch
- Im Visier